D1140434

NEVADA
EST MORT

YVES **TROTTIER**

NEVADA
EST MORT

amÉrica

Hurtubise

Catalogage avant publication de Bibliothèque et Archives nationales du Québec et Bibliothèque et Archives Canada

Trottier, Yves, 1973 9 déc. -

Nevada est mort

ISBN 978-2-89647-258-1

I. Titre.

PS8589.R685N48 2010   C843'.6   C2009-942444-4
PS9589.R685N48 2010

Les Éditions Hurtubise bénéficient du soutien financier des institutions suivantes pour leurs activités d'édition :

– Conseil des Arts du Canada ;
– Gouvernement du Canada par l'entremise du Programme d'aide au développement de l'industrie de l'édition (PADIÉ) ;
– Société de développement des entreprises culturelles du Québec (SODEC) ;
– Gouvernement du Québec par l'entremise du programme de crédit d'impôt pour l'édition de livres.

Direction littéraire : Jacques Allard
Conception graphique : René St-Amand
Photographie de la couverture : Randy Plett, iStockphoto
Mise en pages : Andréa Joseph [pagexpress@videotron.ca]

ISBN 978-2-89647-258-1

Dépôt légal : 1er trimestre 2010
Bibliothèque et Archives nationales du Québec
Bibliothèque et Archives du Canada

Diffusion-distribution
au Canada :
Distribution HMH
1815, avenue De Lorimier
Montréal QC H2K 3W6
Téléphone : 514-523-1523
Télécopieur : 514-523-9969
www.distributionhmh.com

Diffusion-distribution
en Europe :
Librairie du Québec/DNM
30, rue Gay-Lussac
75005 Paris FRANCE
www.librairieduquebec.fr

Imprimé au Canada
www.editionshurtubise.com

À Lilya et Mia.
Vos sourires déplacent des montagnes.

*Mais qu'est-ce que le bonheur sinon le simple accord
entre un être et l'existence qu'il mène?*

Noces
Albert Camus

Papa, quand on est mort, c'est pour toute la vie?
Lilya, quatre ans

1

La nuit suffoque. Moi aussi.

De lourds nuages de fumée pèsent sur la jungle. La jambe droite écorchée par un éclat d'obus, je cours contre la mort. Le sang inonde ma botte qui émet un bruit de succion à chaque pas. Soudain, les balles sifflent au-dessus de ma tête, une ombre m'a mis en joue. Je plonge derrière un rocher et ouvre le feu à mon tour. Plus rien. Puis une détonation m'arrache les tympans. Un silence atroce. Le visage contre la terre humide, je renifle l'odeur âcre des feuilles en décomposition. L'ombre, tapie sous un tronc déraciné, se dresse d'un coup et s'élance vers moi, baïonnette au canon. Je roule sur le côté et lui crève les entrailles d'une salve haineuse.

Au même moment, une meute de spectres menaçants surgit de la nuit. Je rampe jusqu'à la rivière qui m'avale doucement, sans faire de bruit, pendant que les fantômes me cherchent en vain sur la rive. Une série de fusées éclairantes éclatent et déchirent l'obscurité; les ombres se matérialisent et se dispersent. Le courant m'emporte. Cinq cents mètres plus bas, tout près du campement ennemi, une branche d'acajou m'accroche par la vareuse et me retourne sur moi-même. Empêtré dans les déchirures de ma veste, le visage couvert d'écume, je lutte contre les gifles cinglantes que m'assènent les rapides. Dans un effort crispé, je saisis une racine et me hisse sur la rive glaiseuse. L'angoisse de mourir la bouche pleine de boue m'étrangle.

Je maudis les dieux, puis je fonce ! Ou plutôt, je titube. Mes vêtements détrempés alourdissent ma course et je m'écrase à mi-chemin entre la rivière et un hangar de munition. Une sentinelle tend l'oreille. Je me dissimule sous un véhicule. Le garde approche. Arrivé tout près du pneu avant, il dépose son arme, baisse sa braguette et urine. Le jet dru creuse un lac à quelques centimètres de mon pied. Je m'agrippe au pare-chocs arrière et, doucement, me glisse hors de ma cache. Accroupi, le poignard tendu au bout du bras, le souffle court, j'attends. Le pisseur remonte sa fermeture éclair. L'instant se fige ; explose ! L'adrénaline me flambe les veines. D'un coup vif, je sectionne la carotide du patrouilleur. Le sang gicle sur la portière rouillée de la jeep. Du haut d'un mirador, un veilleur aux aguets me plante son projecteur dans la gueule et déclenche l'alerte générale. Mes pupilles ont à peine le temps de se contracter qu'une averse de métal s'abat sur moi.

C'est fini. Je suis mort.

Une rafale de mitraillette dans la cervelle, ça ne pardonne pas, même virtuellement. Mon cerveau éclabousse l'écran. Malheur et désespoir, s'affichent en caractères sanglants, les mots fatidiques : «*Game Over*».

J'ai un serrement à l'estomac.

J'ose regarder ma montre. Pauvre abruti, j'ai encore passé la nuit à l'ordinateur ! Je n'ai aucune notion du temps. Je joue, je joue et j'oublie tout…

Dans quelques minutes à peine, j'aurai déçu ma trop tendre moitié. Sophie va me semoncer jusqu'à ce que honte s'ensuive. Au garde-à-vous, j'encaisserai les injures contre lesquelles j'ai le droit de garder le silence. Les yeux rouges d'avoir trop lutté contre le sommeil et les extraterrestres, je verserai une larme alarmante. *Mea culpa !* Ne me les coupe pas ! Je ne recommencerai plus. Je te le jure. Ma chérie, je t'aime ! Tellement beaucoup ! Gros comme ça et plus encore !

Ça ne fonctionnera pas. Elle me fera la gueule, la pleine gueule ! Salaud ! Lâche ! Bla bla bla ! Je découche une nuit et le rouleau compresseur nuptial me broie les os. Je ne dis pas, si je passais mes nuits à courir les putes et à m'envoyer en l'air… Mais non, je suis sage, je reste à la maison !

J'ai un serrement au cœur.

Il est tout de même six heures du matin. Les enfants vont bientôt se lever et ils imiteront leur mère. Les petits monstres me feront de gros yeux de tortue retournée sur le dos, puis ils trompetteront leur bonheur à pleins poumons. J'envie leur innocence !

Quel bel accomplissement! Pendant toute la nuit, j'ai tué des centaines d'affreuses gorgones venues d'une galaxie lointaine se repaître d'êtres humains tendres et dodus. Méchantes gorgones! J'ai sauvé le monde...

J'ai tort. Je le sais. Je l'assume mal, mais je l'assume. J'ai toujours tort. Ce n'est pas nouveau, c'est même très ancien, l'homme a tort, toujours. Adam est le premier à avoir eu tort et comme il n'a jamais fait amende honorable, toute sa foutue descendance en paie les pots qu'on lui casse sur la tête. Tout est ma faute! L'autre jour, l'auto est tombée en panne. C'était ma faute. La semaine passée, il a plu. C'était aussi ma faute, car il aurait fallu que je ferme les fenêtres. Chaque jour, des enfants meurent de faim en Afrique. C'est assurément ma faute; j'aurais dû donner de l'argent ou adopter la position du missionnaire.

Selon ma femme, je souffre d'une insuffisance cardio-volontaire et je me complais à fuir la réalité au futur imparfait.

J'exagère. Je suis fatigué et je pense des choses regrettables, que je regretterai obligatoirement un jour ou l'autre.

Pourtant, j'ai déjà été un amant fulgurant, une source jaillissante de vie! Mais plus aujourd'hui... Plus depuis que la vie m'a poignardé dans le dos.

Quand je regarde Sophie, c'est tout l'Orient qui rayonne et m'éblouit. Jolie à mourir extasié, d'une beauté fauve qui me déchire l'âme, je suis à ses pieds. L'univers a conspiré pour me jeter sous le joug de cette Coréenne gracile au charme sauvage. Mais la perfection est une illusion d'optique. Parfois, l'amour me sape l'enthousiasme de vivre et j'en viens à me souhaiter un suicide assisté d'une balle de revolver.

Pour me regonfler le moral, j'éteins l'ordinateur et me tourne vers mon bon vieux Nintendo. Je dépoussière la cartouche du jeu *Punch Out* et commence un match de boxe. Rien de mieux pour chasser les idées noires que de tabasser un adversaire ! À grands coups de pouces sur la télécommande, je dégomme le pauvre Glass Joe en deux temps, trois crochets, ce qui m'étire le sourire d'un favori à l'autre. La joie revient ! Cinq knock-out plus tard, me voilà en combat de championnat du circuit majeur contre le terrible Bald Bull. J'hésite un instant à poursuivre la partie… Devrais-je me retirer invaincu ou risquer un autre «*Game Over*» déprimant ?

Un bruit me tire l'oreille et me ramène brutalement à la réalité. Le pire est à craindre. Le plancher craque. Lui aussi a peur. Comme un rat insomniaque, je suis pris au piège en flagrant délit de nuit blanche ! Vite, j'éteins le Nintendo, puis attrape un bouquin. Notre chat, Pourquoi-Pas, se sauve à toute allure sous le divan. Comme tous les félins domestiques, il déteste la confrontation et souhaite vivre paisiblement, sans surprises, ni bonnes ni mauvaises.

Les enfants l'ont débusqué l'hiver dernier sous le porche d'entrée, grelottant et tout ébouriffé.

— Papa, papa, on le garde ! Il est trop mignon ! qu'ils répétaient à l'unisson.

— On ne peut pas le garder, voyons…

— Pourquoi pas ? ils avaient demandé.

Comme je ne trouvais rien à répondre, ils ont crié victoire et l'ont baptisé Pourquoi-Pas.

— Bonjour chéri, ça va ? me demande Sophie, le sourire ironique derrière ses dents blanches.

— En pleine forme. Et toi ?

— Tu as bien dormi ?

Prudence ! C'est un guet-apens.

— Oui…

— Tu t'es levé tôt.

— J'avais des choses à faire… pour le travail.

— À quelle heure tu es venu me rejoindre au lit hier soir ?

— Je ne sais pas, à…

— À ?

— Vers minuit… Tu dormais déjà. Tu ronflais même.

— Tu as joué à l'ordinateur jusqu'à minuit ?

— Non… C'est-à-dire que… un tout petit peu seulement. Si peu que… qu'il n'y a pas de quoi fouetter la crème ni le chat…

Sophie m'oblige à lui mentir. Elle adorerait me voir ramper, m'humilier, déballer à ses pieds la vérité mais, pour l'instant, je préfère sauver les apparences de la débâcle imminente. J'attrape Pourquoi-Pas et le caresse doucement dans le sens du poil tout en fredonnant un air connu, histoire de me réchauffer la bonne humeur.

Je sifflote nonchalamment lorsque les enfants entrent en trombe dans la cuisine en criant et en chahutant. Pourquoi-Pas se crispe et enfonce ses griffes dans ma cuisse : « Aïe ! » Mon interjection pétrifie les enfants momentanément, mais ils reprennent aussitôt leur tapage d'enfer. Pourquoi-Pas saute par terre et étire ses longs muscles, faisant fi du monde extérieur, trop chaotique à ses yeux. « On se calme ! » J'essaie d'être autoritaire, mais les enfants m'ignorent. Ma femme, ma douce et gentille épouse, me regarde d'un mauvais œil. J'ai commis une erreur. Tout est ma faute. Adam a croqué la pomme… Je n'aurais pas dû aboyer après les enfants. Ma bonne humeur est mort-née.

Les enfants tourbillonnent maintenant autour de leur mère qui prépare le petit-déjeuner. Cléopâtre, l'aînée, récite ses tables de multiplication alors que Nobel, le ninja, s'approche sournoisement de moi et me flanque deux coups de pied vifs dans les tibias. Ceinture jaune en taekwondo, il se croit invincible, comme tous les garçons de son âge. Pour m'épater, Karaté Kid monte sur une chaise et tente de toucher le plafond avec son pied en performant un *hapchagi*, un coup de pied frontal. Je l'attrape juste avant que sa tête ne cogne durement contre le comptoir. Imperturbable, Sophie ordonne aux enfants de se calmer et me tend les couverts. Des picotements touillent mon estomac barbouillé. La maîtresse de maison m'observe. J'angoisse. L'odeur des œufs qu'elle fait frire me tire sur le cordon du cœur. Je vais défaillir. Sophie m'ausculte la déconfiture faciale. Soudain, un haut-le-cœur me contracte l'œsophage et me crispe la mâchoire dans une grimace informe ; j'en ai les oreilles toutes chaudes. Afin de ne pas déborder dans mon assiette, je me précipite illico à la salle de bain et vomis copieusement. Trop de chips et de boisson gazeuse pendant la nuit vous tord les boyaux et vous acidifie le sac à digestion. Madame se pointe derrière moi, me laissant craindre le pire.

La bombe explose !

KABOOM !

— Tu avais promis !

— J'ai quand même le droit de me coucher à l'heure que je veux, je déclare mollement entre deux gargouillis.

— Tu as besoin d'aide, prononce Sophie, les dents serrées.

Elle voudrait que je parte en cure de désintoxication, qu'on me savonne le cerveau à l'eau de réalité, qu'on pète ma bulle virtuelle d'adulte défroqué.

— Fous-moi la paix avec tes thérapies !

— Regarde-toi.

— Fous-moi la paix !

J'en ai marre et je perds soudainement connaissance. Je tombe en chute libre sur le parquet. Mes yeux tournent au blanc cassé et je m'évapore. Je suis une brume. Je flotte…

L'échappatoire ne dure qu'un instant infinitésimal et c'est à regret que je reviens brutalement à moi. Au secours ! Je me noie ! Sophie me fouette la conscience en me lançant un verre d'eau glacée au visage. Fumante de colère, elle se métamorphose en sirène hurlante. Mes oreilles encaissent les décibels comme des coups de poing au corps et mes tympans vibrent au rythme déchaîné des remontrances qui me labourent l'ego.

— Maudit bel exemple que tu donnes aux enfants ! Tu es vraiment un lâche ! Bouge ! Fais quelque chose ! Cesse de te lamenter comme si tu étais le seul au monde à souffrir !

Je souhaiterais perdre connaissance de nouveau, mais rien à faire, je suis là et pas ailleurs. J'annonce d'une voix abusivement suave tout en me redressant et en essuyant ma bouche :

— Je m'en vais travailler.

— Avec ta tête de mort-vivant ?

— Quoi encore ? Tu voudrais que je sois de bonne humeur ? Oh ! Je suis de très bonne humeur…

Je ferme ma grande trappe et range mes armes de destruction massive. Je reste poli. Socrate m'a appris qu'une femme acariâtre contribue à la formation personnelle et sociale…

Je m'habille prestement et sors en claquant la porte.

∿

En route pour le boulot. Dans ma vieille bagnole déglinguée, je quitte Verdun et prends le pont Champlain en direction de Saint-Jean-sur-Richelieu. Trente minutes à peine et mes trois semaines de vacances seront terminées. En vérité, je bénéficiais d'un congé de maladie. À trente-huit ans, j'ai les vertèbres coincées. La douleur me visse sur ma chaise dans une crampe atroce, torpillant ma concentration et provoquant ma parfaite inutilité pour des périodes prolongées. Il ne me manque que la silhouette biscornue de Quasimodo pour devenir le bossu de l'ère informatique. Dans ces circonstances atténuantes, je négocie intensément avec ma compagnie d'assurances afin qu'on me déclare invalide. Si tout fonctionne de la manière prévue, je toucherai quatre-vingts pour cent de mon salaire à vie, tam et ternam. Je me transfigurerai alors en travailleur autonome à la maison pour arrondir les coins du calendrier. Mais cette idée ne plaît pas outre mesure à sa majesté la reine du foyer. Elle dit que mon mal de dos n'est qu'un odieux prétexte pour me retirer du marché de l'emploi du temps et que je vais passer mes journées entières à jouer à des jeux vidéo.

Je hais mon travail ! Un métier d'un ennui coupable de haute trahison envers la condition humaine ! Je suis comptable agréé mais non de plein gré. Voilà, dans ma jeunesse lointaine, j'excellais en math. En algèbre, je déculottais le x et le y en un tournemain. Je remportais des concours et tout. La belle affaire !

Mon talent m'a damné. J'aurais dû être bon à rien. Un parfait imbécile! Un crétin! Un bêta! Bah! Il n'est jamais trop tard pour rien faire… «Mon fils, tu as la bosse des math, tu ferais un bon comptable», radotait la cause principale de ma présence sur Terre, mon père. Son entreprise de merde, qu'il a mise sur pied vers la fin de sa carrière de boxeur professionnel, nécessitait justement l'embauche d'un bon comptable. Le légendaire Raymond Surprenant, alias Punching Ray, vendait du fumier en poches de vingt-cinq kilos pour fertiliser les jardins. Dire que la merde l'a rendu assez riche pour anticiper sa retraite et s'installer en Floride! Il faut tout de même du talent pour faire fortune avec des excréments. Ce n'est pas le pauvre Job qui y aurait pensé.

Au cours de la dernière année, après que le malheur m'eut disloqué la carcasse, la monotonie est venue à bout de toutes mes illusions. Affliction et comptabilité constituent un cocktail dopant. Tel un routier somnambule parcourant le quotidien, j'ai roulé trop longtemps sans destination. Au bout de la routine, mon système nerveux a flanché en même temps que mon dos. Même les mauvaises choses ont une fin. C'est mon beau-frère, Jeanguy en un seul mot, le second mari d'Argentina, ma sœur cadette, qui est mon patron maintenant. Il a acheté la compagnie de merde de mon papa lorsque celui-ci s'est éclipsé vers le soleil couchant des aînés. Mon beau-frère est le genre d'hominidé insignifiant qui veut que tout le monde l'aime et dont la lignée lèche les bottes des bien-pensants depuis l'apparition sur Terre de son ancêtre de Cro-Magnon. Il me ronge le frein avec ses exigences d'homme d'affaires qui s'affaire à faire des affaires. Depuis que la compagnie lui appartient, le bourgeois gentilhomme ne cesse de la propulser vers de nouveaux sommets de rentabilité, si bien qu'il a dû engager deux autres comptables et qu'il a nommé son pote, Antonin Rochechouart, chef du département des ressources du budget des humains et de patati et patata. Ça m'apprendra…

À mon arrivée, le travail reprend sa routine. Je replonge dans l'univers de la performance et de l'ambition de voir grand, toujours plus grand. Le beau-frère m'accueille avec un café et son air de tous les jours, son air de bon petit patron heureux d'être content de sourire à la vie. Il n'a pas ajouté de lait à mon café, à cause de mon intolérance au lactose. Je le hais. Passionnément. Son trou du cul finira par l'avaler tellement il a d'ascendant sur sa personnalité.

Antonin, le bras bien droit de Jeanguy, me largue un rapport de trois cents pages sur le bureau. Le petit boss des bécosses aux yeux troubles, aux oreilles larges et au menton fendu en son milieu porte une chemise jaune, un pantalon bleu marine et une large cravate de la même couleur, accoutrement suranné qu'il s'est sans doute procuré à l'Armée du Salut.

— Tiens, voilà pour te souhaiter un bon retour parmi nous. J'espère que ton dos va mieux, il ajoute avec mépris.

— C'est trop gentil. Antonin, tu sais ce qui m'a le plus manqué pendant mon absence du bureau?

— Non? Quoi?

— Un petit rien. Seulement quelque chose qui m'égaie le matin en arrivant ici et qui me remonte le pendule de l'humeur.

— Quoi donc?

— Ta calvitie qui gagne du terrain de jour en jour. Cela me fascine de voir reculer la forêt sans que la civilisation avance. D'une certaine manière, c'est triste. Mais d'une autre, ton visage prend de l'expansion et c'est tant mieux: ton nez commençait à manquer d'espace. Ta belle bouille de bureaucrate de carrière me réjouit, surtout le matin, comme maintenant.

— …

— Ne dis rien. Je te comprends.

— …

— C'est ce que je disais, oui.

Antonin et moi ne nous aimons guère, c'est presque évident. L'abruti jouit sans pudeur d'une supériorité que la hiérarchie seule lui a octroyée. C'est bas, plus bas encore que la bassesse. Toutefois, si ça le réconcilie avec les soixante-dix heures de travail qu'il doit accomplir par semaine pour la compagnie, alors je compatis.

Mon fessier retrouve sa fabuleuse chaise théra-
peutique achetée à gros prix tout spécialement pour
moi. Dépense de compagnie parfaitement inutile !
Jeanguy en un mot sera déçu, car mes maux de dos
n'attendent que le signal de mon subconscient pas
très subtil pour me crisper la colonne dans un
sublime vertige. J'ai hâte. L'ennui : même en chaise
roulante, je pourrai toujours pratiquer mon insipide
profession. À moins d'une ablation du cerveau,
j'arriverai toujours à comptabiliser. Cet argument de
poids, qui plaît beaucoup à mes zélés assureurs,
pèse lourd sur mes épaules. Damoclès se balance
au-dessus de mon boîtier cérébral et menace de
m'empaler par le haut…

Ai-je senti une petite douleur sournoise dans le
bas du dos ? Si tôt ? C'est possible ? Quel soulagement,
la douleur revient ! Je la sens, elle se pointe. Ça y est
presque… Si je bouge un peu ? Oui… Non… Ne
m'échappe pas, allez, un effort, un tout petit effort…
Je force sur le côté, me cabre… Ahhhhhhhhhh ! Je
l'ai ! Mon dos se bloque partiellement. Pour l'achever,
je me penche brusquement vers l'avant ! Jouissance,
il paralyse ! Plié en deux, ma rate se dilate. L'hilarité
me saute à la gorge ; je gémis. On croit que je souffre
et c'est vrai, mais la souffrance est tellement douce
à mon cœur que je verse des larmes de gros reptile.
Mes gentils confrères se précipitent à mon secours,
même s'ils croient beaucoup en ma mauvaise foi.
Chez moi, une fois est devenue coutume et ils le
savent très bien. Pour les encourager, je râle un peu :

«J'ai mal au dos!» Je les paie de mes lamentations soutenues: «J'ai mal! Ah que j'ai mal! Ahhhhh!» Théâtrale, la mise en scène leur plaît. Jeanguy appelle enfin l'ambulance. Je suis au comble de la joie! Je n'ai pas duré plus de vingt minutes au travail. Un retour en force!

À mes côtés, les ambulanciers, un petit gros et un grand mince, le couple classique, me réconfortent tout en me déposant avec précaution sur la civière. Professionnels, ils jouent le rôle qu'on leur a assigné. L'humanité forme une belle équipe, que personne n'en doute.

Une fois à l'hôpital, on me fait subir une batterie de tests: des radiographies, un scan, un test de résonance magnétique et une multitude de prises de sang. Comme la dernière fois, on ne trouve rien. Aucun défaut de fabrication. *Top shape*, le bonhomme! On soupçonne une légère inflammation quelque part entre les vertèbres, mais on n'est pas certain. Des spasmes musculaires? Peut-être. On ne sait vraiment pas. «Vous savez, me dit le jeune médecin grassouillet responsable de mon dossier, la médecine connaît encore très mal la cause des maux de dos. Apparemment, l'évolution de l'homme se serait produite de manière trop rapide et il se serait mal adapté à la position verticale.» D'accord, mais la douleur survient lorsque je suis assis... «La science avance», il m'encourage. Un jour, elle sera en mesure d'apposer un label précis sur mon problème. Pour l'heure, l'expression «maux de dos

chroniques» résume le mieux ma condition. Bravo !
Mais qu'en dira la compagnie d'assurances ? Bouboule
m'offre des anti-inflammatoires. Je le remercie, par
pure politesse. Puis il décide de ne pas prolonger
mon congé de maladie. Mes pilules, d'une puissance
d'engourdissement phénoménale, m'assure Babar,
me permettront de réintégrer mon microcosme dans
un délai aussi bref que demain matin. Foutu pour
l'invalidité !

J'ai beau lutter, mes petits bonbons magiques
font effet. Je n'ai plus mal au dos. Je plie dans toutes
les directions, comme si on venait de me poser une
penture multidirectionnelle en téflon à la place de la
taille. Quelle désolation, même la douleur me fausse
compagnie. Suis-je condamné à bosser jusqu'à ce
que la mort me délivre ? Et si je me cassais les deux
bras ? Un seul serait peut-être suffisant ? Malheureusement, les os finissent toujours par se ressouder.
L'automutilation ne me portera aucun secours. Un
autre stratagème s'impose.

2

J'ai douze ans. Mon enfance prend un coup de vieux. Je n'ai rien vu venir. Mon front s'est plissé sans que je m'en aperçoive, mon âme s'est couverte de rides. J'ai vieilli. Comme tout le monde, mais en avance. Mon avenir s'est fané avant même d'éclore. Un bon samaritain rempli de bonnes intentions m'a pointé la direction à suivre et a remonté vaillamment le mécanisme de mon destin qu'il a lancé en mouvement. Cric! Cric! Cric!

— Votre fils, monsieur Surprenant, est un génie, a annoncé gravement à mon père le dictateur de l'école primaire Sainte-Marie-Mère-de-Dieu-de-l'Immaculée-Conception.

— Ah! bon...

— Je vous l'assure, un véritable génie, a ajouté *Mein Fürher* Morin, avec sa voix de baryton autoritaire qui flanquait une trouille du diable à ses professeurs. Jamais, dans ma longue carrière, je n'ai rencontré d'enfant aussi brillant en mathématiques.

— Un génie, à son âge?

— Mozart a composé ses premières mélodies à quatre ans.

— Mon fils est un Mozart?

— Un Mozart des mathématiques, oui.

— Ferait-il un bon comptable?

— Oubliez la comptabilité, il faut viser haut! Songez plutôt aux mathématiques avancées, à l'astrophysique ou à la métamathématique! «*The sky is the limit*», disent les Américains.

— Bien sûr… La métamata… tique…

— Bref, ça fait un an que nous observons votre fils. Il perd son temps au primaire. Regardez ceci. Il a découvert tout seul, en griffonnant dans son cahier, ces formules algébriques!

— D'accord…

— Ces formules, on ne les enseigne pas au primaire, on les enseigne à l'université. Vous imaginez?

— …

— C'est prodigieux!

Cette vieille couenne de lard a si bien su lécher la vanité de mon père qu'il l'a convaincu de l'impitoyable nécessité de m'envoyer à l'université. À l'université! Un enfant de douze ans! Trop beau pour être faux!

Puis, pour enfoncer le clou dans ma destinée, l'argument massue! Monsieur Morin, avec sa grosse bedaine de buveur de bière, ses joues rouges et son nez violacé, a broyé la capacité de penser par lui-même de mon père: «Ça ne vous coûtera pas un sou! Votre fils recevra une généreuse bourse

d'études.» Comme il vaut mieux prendre une décision erronée plutôt que de stagner dans l'indécision,
mon papa n'a pas hésité : il m'a expédié à l'université
puisque j'étais un génie et que l'on ne badine pas
avec le génie.

Voilà !

Un jour je n'étais rien, un rejeton incolore,
inodore et sans saveur, un péquenot du Sud-Ouest
de Montréal dont on ne remarquait que la morve au
bout du nez et le lendemain, je me métamorphosais
en célébrité instantanée ! J'aurais préféré me trans-
former en nouille instantanée et passer sous le radar
des bienveillants, complètement incognito, *subito*
parti et bonsoir ! Cependant, j'étais là pour rester…
Du moins assez longtemps pour me perdre en
chemin sur la route du devenir. La presse s'est inté-
ressée vivement à mon cas dès mes débuts dans le
monde surfait de l'intelligence institutionnalisée.
J'étais l'unique, l'inconcevable, la remise en question, faisant indéniablement bon chic bon genre
dans les conversations :

— Le petit Surprenant, je le connais, il habite
près de chez moi. Je peux vous en parler…

— Ah ?

— Un bon garçon. Gentil comme tout !

On en remettait, surtout les intellos.

— Émergeant d'un paradigme nouveau, voire
inconnu, il sera intéressant d'assister à l'évolution
des travaux du jeune Surprenant qui, nous le souhai-
tons, nous permettront de généraliser la géométrie

différentielle ordinaire par une géométrie différentielle fondée sur une algèbre non commutative, dont
le rôle est celui de l'algèbre des fonctions différen-
tiables sur une variété.

— Tout à fait. Le jeune Surprenant s'inscrit
d'ailleurs dans le courant des nouvelles géométries
qui visent à établir de nouvelles structures et à développer de nouveaux outils utilisables par la physique
quantique. Je parle bien sûr des nouvelles théories
de jauges avec champs de Higgs, extension de la
gravitation et des modèles de type Kaluza-Klein.

— C'est clair.

— Nous sommes d'accord.

— À la bonne heure.

On a fait mon éloge dans toute les émissions de
variétés de la belle province. J'avais droit aux grands
honneurs, avec les amitiés de la Reine de la patate
frite et du Roi du hot-dog. Gens du pays, c'était à
notre tour de parler de mathématiques. J'ai procuré
un orgasme aux nationalistes. Un orgasme monstre,
griffes sorties et tout ! À vous déchirer le dos ! Un
orgasme peint en bleu et au parfum de fleur de lys.
Digne représentant de mon père, Punching Ray
l'infatigable cogneur, et de sa renommée interna-
tionale, je reprenais le glorieux flambeau de l'amour
inconditionnel que vouait le peuple à ma famille.

— Tu sais, le fils de Punching Ray ? Il paraît qu'il
est fort en maths.

— Le fils du boxeur ?

— Ouais ! Un surdoué !

— Y a des familles comme ça. C'est comme du côté de ma belle-sœur, dans sa famille, ils ont les pieds longs.

Il me fallait perpétuer l'espèce, code génétique et célébrité obligent. Or, avec la célébrité vient aussi la perte de l'anonymat et de la vie privée. Pour bien couvrir l'événement, un cirque médiatique, avec son lot de clowns, de jongleurs et d'acrobates, a monté d'urgence son chapiteau devant chez nous. Un beau grand chapiteau, avec une tour à antenne et une caravane de véhicules arborant les sigles colorés de différentes chaînes de télévision et de radios internationales de même que ceux des journaux et des magazines désireux de sacrifier une forêt en papier torche-cul sur mon compte. Journalistes et reporters de tout acabit trimaient dur pour soutirer de brefs commentaires de mon père ou de ma sœur. Quelle sorte d'enfant étais-je ? Avais-je pleuré beaucoup étant bébé ? Est-ce que ma mère m'avait allaité ? Pendant combien de temps ? M'avait-on fait écouter de la musique classique pendant ma période de gestation intra-utérine ? Quelques féministes hystériques en ont profité pour ergoter sur le processus de transmission de l'intelligence, qui se ferait selon elles de la mère et non du père à l'enfant, histoire de rabaisser l'ennemi héréditaire, l'homme, cet animal plus ou moins domestiqué dont l'érection lui sert de jauge à réflexion. Il y avait aussi les sensationnalistes minables, les insignifiants, les fouille-merde et les déterreurs de cadavres. Par leurs questions fangeuses, ils démontraient clairement que l'homme descend du porc et non du singe. Les plus véreux cherchaient à humilier mon père. Comment un boxeur qui en a pris plein la tronche sur le ring a-t-il pu engendrer un fils aussi brillant? Certains le ridiculisaient en comparant son faciès au nez aplati et aux arcades sourcilières prononcées à celui d'un homme des cavernes et faisaient des gorges chaudes en présentant d'anciennes entrevues mettant en évidence la rusticité du personnage. Ces rapaces ne témoignaient aucun respect envers mon père, l'idole de toute une génération de Québécois. Ils s'attaquaient également à ma sœur. Pourquoi n'était-elle pas aussi intelligente que moi? Avait-elle été adoptée?

Malgré leur acharnement, mon père est resté de marbre vêtu. Sans broncher, l'homme de pierre a encaissé les coups. Cependant, ces scribouilleurs ont fini par transgresser leur droit à la liberté d'expression. L'un d'eux, qui signait des articles vulgaires du pseudonyme Valcor dans un journal à potins, a entrepris de harceler ma sœur. Devant les refus répétés d'Argentina de répondre à ses questions, le petit râblé aux yeux fourbes s'est terré sous le balcon de notre voisin afin d'obtenir le cliché désiré. C'était l'anniversaire de ma sœur et je venais de lui offrir une poupée Barbie. Pour me remercier, elle m'a embrassé sur la joue. Aussitôt, un éclair intense a illuminé la cour que le crépuscule plongeait doucement dans la pénombre. Grâce à cette photo, le margoulin souhaitait provoquer le scandale. Son éditorial, «Inceste chez les Surprenant!», ferait la une des journaux! Toutefois, l'espace fugitif du flamboiement causé par le réflecteur de l'appareil, mon père a entrevu Valcor, dissimulé sous le porche de la maison d'à côté. Les yeux de papa se sont injectés de sang. Sans crier gare, le solide boxeur lui est rentré dans le corps comme dans un moulin. Déchaînée, la brute a tout cassé. Quelques minutes plus tard, Valcor, étendu sur une civière, deux côtes fracassées, le nez écrabouillé et une hémorragie interne grave, se lamentait comme un chiot battu. Six mois après l'incident, arborant fièrement ses points de suture devant le juge, l'escroc obtenait de mon père vingt-cinq mille dollars en dommages et intérêts. Mon père, il cognait dur. L'accusé aurait préféré la prison, mais un refus de débourser la somme requise l'aurait empêché d'affronter, le mois suivant, Marvellous Marvin Hagler. Malgré tout, papa a atteint son but: l'article scabreux de Valcor n'est paru nulle part.

Dépassé par le train-train quotidien des événements quasi surnaturels qui m'arrivaient, j'ai vite cédé à l'enthousiasme général que ma progression scolaire éblouissante suscitait. La célébrité, somme toute, me convenait.

Mon baptême de l'université a été expéditif. On m'a parachuté dans une classe de plus de deux cents étudiants piqués des vers à bouquin et l'on m'a expliqué avec grandiloquence les vertus de l'assiduité et de la persévérance. La clé du succès, me répétaient mes augustes professeurs pour m'encourager à super-performer à la hauteur de leurs attentes, se trouvait dans l'application de la recette suivante : dix tasses de talent pour quatre-vingt-dix tasses de transpiration. Infecte ! Ils insistaient. L'intelligence n'était pas tout, c'était même peu en comparaison du travail acharné et du désir de réussir. Vouloir réussir ! Toujours ! C'était la clé ! Ça ouvrait des portes ! Et des grandes ! Pour être fort, je devais me préparer. L'effort soutenu, le dur labeur, pendant des heures et des heures, voilà ce qui différenciait l'homme de la bête de somme. J'écoutais la rengaine de ces sous-doués, le sourire en coin. Quatre-vingt-dix pour cent de bêchage intellectuel et dix pour cent d'aptitude naturelle pour en arriver au résultat recherché ? Bien sûr, oui… Je l'avoue bien humblement, je n'ai pas transpiré beaucoup, quelques petites gouttes lors de la canicule, sans même sentir mauvais des aisselles. N'empêche que petit train va parfois trop loin, mon passage dans leur institution a provoqué une syncope. Le corps professoral en a pris plein la faculté des sciences de l'émerveillement. Les mathématiques, c'était mon truc. Je saisissais instantanément, sans aucun effort, comme ça ! Pouf ! C'était magique ! Une formule, un calcul, le résultat m'apparaissait comme une vision fulgurante. Trop facile.

Vraiment !

Je tenais néanmoins le rôle d'un chiot dans un jeu de quilles format pour homme. Pas un deuxième rôle! Le premier, le plus en vue! Impubère, je ressemblais à un ver solitaire blême et angoissé à l'idée de me faire expulser de l'organisme qui venait de m'ingérer. J'agissais comme un sans-ami prêt à mendier pour quelques gages d'amitié. Bien que l'attention ait gravité autour de moi, la solitude m'étouffait. Mon individualité m'encombrait et mon instinct grégaire souffrait le martyre. J'ai donc résolu de m'extirper de cet isolement délétère de la seule manière que je connaissais: devenir bouffon. Qui rira, vivra! J'ai pris exemple sur mon meilleur ami, Jésus Chavez, le boute-en-train de mon ancienne classe au primaire.

Avec sa mère, mon ami Jésus a immigré au Canada en 1973 après l'assassinat de son père, Antonio Chavez, ministre de l'Agriculture sous le gouvernement de Salvador Allende. Emprisonné lors du fameux coup d'État mené par Pinochet, Chavez a trouvé la mort dans sa cellule, pendant son sommeil. Selon le rapport officiel des autorités chiliennes, il serait mort d'un arrêt cardiaque… Jésus y a vu un euphémisme pour les douze balles logées dans la poitrine. Mon ami Jésus possédait une âme de révolté. Mais sa révolte passait par la rigolade. Rien n'était sérieux pour lui, sauf le jeu. Le jeu, c'était sacré! Le reste, des fadaises, du superflu! Son père était mort pour ses idées socialistes aux mains de tortionnaires réactionnaires. Aucun sens! On ne meurt pas pour des idées. On ne tue pas pour des idées! Mieux vaut changer d'idées!

J'ai commencé par jouer la comédie et imiter Jésus, ou plutôt son comportement. À défaut de miracles, je faisais des grimaces à la grande blonde aux gros lolos derrière moi. Toutes les occasions étaient bonnes pour jeter un regard oblique dans son décolleté. La bombe en avait des super gros ! Je reproduisais aussi des bruits de pet avec ma bouche ou encore en compressant de l'air sous mon aisselle droite avec ma main gauche dans un geste brusque de battement d'aile. Désopilant… Lorsque le professeur écrivait au tableau, je bondissais entre les rangées de bureaux comme un singe capucin en poussant des cris de bête affolée. Personne ne riait. J'ai dû me rendre à la palissade de l'évidence : mes camarades de l'université étaient frigides ; les sans-cœurs ne faisaient jamais l'humour ! Le jeune adulte appliqué et studieux, peigné sur le côté de l'ordre et du conformisme, qui paie de surcroît des frais de scolarité et qui voue un culte à l'érudition, toise d'un œil sourcilleux l'enfantillage et ses prétentions à la bonne humeur.

À la guerre comme à la guerre ! Machiavel aurait été fier de son petit prince. Puisqu'il vaut mieux être craint qu'aimé, j'ai tiré à boulets rouges sur mes professeurs. L'espoir de me faire de nouveaux amis motivait ma méchanceté. J'interrompais à la moindre occasion les professeurs dont la personnalité flottait entre la bizarrerie et la névrose, exploitant les carences affectives des faibles, des bourrés de tics, des nerveux soûlés de calmants et des vieux finis, radoteurs et alcoolos. Je leur proposais une formule de mon cru, plus facile à manier, pour résoudre à la va-vite les problèmes qu'ils nous citaient en exemple afin de nous enseigner leurs théories alambiquées. Le professeur Maurice Rubancour, un normalien désagrégé de mathématiques venu de France nous faire don de son précieux savoir, s'en est offusqué. On l'avait habitué à la supériorité et l'humiliation lui donnait des complexes. Moi, je trouvais son accent rigolo, alors je m'efforçais de le contrarier afin que le snobinard pète les plombs et que la colère lui inspire une logorrhée de malédictions et d'insultes hautement divertissantes. Se mordant les lèvres, postillonnant et ravalant sa salive, le vieux professeur purgeait ses entrailles du venin qu'elles contenaient tout en remontant constamment son pantalon qui tombait sur ses hanches: «Est-ce possible? Quel culot! D'où sort-il? Nom d'une merde d'âne bâté! Petit pisseux! Fiente de délinquant! Sale morveux!» Pauvre professeur Rubancour, mort étouffé par un noyau de cerise resté coincé dans sa trachée lors d'un repas galant avec une prostituée du boulevard Saint-Laurent... Le professeur qui l'a remplacé au pied levé nous a paru bien terne en comparaison, avec son costume-cravate gris pâle et son regard harassé. Aussitôt arrivé, aussitôt parti, Hubert Pinson a levé les pattes soudainement quelques mois plus tard, emporté par une appendicite mal diagnostiquée. Deux professeurs de mathématiques morts en l'espace d'une session; le destin m'envoyait un signe. Pourtant, je n'ai pas changé de branche. En vérité, j'avais pris goût à la virtuosité et les mathématiques me distrayaient.

Le soir, après mes cours à l'université, je retrouvais mon ami Jésus ainsi que mon enfance qui vivotait pendant la journée dans une sorte de sursis vaporeux. Fébrile, Jésus m'attendait à la sortie de la station de métro De l'Église et nous partions à bicyclette rejoindre les South West Irish près de l'usine de traitement des eaux. À la solde des frères Lacasse, le gang, formé de descendants d'immigrants irlandais âgés de quatorze à dix-huit ans, vendait de la marijuana aux adolescents de Verdun et de Pointe Saint-Charles en plus de casser des jambes sur demande. Les bums s'occupaient de notre éducation civique. Malgré sa gueule de voyou, le chef, Tim «Golden Gloves» McLellan, un long garçon aux bras secs et vigoureux, aux cheveux blonds en brosse et au geste nerveux, avait la cote auprès de ma famille. Le caïd s'entraînait comme mon père au Furious Pugilist's Gym tenu par mon grand-père maternel, «Furious» Mitch Sinclair. Tim possédait un talent exceptionnel. Se déplaçant par bonds vifs de gauche à droite, il utilisait son jab avec la précision d'un chirurgien sadique et martelait ses adversaires à l'aide d'une variété de combinaisons surprenantes d'uppercuts et de crochets du gauche au corps. Furious Mitch le vantait sans arrêt: «Ce garçon, c'est un futur champion! Il boxe comme personne, avec un style déglingué mais sacrément efficace!»

Mon père, le poulain consacré de grand-papa Furious, celui qui avait été de toutes les batailles mémorables de la dernière décennie, corroborait. Papa concédait volontiers à Golden Gloves le formidable talent qu'il compensait, quant à lui, par une hargne et une fougue d'une violence à faire frémir… et gémir ses adversaires.

Tim nous aimait bien et nous protégeait, mon ami Jésus et moi. C'est lui qui a fait cesser les plaisanteries au sujet de mon nom lorsque le film *Rocky*, de Sylvester Stallone, est sorti en salle en 1976. Ce foutu boxeur fictif a réduit ma vie à un enfer de quolibets et de moqueries ! Tous les marmots du Sud-Ouest se sentaient l'obligation de me remémorer la dernière scène du film. Dès que ces idiots m'apercevaient le bout du nez, ils se mettaient immanquablement à brailler : « Adriaaaan ! » Puis les abrutis pouffaient de rire. Comble de malheur, la fille du concierge de l'école, une grande greluche efflanquée nommée Adrienne, tout en os et en jointures, au teint vert et maladif, avait le béguin pour moi. Le laideron me suivait partout, comme un caniche de compétition dressé pour tuer. La calamité ! L'université a eu au moins l'avantage de me soustraire à son regard languissant et à ses soupirs de vieille fille en puissance. Nous formions le couple à ragots par excellence de l'école. On nous attribuait tous les vices et perversions imaginables… pour le plaisir. Barbouillés sur les murs à l'intérieur des toilettes, on pouvait lire les mots doux que j'aurais adressés

à ma dulcinée : « Suce-moi le nœud, Adrieeeenne ! »
« Oh ! Oui ! Adrieeeenne ! » Parfois plus romantiques,
nos déclarations d'amour étaient inscrites dans un
cœur transpercé d'une flèche décochée par un cupi-
don en mode défécation : « Rocky aime Adrienne !
Prout ! Prout ! » Devenu l'émissaire de la rigolade, je
ressemblais de plus en plus à Adrienne ! Je verdissais
comme une plante au printemps et rasais les murs,
la tête baissée, pour que personne ne me reconnaisse.
Exaspéré, je me suis lamenté auprès de mon père :

— Je déteste mon nom ! Personne ne porte ce
nom-là ! En plus, c'est un nom de chien !

— T'aurais préféré que je te prénomme Éric !
C'est ça ? Un prénom banal et sans mordant ! Un
prénom d'un ennui à s'arracher la tête et les
cheveux !

— Pas Éric, mais Stéphane ou Martin, un nom
normal. Tout le monde se fout de moi.

— Cesse de pleurnicher ! Tu voudrais être le
clone de la majorité ? Ta mère et moi, nous vous
avons donné des noms originaux. Des Rocky Surprenant et des Argentina Surprenant, il n'en pleut pas
une douzaine par classe. Vous êtes les seuls ! J'en
suis fier !

Il n'y avait rien à ajouter. Rien du tout. Papa
avait raison. Je ne l'ai compris que bien plus tard, la
lubie de mon père pour les prénoms excentriques,
c'était l'héritage qu'il nous léguait, sa marque de
génie à lui. N'empêche que Tim McLellan a grande-
ment facilité ma réconciliation avec mon nom.

Le calvaire a duré une éternité, enfin quelques mois. Un après-midi pendant la récréation, Tim s'est pointé dans la cour d'école. À l'insu du surveillant, mon sauveur a enjambé la vieille clôture rouillée et a empoigné par le collet le premier mouflon venu : «Eille le morveux ! *Tell your friends*, le prochain qui niaise Rocky, je lui pète les dents !» Terminées les moqueries ! Tim a profité de l'occasion pour taxer l'infortuné, dont les larmes roulaient le long du cou comme des boules de quille : «Arrête de chialer et file-moi ton lunch !» Après avoir également détroussé le malheureux de son argent de poche, mon défenseur a jugé crucial de lui préciser l'origine de mon nom, irrité par l'anachronisme dont j'étais victime et qui m'identifiait à Rocky Balboa. Décochant deux trois chiquenaudes sur le front du marmot, pour s'assurer que l'information pénétrait bien la matière grise de sa cervelle figée par l'effroi, Tim lui a appris que mon père m'avait donné ce nom en l'honneur du grand champion boxeur, Rocky Graziano.

Rocky Graziano ! Les foules l'ont adoré jusqu'à sa mort, et mon père encore plus que quiconque. À l'évocation du nom de son héros, papa, les yeux remplis d'admiration, relatait coup pour coup les trois combats épiques de Graziano contre Tony Zale. Des souvenirs indélébiles. Mon père ne s'en est jamais caché, il a enfilé le style de Graziano comme un gant, mais surtout son courage et sa détermination. Sur le ring, et cela indépendamment de l'issue du combat, Punching Ray n'était que douleur et agonie pour ses adversaires. L'enragé ne remportait pas la victoire sur ses adversaires, il les tabassait, round après round, sans relâche, sans jamais ralentir le rythme. Jab, direct, crochet du gauche! Il frappait! Sans arrêt! Jab, direct, double crochet au corps! Il leur broyait les côtes! Jab, direct! Il leur démolissait le portrait! Jab, crochet, uppercut! Il leur pulvérisait la volonté! Rien d'élégant! De l'acharnement brutal! De l'agressivité en vrac! De la testostérone en surdose! Seuls les pugilistes de la trempe de Carlos Monzon pouvaient espérer le vaincre, mais jamais par mise hors de combat et toujours au prix d'une souffrance physique terrible. Punching Ray, de toute sa carrière, n'a jamais visité le plancher. Le robuste Québécois avait la tête dure comme une pierre. En quatre-vingts combats professionnels, mon père a enregistré quatre matchs nuls, neuf défaites par décision et soixante-sept victoires, dont cinquante-quatre knock-out percutants.

Tim était très chouette avec nous. Il semblait toujours heureux de nous voir.

— *Hey! Rocky, my friend!* Comment tu vas aujourd'hui? Où est ton *friend?*

— Il est là, derrière.

— *Jésus, amigo! Stop picking your nose, man!* Tu vas avoir des narines grosses comme ça!

— Je me décrotte pas le nez, je me gratte!

— *Hey!* Rocky, ton grand-père, *he makes me work hard, man! I like him.* C'est un *tough! One day, I swear*, je vais être *champion of the whole fucking world!*

— Tu l'as dit, mon pote!

— *Man, I can't wait to see* ton père se battre contre Marvin Hagler! Ça va être *a great fight, man! A fucking great fight!*

Tim Golden Gloves McLellan n'est jamais devenu «*champion of the whole fucking world*». À l'encontre des conseils prodigués par mon père et mon grand-père, Tim, appâté comme une barbotte pas trop futée, a signé en 1983 un contrat d'esclavage avec les frères Lacasse. Le surdoué est devenu, à son insu, blanchisseur d'argent. Quoi qu'on en dise, même si les petits poissons nagent aussi bien que les gros, les gros finissent d'ordinaire par avaler les petits.

Tim a livré vingt-deux combats professionnels et n'en a perdu aucun, bien qu'il ait été préférable pour le jeune de jouer à qui perd gagne en acceptant de se coucher au neuvième round de son dernier combat, tel que l'avaient exigé les Lacasse, qui avaient misé une somme colossale sur son adversaire, donné perdant à dix contre un par les experts. Tim se croyait imbattable. Sans doute l'était-il sur un ring. Mais hélas, tout le monde est faillible la nuit, dans la rue, contre une dizaine d'individus cagoulés, armés de bâtons de baseball et de *crowbars*. La rumeur veut que le gang des South West Irish ait fait le coup. L'histoire se répétait, un nouveau caïd gravissant les échelons de la hiérarchie mafieuse du

Sud-Ouest éliminait son rival. Classique. Les chefs des organisations criminelles ont une durée de vie comparable à celle des piles alcalines. Affolé par l'absence prolongée de Tim au gymnase, mon grand-père, demeuré son entraîneur malgré la prise en charge de la carrière de sa recrue par les Lacassse, a alerté la police après avoir tenté de le joindre à plusieurs reprises.

On a retrouvé Tim le lendemain vers cinq heures trente du matin sur le bord du canal Lachine, son sang formait une glue opaque sur le gazon recouvert de rosée. Le boxeur gisait inerte, les membres cassés, au milieu d'excréments de chiens et de bouteilles vides. Tim avait cessé de vivre, mais n'était pas mort. Le guerrier têtu a entamé une nouvelle forme d'existence, une existence immobile, végétative. Il s'est recroquevillé dans son esprit et s'est mis à revivre inlassablement le dernier acte de sa vie passée. Pendant une soirée, Tim a été champion, non pas champion du monde, mais champion du Canada. Son rêve à demi réalisé lui a imprégné sur le visage un sourire victorieux, un rictus indélébile qui semble dire : «*I am a fucking champion!*» Mon ami n'a peut-être pas tout perdu, au fond…

Aujourd'hui, Tim coule des jours monotones dans un institut spécialisé à regarder des matchs de boxe à la télé, fronçant les sourcils et émettant quelques grognements hostiles lorsque l'infirmier vient éteindre le téléviseur et le mettre au lit. Parfois, mon grand-père va lui rendre visite et le ramène avec lui au gymnase pour assister à l'entraînement. Ses grognements se font alors plus doux.

Les Lacasse ont fait la vie dure à mon grand-père. Persuadés que le vieux avait influencé la décision de son poulain de contrevenir à la directive de plonger au neuvième round, ces fils de pute ont saccagé son gymnase et l'ont obligé à leur verser un droit de protection de cinq cents dollars par mois. Comme le *Furious Pugilist's Gym* ne rapportait pas beaucoup, mon père s'est acquitté de cette somme chaque mois pendant trois ans, jusqu'à ce que les frères Lacasse soient finalement inculpés d'une trentaine de chefs d'accusation et jetés en prison. Grand-papa Furious a témoigné contre eux au tribunal. Le vieil homme aurait toutefois préféré leur foutre une baffe à grand déploiement, comme il l'a signifié au juge.

Quelques mois plus tard, grand-papa Furious a appris dans le journal la mort cocasse de l'aîné des Lacasse. Un prisonnier schizophrène, se prenant pour le père Noël, a poignardé le salopard à trente-deux reprises. Selon le rapport d'enquête, Lacasse aurait refusé de s'asseoir sur les genoux de son meurtrier. L'homme se serait alors jeté à sa gorge en gueulant : « Tout le monde croit au père Noël, enfant de chienne ! » Furious Mitch a immédiatement fait encadrer l'article et l'a accroché au mur du gymnase à côté du portrait de Tim portant à bout de bras sa ceinture de champion canadien, tout près des sacs de sable et des grands miroirs servant au *shadow boxing*.

Grand-papa a alors entrepris un rituel troublant. Chaque dimanche, beau temps, mauvais temps, il avait l'habitude de se recueillir sur les tombes de sa femme et de ma mère, Emma, sa fille unique. Comme on a inhumé Gaston Lacasse dans le même cimetière qu'elles, le vieux veuf a ajouté à son pèlerinage un détour du côté nord pour uriner sur la pierre tombale du criminel. Debout, les jambes écartées, le dos voûté et la tête baissée, le bougre ouvrait sa braguette lentement, presque religieusement, sortait sa masculinité ramollie par le passage des années, puis évacuait à coups de jet fumant son ressentiment. Furious a accompli ce sacrilège jusqu'à ce que ses jambes ne lui permettent plus ses longues promenades hebdomadaires.

Encouragés par le rire rauque de mon grand-père que nous accompagnions parfois, nous nous sommes prêtés à cette profanation, mon ami Jésus et moi, avec tout autant de ferveur. Terroristes du repos éternel, nous avons multiplié les attentats à la tombe. Nous avons pissé des litres et des litres de rancœur sur ce vaurien pendant que Furious le vouait à la damnation éternelle. L'odeur d'urine est devenue si âcre que la famille Lacasse a dû changer le monument funéraire souillé pour un neuf. Nous avons pissé sur le nouveau tout autant. La stèle jaunie dégage encore aujourd'hui un effluve fétide.

Le *Furious Pugilist's Gym* a ouvert ses portes en 1950 lorsque Furious Mitch Sinclair a accroché définitivement les gants après trois tentatives infructueuses de reprendre sa carrière, trois combats qui se sont soldés par des disqualifications peu honorables. Furious n'acceptait pas la défaite. Seule la victoire comptait à ses yeux et il n'écartait aucun moyen pour y parvenir. Le bouillant pugiliste donnait des coups de coude, des coups de tête, poussait ses adversaires et leur faisait des crocs-en-jambe. Très tôt dans sa carrière, les commentateurs ont attribué à cette petite peste du ring l'épithète «furieux». Sur le plan des tactiques déloyales, si on le compare à Furious Mitch, Mike Tyson n'a rien inventé en arrachant le bout de l'oreille d'Evander Holyfield avec ses dents, le cinglé a juste dépassé un peu la mesure. Furious Mitch mordait souvent ses adversaires, mais sans leur arracher de morceau. Une arme supplémentaire à son arsenal, les dents du pugnace batailleur rappelaient à ses adversaires le danger de lui retenir les bras en corps à corps. Autant les autres boxeurs que les amateurs de boxe détestaient Furious Mitch Sinclair. D'ailleurs, sa réputation de galapiat lui a empêché d'obtenir ne serait-ce qu'un combat de championnat mondial. Le renégat a dû se contenter de terrifier les boxeurs canadiens, car un promoteur d'envergure ne l'intégrait que rarement à son programme lors de galas importants impliquant des boxeurs classés mondialement.

Furious a eu une carrière décevante, qu'il a toutefois rachetée en devenant un entraîneur respecté. Le barbare sanguinaire a abandonné ses tactiques de forcené au profit d'une étude méticuleuse du sport et des manières de capitaliser sur les faiblesses des adversaires de ses protégés. Il a transmis à ses athlètes la même fureur de vaincre qui surchauffait jadis sa volonté, mais a su leur éviter les écueils de l'indiscipline et de la violence débridée. Tout à l'honneur de grand-papa Furious, jamais l'un de ses poulains ne s'est fait disqualifier lors d'un combat.

De l'extérieur, le *Furious Pugilist's Gym*, que seule une affiche défraîchie annonçait, semblait abandonné. Située à l'angle de la rue de Verdun et de la 1re Avenue, directement sur le trottoir, la bâtisse en brique embrunie par les émanations de gaz carbonique avait été successivement, dans un passé déjà oublié de la population locale, une manufacture de pantalons de toile, un bar miteux et un bordel sulfureux. Les fenêtres de la façade, à moitié placardées et opacifiées par une poussière centenaire, ne laissaient pénétrer aucune lumière naturelle. L'éclairage, aussi poussiéreux que les vitres, plongeait dans une constante pénombre la salle et ses équipements. Au fond à gauche se trouvait le bureau de grand-papa Furious, dont les murs étaient couverts de photos et de posters de boxeurs de toutes les époques. Y pendaient aussi ses vieux gants noirs, ceux avec lesquels il avait remporté le titre de champion canadien. Sur son pupitre, ramassée dans les poubelles, reposait une machine à écrire défectueuse avec laquelle la terreur du ring se promettait un jour d'écrire son autobiographie. Derrière la porte, sur un long portemanteau métallique dont trois branches manquaient, le vieil entraîneur accrochait sa gabardine et sa casquette de conducteur de train. Dans la salle, deux grands rings aux cordages bien tendus recevaient la sueur et le sang des boxeurs. Les sacs de sable tombaient du plafond comme de lourdes pendules. Tous les jours, on entendait de la rue la rumeur sourde des coups de poing sur les sacs et le roulement continu des ballons de vitesse. Aux trois minutes de ronronnement mat que produisait l'affairement des boxeurs contre leur adversaire en cuir succédait le timbre éclatant de la cloche fêlée annonçant la fin du round. Pendant une minute, le gym reprenait son souffle. On aurait dit un poumon gigantesque. J'aimais beaucoup l'intensité du regard des boxeurs à l'entraînement et l'atmosphère chargée de passion qui régnait dans le gymnase. Par-dessus tout, j'aimais observer grand-papa Furious prodiguer des conseils à ses athlètes. Une confiance contagieuse émanait de cet homme. Même passé la soixantaine, le vieux bagarreur aurait pu vaincre n'importe quel adversaire. J'en étais persuadé ! Lui et mon père s'entendaient à merveille. Punching Ray n'a d'ailleurs jamais combattu sans grand-papa Furious dans son coin.

À cette époque, j'étais un génie… Mon enfance prenait l'eau comme un vieux rafiot plein de trous ! Sauve qui peut ! Nage, mon bonhomme, nage ! Flic ! Flac ! Encore quelques petits soubresauts d'innocence avant que l'âge de raison ne t'avale ! Avec mon ami Jésus, et souvent aussi avec les South West Irish, j'ai multiplié les mauvais coups et les rires pendables. Nos soirées se déroulaient en vadrouille dans Verdun, à la recherche du temps à perdre. Jésus rêvait de braquer une banque... Lorsque le fourgon blindé se stationnait devant la caisse populaire de la rue Wellington et que ses gardes armés procédaient au chargement de l'argent des coffres de l'institution, nous les observions, mine de rien. Jésus élaborait des plans, dont il me faisait part ensuite. Nous jouions à Butch Cassidy et le Sundance Kid. Mais Jésus voyait dans ce jeu d'imitation un espoir réel de sortir de sa pauvreté. Il convoitait le magot, le Jésus! Il aurait voulu être riche! De la richesse qui rend libre! Libre pour tout! De celle qui propulse, qui catapulte au-delà des besoins et des désirs! Il voulait être riche! Pour pouvoir acheter à sa mère une retraite capitonnée, confortable, en cuir d'Italie et en or massif, bien investie dans le luxe et l'opulence. Il rêvait, le Jésus!

— T'es con!

— Un jour, tu verras, je serai millionnaire!

— Tu vas dévaliser une banque?

— Peut-être... Peut-être pas...

Comme tous les Verdunois des années soixante-dix, nous étions pauvres. Jésus et sa mère encore plus que nous. Nous aurions pu vivre confortablement, mais quelques procès intentés contre mon père pour voies de fait graves ont failli nous ruiner. Trop souvent, des abrutis, voulant prouver leur valeur à leurs amis ou aux témoins anonymes d'un bar, narguaient mon père, croyant sincèrement pouvoir être les premiers hommes à le mettre K.O. Mon père résistait. Il allait même jusqu'à encaisser le premier coup de poing afin d'éviter la bagarre, mais surtout les complications qui s'ensuivraient. On insistait.

— T'es rien qu'un peureux !

— Je ne veux pas d'ennuis.

— Pissou !

— Je ne veux pas me battre.

— Peut-être, mais moi j'ai envie de te casser la gueule !

— Trouve quelqu'un d'autre. Je m'en vais.

— Tu te prends pour qui ? Ça joue les durs, ça se pense plus fort que tout le monde, pis c'est même pas capable de remporter un titre mondial. Tu nous fais honte ! Défends-toi si t'es un homme !

Chacun de ces illuminés finissait toujours par appuyer sur le bon bouton et ainsi déclencher la violence de mon père. En dehors du ring, sans l'encadrement rigoureux de grand-papa Furious, Punching Ray se métamorphosait en l'incroyable Hulk et détruisait tout sur son passage.

Plus tôt dans sa vie, à dix-sept ans, mon père a goûté l'ivresse que procure le sentiment d'être le plus fort. Les hommes du chantier où il travaillait comme équarrisseur, à cent kilomètres à l'est de Radisson, racontaient qu'Alphonse Tonnerre, un Montagnais avec des bras gros comme des troncs d'arbre, les épaules en pan de mur et la nuque aussi large que la tête, avait, lors d'une bagarre dans un poste de traite au nord de Chibougamau, étranglé un homme d'une seule main en le soulevant de terre comme un pantin. Il était costaud, le Tonnerre! La terre tremblait sous ses pas! Alphonse Tonnerre, la légende du Nord, a débarqué au chantier un soir de pluie. Sans connaître son propriétaire, le gros Amérindien s'est écrasé de tout son long sur le grabat de mon père, qui a aussitôt protesté. L'air s'est raréfié et les mouches ont cessé de voler. Le Tonnerre, qui dépassait son adversaire d'une tête et faisait le double de son poids, s'est mis à gronder. Puis, sans avertissement, le colosse a tenté d'empoigner l'arrogant à la gorge. Vif comme un fauve, papa a bondi de côté et lui a asséné un violent crochet du gauche sur la tempe. Le Tonnerre a rugi et s'est effondré. C'est ainsi que Raymond Surprenant a découvert ses poings, tel un bébé prenant conscience de son corps. Leur puissance l'a immédiatement séduit: «J'ai terrassé le Tonnerre! Je suis un géant!»

Nous roulions en direction de Madison Square Garden à New York dans un autocar bondé lorsque papa m'a raconté son premier exploit. Punching Ray s'apprêtait à livrer le cinquante-sixième combat de sa carrière, qui était aussi le premier auquel j'assistais. J'avais quatre ans. Juste avant de grimper le petit escalier le menant sur le ring, papa s'est approché du siège où j'étais assis et, me faisant un clin d'œil complice, le regard conquérant, il a lancé:

«J'ai terrassé le Tonnerre! Je suis un géant!» Vrai! Mon père était un géant. Dans son peignoir noir, les bras tendus vers le ciel, les muscles saillants, le corps souple, mon idole ressemblait au Hercule du livre pour enfants que ma mère m'avait donné. Il portait les mêmes cheveux noirs bouclés et soulevait lui aussi des poids énormes au-dessus de ses larges épaules.

Rien ne pouvait arrêter mon père dans sa nouvelle voie. Raoul Brideau, un arnaqueur qui s'est improvisé son entraîneur et agent, retrouvé mort de deux balles entre les omoplates à la sortie d'une taverne de Sudbury bien des années plus tard, avait promis à mon père la conquête du Graal de la boxe. Grisé par l'extase de la victoire et l'espoir de la reconnaissance universelle, papa a multiplié les combats de rue, tapant sur des centaines de gars pour une poignée de dollars. Le futur membre du Temple de la renommée de la boxe défiait quiconque insinuait lui être supérieur. Brideau organisait les combats et empochait les profits tandis que papa assommait les prétendants au titre de l'homme le plus coriace de la province. Bien avant que Brideau ne fasse la planche trouée dans un stationnement de Sudbury, les deux amis et associés s'étaient séparés. Un soir, après un combat particulièrement violent, Papa a découvert l'exploitation dont il faisait les frais et a passé Brideau à tabac, l'abandonnant dans une chambre de motel, tout désarticulé, mais toujours vivant. Ensuite, le bagarreur est devenu boxeur amateur, puis boxeur professionnel sous les ordres de grand-papa Furious.

Avec le temps, la susceptibilité de Punching Ray s'est aiguisée au point de ne plus accepter la moindre allusion à ses défaites. Il suffisait qu'un jean-foutre remémore à papa l'échec de son rêve de devenir champion du monde pour qu'il disjoncte. Ces soirées navrantes débutaient par une rixe et se terminaient par un séjour à l'hôpital pour le provocateur. Les échecs de mon père à conquérir la couronne mondiale des poids moyens sont rapidement devenus tabous dans l'entourage des Surprenant. Seul grand-papa Furious jouissait du droit moral d'exposer ses vues sur la carrière de Punching Ray puisque, tout comme lui, il n'est jamais parvenu au bout de son ambition.

Pour subsister, Amalia Chavez, la mère de mon ami Jésus, faisait la boniche à Westmount, chez les pleins, comme le disait son fils. La pauvre nettoyait la crasse de la famille d'un magnat de l'industrie des pâtes et papiers, Roger Bourbonnais, propriétaire de plusieurs usines en Abitibi et au Lac-Saint-Jean, et dont le siège social se situait à Montréal. Roger Bourbonnais, qui prononçait son nom à l'anglaise pour faire bonne impression auprès de ses voisins et de ses clients américains, était un quadragénaire ventripotent, irascible et borné. Lorsque je l'ai vu pour la première fois, j'ai cru être en présence d'une version rajeunie du directeur Morin, un Morin à qui l'on avait greffé des cheveux et remonté le visage.

Ardent défenseur des droits de l'homme à l'exploitation des ressources naturelles, *Rodger* avait le mérite, disait-on, d'avoir érigé seul son empire du bien matériel. Redoutable, le mammouth ne dirigeait pas, il trônait. Son allure de pachyderme colérique vous écrabouillait la prestance dès le premier regard. Du seul fait de sa respiration lourde et profonde, qui donnait l'impression d'un radiateur prêt à exploser, le tyran intimidait. Alors que chez certains la réussite monte à la tête, dans le cas de *Rodger*, la réussite s'était figée sur son ventre en une épaisse plaque de graisse. Aussi terrible que le mégalomane obèse ait pu paraître, Jésus ne craignait nullement *Rodger*, qu'il affublait du surnom de Fat Roger. Contrairement à son fils, rebuté par l'abondance adipeuse de *Rodger*, Amalia apercevait la lueur au bout du cauchemar. Il suffisait de peu, au fond. Il suffisait de presque rien, d'un peu de charme et d'audace. Ce n'était après tout qu'une question de faux scrupules. La morale n'est pas censée empêcher les gens de bien vivre, répétait Amalia à son fils.

À la défense de l'éléphant, n'importe qui aurait succombé à la tentation de la luxure en présence d'Amalia. La jolie soubrette causait un émoi à remuer les tripes partout où elle apparaissait. Ses courbes généreuses possédaient le don de désarticuler les mâchoires et de provoquer des torticolis atroces. Même grand-papa Furious lui reluquait le déhanchement, l'air aussi niais qu'un adolescent devant son premier *Playboy*.

— Sois gentil avec *Rodger*, mon chéri, a ordonné Amalia à Jésus un jour où il était venu la rejoindre pour la raccompagner à Verdun.

— D'accord… Mais je l'aime pas, ton Fat Roger !

— Et ne l'appelle pas comme ça ! Il est très sympa avec toi. Au juste, qu'as-tu fait de la bicyclette qu'il t'a donnée la semaine passée ? Pourquoi roules-tu toujours sur ta vieille bécane tout abîmée ?

— Je sais pas, a balbutié Jésus, qui l'avait vendue pour dix dollars à Stingy Billy, l'un des South West Irish, pour s'acheter la carte de hockey de Guy Lafleur, son idole.

— C'est quoi cette réponse ? Où est passée ta bicyclette neuve ? elle a renchéri, menaçante.

— Je sais pas, on me l'a piquée…

— *¡Vida de mierda !* Ne t'en fais pas, je demanderai à *Rodger* de t'en acheter une autre. Tu sais, *Rodger* m'aime. Il me l'a dit. Tout va s'arranger.

— Je veux pas aller vivre chez les friqués de Westmount !

Amalia l'a giflé. Paf ! Deux fois, plutôt qu'une, ça valait mieux. Paf ! Et paf !

— Tu feras ce que je te dirai de faire ! Tu sauras qu'il n'est pas facile d'être heureux ! a crié Amalia à Jésus, qui reniflait de manière saccadée, au rythme des sanglots qui gonflaient sa poitrine. Pardonne-moi… a imploré Amalia. Je fais de mon mieux… Je ne voulais pas te gifler.

— Je le hais, ton Fat Roger ! a rugi Jésus d'une voix étouffée.

Malgré sa haine de Fat Roger, Jésus respectait les efforts de sa mère pour se doter des moyens d'être heureux. Le bonheur était une affaire de dollars! Jésus a appris au fil du temps à apprécier Fat Roger à sa juste valeur monétaire.

Petit à petit, mon ami Jésus s'est désintéressé des tribulations de sa mère avec son signe de piastre ambulant. Il lui importait simplement d'empocher les bénéfices de cette relation tordue entre l'idéal et la morne réalité. Or, de cette alliance célébrée entre la lubricité et la cupidité est né, outre les cadeaux d'usage, le néant. Amalia s'est laissé aimer pendant deux ans avant d'être congédiée par *Rodger*. Lassé de parcourir ses courbes incendiaires, brûlé sans doute par la passion grandissante d'Amalia pour le faste de ses possessions, Son Énormité l'a larguée cavalièrement au détour d'une conversation insipide lors d'un souper en tête à tête dans un restaurant chic, rue Crescent. Son Obésité a cependant pris le soin de recommander chaleureusement sa femme de chambre à l'un de ses riches copains, souhaitant lui éviter de sombrer dans le besoin affectif. Amalia a refusé. Puis elle a accepté. «Ainsi va la vie qui va, ah!», chantait Jean Leloup.

Souvent, le soir après le coucher du soleil, mon ami Jésus et moi pratiquions le tourisme nocturne. Le jeu: infiltrer les maisons du voisinage à l'insu des propriétaires endormis. L'enjeu: une surdose d'adré-naline. Sans rien voler, nous déplacions quelques

objets et les posions dans des endroits incongrus,
privilégiant le déplacement de la télé sur la table
de la cuisine. Cette manœuvre produisait un effet
monstre, à faire éclater les yeux d'incrédulité! Un
article est même paru dans le *Journal de Montréal*:
«Les déménageurs somnambules».

— Rocky, on se fait la baraque du vieux
Grantassoni cette nuit?

— Ouais, mais pas trop tard. Demain, je prends
l'autobus pour New York avec mon père, grand-papa
Furious et Argentina.

— C'est vrai, j'avais oublié. Dis donc, tu vas
sûrement voir Mohammed Ali!

— Ouais.

— Cool! J'ai entendu les gars du gym dire que
Hagler était favori pour l'emporter contre ton père.

— Des cons!

— C'est pour la ceinture?

— Non, c'est pour être le prochain *contender*.

— Il va gagner. De toute façon, c'est qui Marvin
Hagler?

— Tu lui as vu la tête? Il a le crâne lisse comme
un cul de singe!

— Si tu rencontres Mohammed Ali, promets-moi
que tu vas lui demander son autographe?

— D'accord.

— On va pouvoir le vendre super cher aux South
West Irish!

Pour devenir aspirant numéro un, Marvin Hagler
devait remporter ce combat contre mon père.

Punching Ray représentait le défi ultime pour toute vedette montante de la boxe. Le vétéran faisait office de stage initiatique. Ou on avait l'étoffe d'un champion, ou on ne l'avait pas. C'était en quelque sorte mon père qui tranchait. Une victoire contre le plus dur cogneur de sa catégorie permettait à un jeune boxeur de croire en ses aptitudes et de maintenir vivant son rêve de consécration. De façon générale, les gérants évitaient d'opposer leurs protégés à Punching Ray jusqu'à ce que cela devienne absolument inévitable, car le risque était énorme. Dans le coin de Hagler, on jugeait qu'il était prêt à passer à l'histoire. Pour mon père, c'était l'histoire qui se répétait.

La conférence de presse tenue lors de la pesée officielle des deux boxeurs a été divertissante, comme toujours. Hagler a tenté d'intimider papa avec son regard à la Sony Liston, mais mon père, qui en avait vu d'autres, a pris la tête de Hagler entre ses mains et l'a embrassé en plein sur le dessus du coco. Au fond de la salle, un spectateur exalté a crié : « *We love you, Ray !* » Hilare, la foule s'est aussitôt mise à scander : « Punching Ray ! Punching Ray ! Punching Ray ! » Humilié, Hagler s'est retiré immédiatement. Grand-papa Furious, sa casquette de conducteur de train bien calée sur les oreilles, rigolait encore à en perdre son dentier lorsqu'on lui a intimé de céder son fauteuil à Angelo Dundee, l'entraîneur de Mohammed Ali. L'effet produit par le doux affront de mon père a été tel que, dans la deuxième partie de la conférence de presse, Ali a tenté de poser un baiser sur le sommet de l'œuf de Shavers, lui aussi rasé comme Hagler. Cependant, l'aspirant a esquivé l'assaut de tendresse du champion. Un sourire complice en direction de mon père, Ali a alors improvisé un poème pour prédire l'issue du combat, un poème qu'ont immédiatement traduit les journalistes et analystes québécois couvrant l'événement :

De ces têtes d'œuf
À l'air de bœuf,
Nous ferons une omelette
De femmelettes

Le jour du combat, je n'ai presque rien mangé. J'avais les intestins dans la gorge. Assis sur le lit de la chambre de l'hôtel dans lequel nous logions, tout près de Madison Square Garden où avait lieu le combat, j'écoutais au canal HBO des extraits de combats récents livrés par Hagler. Il était fort, Hagler. J'étais obnubilé par ce qualificatif. Hagler, il était fort… Il fonçait sur ses adversaires et les dérouillait de la belle manière, à plein régime et sans pitié. Comme mon père, l'ardent poids moyen ne reculait jamais, et il frappait à tour de bras, sans arrêt. Mais sa technique était supérieure. Le jeune était plus agile et plus rapide. Ses coups, toujours précis, charcutaient le corps et le visage de ses adversaires. Il émanait de Hagler une sorte de cruauté confiante qui me troublait. Pour la première fois de ma vie, j'ai craint pour mon père. J'avais peur que Hagler lui fasse mal, que l'explosif cogneur le blesse. Même la violence de Carlos Monzon, contre qui mon père s'était battu à trois reprises, une trilogie qui l'a fait entrer dans la légende, m'apparaissait inoffensive en comparaison de la férocité de Hagler. Devant mon père, j'ai continué de jouer la carte de la foi absolue, mais dès qu'il est sorti de la chambre pour aller se faire masser afin de dénouer ses muscles en préparation pour le combat, je me suis réfugié dans les bras de grand-papa Furious.

— Ne t'en fais pas, petit. Ton père sait ce qu'il fait. C'est un dur de dur !

— …

— T'as vu Hagler ? Une vraie tête d'œuf !

— Oui... Il n'est même pas si fort que ça !

— Ton père, il va lui en faire baver à ce voyou.

— Papa va l'aplatir comme une crêpe avec son crochet et son direct ! Comme ça ! Paf ! Paf ! Boum !

J'étais mort de trouille. Mon père, quant à lui, se promenait le sourire pendu au nez, trimbalant Argentina sur ses épaules. Depuis la conférence de presse, il se sentait protégé par l'aura d'Ali, dont le poème avait prédit la confection de deux omelettes à la tête d'œuf. À son retour de la séance de massage, papa m'a surpris en m'offrant un poster autographié de Mohammed Ali. Il s'agissait de l'affiche du gala de ce 29 septembre 1977 sur laquelle le nom de mon père figurait avec celui de Hagler, juste au-dessous de la photo d'Ali et de Shavers, nez à nez. Ali y avait également gribouillé son court poème improvisé. Malgré la déception de mon ami Jésus, qui souhaitait vendre ce trésor à prix d'or en barre, j'ai gardé le poster. Beaucoup plus tard, je l'ai offert à grand-papa Furious, qui l'a aussitôt affiché sur le mur du *Furious Pugilist's Gym*, entre les ceintures de champion canadien de mon père et de celle de mon grand-père. Papa a aussi offert une casquette des Rangers de New York autographiée par Ali à Argentina, que Mohammed avait prise dans ses bras et embrassée.

Aux premières loges, assis entre Argentina et Cindy, la grande blonde en bikini responsable de remémorer aux spectateurs le numéro des rounds, j'angoissais. Après une dizaine de minutes d'attente, Marvin Hagler est monté sur le ring, le regard hostile et terrorisant. Le pitbull semblait prêt à arracher la tête de sa proie d'un coup de dents! Puis, sous les bruyants applaudissements de la foule, Punching Ray a fait son entrée. Il souriait. Mon père a toujours été heureux de se battre. Seul l'affrontement sur un ring le rendait véritablement heureux. D'ailleurs, sa passion ardente et sincère pour son sport lui a valu, aux cours des années, une popularité délirante. Ce soir-là, même si les experts donnaient Hagler gagnant, le cœur des spectateurs battait pour Punching Ray, l'infatigable cogneur, le sympathique pugiliste. J'ai aussitôt repris confiance. Mon père, il était fort lui aussi. Un titan! Rendu à ma hauteur, il s'est approché et m'a lancé, comme lors de chaque combat: «J'ai terrassé le Tonnerre! Je suis un géant!» Je l'ai serré très fort contre moi. Je ne voulais pas le laisser partir. Après avoir embrassé ses enfants, le fauve a sauté d'un bond sur le ring. Grand-papa Furious le suivait, accompagné de Léger Tremblay, surnommé Léger Pas-Pesant. D'aspect famélique, le teint cendré, l'homme de coin n'avait pas son pareil pour refermer les plaies et arrêter les saignements. Son talent unique a permis à Punching Ray de remporter de nombreux combats malgré des coupures profondes aux arcades sourcilières.

La cloche a sonné et le combat a commencé. Souvent, les boxeurs s'étudient pendant le premier round. Mon père, lui, ne tournait jamais autour du pot! Il rentrait dans le lard du sujet! Aucune tergiversation! Aucune fioriture! Il était là pour échanger des coups! Mon père, il ne donnait pas dans la subtilité. Le brave Hagler a accepté fièrement le défi. Le molosse s'est planté les deux pieds dans le tapis et n'a pas reculé d'un centimètre. Pendant trois minutes, les coups sont tombés dru. Au terme de ce round enragé, la foule, extasiée, hurlait son plaisir à pleins poumons. On en avait pour son pognon! Un mélange confus de colère et de perplexité bariolait le visage blême de l'entraîneur de Hagler. Ce que le petit homme grisonnant aux yeux meurtriers craignait le plus se produisait: son poulain négligeait complètement sa technique et livrait un combat de rue. En retournant dans son coin, mon père m'a fait un clin d'œil. L'heureux lascar œuvrait dans le meilleur des mondes, celui qu'il connaissait le mieux, l'univers de la frappe brutale et continuelle.

Les six rounds suivants ont été à l'image du premier : une bataille de tranchée sanglante. Ni Hagler ni mon père n'ont ralenti la cadence. Les juges se prenaient la tête entre les mains, dépassés par les coups. L'avantage ne revenait à aucun des deux pugilistes. Même les statistiques étaient mystifiées ! Après chaque round, en revenant dans son coin, mon père continuait de sourire. Il se savait capable de maintenir le rythme jusqu'au quinzième round, malgré son œil droit qui enflait et la coupure sur sa pommette gauche. L'entraîneur de Hagler paniquait. Le hargneux nabot gueulait ses ordres à son protégé dans un anglais impétueux et saccadé tout en le giflant au visage :

— Bon sang, Marvin, réveille-toi ! T'as rien à prouver en échangeant coup pour coup avec ce type ! T'es masochiste ou quoi ? T'es pas un bagarreur de rue, bordel ! Utilise ton jab et déplace-toi vers la droite pour éviter son direct et riposte avec des combinaisons ! Utilise ta vitesse ! Merde !

Grand-papa Furious était satisfait de la tournure que prenait le combat.

— Comment te sens-tu ?

— Très bien.

— Et ton œil ?

— Aucun problème.

— Continue de mettre de la pression sur lui. Nous le tenons !

À partir du huitième round, Hagler a modifié sa stratégie. Au lieu de boxer de l'intérieur, en corps à corps au centre du ring, il s'est mis à tourner autour de mon père comme une panthère, lançant des jabs vifs et précis. Quand Punching Ray, beaucoup plus lent, essayait de l'atteindre avec un crochet du gauche ou un direct de la droite, Hagler lui décochait deux ou trois jabs à la tête et enchaînait avec une combinaison au corps. Le fin stratège espérait couper le souffle de mon père et l'épuiser. Pendant le douzième round, l'œil droit de papa s'est complètement fermé. Se déplaçant du côté de son champ de vision réduit, concentrant ses attaques sur l'œil blessé, Hagler a profité allègrement du handicap de son adversaire. Tel un cyclope pris d'assaut sur plusieurs fronts à la fois, le courageux bagarreur se battait à l'aveuglette. Le vent avait tourné et coincé la girouette dans la mauvaise direction. Pendant la pause entre le douzième et le treizième round, Léger Pas-Pesant, tentant de réduire l'enflure, s'est affairé en vain sur l'œil clos de papa, dont le gonflement déformait le visage. Sa figure tuméfiée ressemblait à une citrouille gorgée d'eau, prête à fendre. Argentina, livide, pleurait en silence, recroquevillée sur son siège. Derrière le sourire astreint que grand-papa Furious m'a adressé pour me rassurer se profilait un absolu désarroi. Mon père ne pouvait pas continuer de se faire malmener de la sorte.

— Raymond, je vais devoir arrêter le combat, il a dit à mon père.

— Jamais ! Il ne reste plus qu'un round, je vais terminer mon combat.

— Il reste trois rounds !

— Peu importe ! Punching Ray n'a jamais abandonné ! Léger, ouvre-moi l'œil ! Allez !

— Je ne peux pas, l'enflure est trop importante.

— Je termine ce combat !

— Fiston, je ne peux pas te laisser continuer…

— Donne-moi un autre round. Je vais lui passer le K.O.

— …Un seul ?

— Oui, j'ai besoin d'un round, un seul.

Ding ! Ding ! Le bal a repris, mais avec un seul danseur. Au centre du ring, mon père faisait signe à Hagler, qui virevoltait autour de lui comme une ballerine, de venir se battre. Hagler, intelligent, se gardait bien de laisser son machisme lui dicter sa conduite. Et puis, contre toute attente, mon père a emboîté le pas à Hagler. Papa n'avait jamais dansé de sa vie, encore moins lors d'un combat. Fred Astaire exécutait une chorégraphie grotesque qui visait à ridiculiser Hagler. Ses mouvements désarticulés le rendaient pratiquement intouchable, tellement que Hagler, pris au dépourvu, a jeté un coup d'œil interrogatif vers son coin. Grand-papa Furious, ébahi, a attrapé Léger Pas-Pesant par la chemise et l'a serré dans ses bras. Le miracle était possible, le vieil entraîneur le sentait. La foule applaudissait à se faire éclater les veines des mains ! Les prouesses de Punching Ray, devenu soudainement Dancing Ray, enthousiasmaient le parterre. Le treizième round s'est terminé sans qu'un seul coup de poing, de part et d'autre, n'atteigne la cible.

— Où as-tu appris à danser comme ça? a demandé grand-papa Furious à mon père. On dirait Fred Astaire sur la coke!

— J'sais pas. Ça m'est venu tout seul.

— Génial, a ajouté Léger Pas-Pesant. Encore un round comme ça et Hagler sera fou de rage! Il ne te restera qu'à le cueillir avec un bon crochet du gauche au menton.

Mon père a amorcé le quatorzième round en se déhanchant comme un possédé. On aurait dit que Léger Pas-Pesant l'avait aspergé d'eau bénite juste avant la reprise du combat. La foule hurlait de rire! Hagler enrageait. Son orgueil prenait toute une dégelée! Mais il n'avait pas dit son dernier juron, le Hagler! Habile, il a acculé mon père dans les câbles où il l'a martelé violemment à la tête et aux côtes. En tentant de se sortir de l'étau dans lequel le tenait Hagler, Punching Ray a baissé la main droite et a laissé son œil sans protection l'espace d'une demi-seconde. Une demi-seconde à la boxe, c'est le temps d'un destin qui bascule. Aussitôt, un direct du droit vif et sec a porté contre l'œdème violacé qui disproportionnait la moitié de son visage. Le choc a été tel que l'œdème a éclaté. L'arbitre a dû s'éponger le front du revers de la manche de sa chemise pour essuyer les éclaboussures. Une longue coulée de liquide séreux et de sang glissait le long du cou de mon père lorsque l'arbitre s'est interposé et l'a dirigé vers le médecin attitré du combat. Le médecin a nettoyé prestement la plaie pour évaluer l'ampleur des dégâts et a jugé que le duel pouvait se poursuivre. Un diagnostic éclair ! De fait, la coupure causée par le coup avait rouvert l'œil de mon père si bien qu'il voyait maintenant clairement son adversaire. J'étais horrifié ! Argentina, haletante de frayeur, s'était pelotonnée contre la plantureuse fausse blonde qui annonçait les rounds et refusait de regarder la fin de la boucherie. La corrida n'attendait plus que la mise à mort. Pendant les trente dernières secondes du round, mon père a foncé à l'attaque et a atteint Hagler à plusieurs reprises avec des combinaisons de crochets au corps et d'uppercuts à la tête. Devant l'entêtement de son boxeur, grand-papa Furious n'a pas eu d'autre choix que de ranger le drapeau blanc et de le laisser aller jusqu'au bout de son courage. Il savait que son poulain ne lui aurait jamais pardonné d'arrêter la bagarre.

Au son de la cloche annonçant le dernier assaut, Hagler s'est précipité au centre du ring et a fait signe à mon père de venir l'y rejoindre. Le jeune assoiffé de gloire voulait en finir avec Punching Ray de la bonne manière, comme un gladiateur, en combat à mort. Il aurait pu, pendant ce dernier round, surfer sur sa confortable avance, que confirmaient les cartes de pointage des juges, mais l'idée de passer à l'histoire en pisse-froid le répugnait. C'était tout ou rien ! Pas question d'une victoire aux allures de vol à l'étalage ! Marvin Hagler se voulait électrisant ! Sa victoire devait être une électrocution percutante ! En d'autres circonstances, grand-papa Furious aurait jubilé de constater que la stratégie de mon père fonctionnait, mais l'angoisse était trop poignante de le voir s'effondrer sous les coups meurtriers de Hagler. Punching Ray a levé les bras pour rallier la foule et, le sourire aux lèvres, a engagé le corps à corps avec Hagler. À ce moment précis, j'ai fermé les yeux. L'écho sourd des cris des spectateurs me parvenaient comme une rumeur glauque annonciatrice de la fin des temps. Les sanglots d'Argentina avaient cessé ; ma sœur n'avait plus de larme à verser. J'entendais distinctement les souffles laborieux de Hagler et de mon père, qui se suppliciaient à cœur joie. J'entendais aussi tomber les coups comme de lourdes pierres sur un sol de terre battue. Le son étouffé de leur atterrissage m'hypnotisait. Poum ! Poum ! Poum ! La bande sonore s'est ensuite brouillée jusqu'à ce que le tintement strident de la cloche mettant fin à l'affrontement me tire de mon hébétude. Mon père était encore debout. Hagler aussi.

La semaine suivante, *Ring Magazine* a qualifié le duel entre Hagler et mon père de combat de la décennie. Rares étaient les affrontements aussi exaltants ! Les deux guerriers ont fait le bonheur des amateurs en se passant à tabac pendant trois mauvais quarts d'heure devant une foule galvanisée. Cet exploit, une sorte d'apogée de la brutalité humaine à petite échelle, trouverait de toute évidence sa place dans les pages sanglantes d'une martyrologie moderne. Comme quelques virtuoses du punch avant lui, Hagler a su bâtir sa réputation sur le roc. Sa victoire sur mon père le promettait à un avenir grandiose. De fait, les coups portés lors de ce combat épique ont laissé leur trace non seulement sur le visage de mon père, mais dans l'histoire : le jeune Marvin a prouvé hors de tout doute qu'il méritait son surnom de « Marvellous » Marvin Hagler. Trois ans plus tard, le Merveilleux a mis Alan Minter K.O. au troisième round et s'est approprié le titre de champion mondial des poids moyens pour les sept années suivantes. Son ascension, qui a véritablement débuté avec sa victoire sur Punching Ray, s'est terminée dans la controverse avec sa défaite par décision partagée contre un autre Ray, Sugar Ray Leonard, qui a dansé pendant douze rounds autour de lui en décochant des jabs précis. Frustré par le refus de Sugar Ray de lui donner un combat revanche, Marvin le Merveilleux a aussitôt pris sa retraite de la boxe. Il a été intronisé au Temple de la renommée de la boxe en 1993.

Tout de suite après son combat contre Hagler, mon père a été conduit à l'hôpital pour y subir un examen de l'œil droit. L'enflure avait repris de plus belle et lui avalait maintenant la quasi-totalité du visage. Papa se transformait sous notre regard épouvanté en un monstre cauchemardesque ! Un rictus sinistre, que la douleur avait figé dans sa chair meurtrie, remplaçait son sourire. Sa mâchoire cassée était bloquée et n'ouvrait plus, de sorte que Léger Pas-Pesant, pour le réhydrater, le faisait boire à l'aide d'une paille. Grand-papa Furious maintenait un sac de glace sur l'œdème, tout en ne sachant pas très bien où commençait la fluxion et où elle se terminait. À notre arrivée à l'urgence, un enfant s'est mis à crier en apercevant la bouille défaite de mon père. Sa mère a tenté sans succès de le consoler tout en se morfondant en excuses auprès de nous. L'infirmière du triage, constatant la gravité de l'état de papa, nous a immédiatement dirigés vers la salle d'opération. L'intervention a duré quatre heures. Il en est ressorti momifié, vieux de quatre mille ans. Des bandages blancs, maculés de sang, lui couvraient la tête en entier, sauf l'œil gauche, qui lorgnait le vide comme une bille à roulement sans utilité. La momie n'avait pas tout à fait repris conscience et semblait à des lieues de nous, perdue dans un coma sirupeux. Argentina refusait toujours de regarder sa tête. En fait, personne ne savait où poser les yeux : Léger Pas-Pesant fixait, par la fenêtre, le terrain de stationnement ; grand-papa Furious contemplait ses pieds et, moi, je m'intéressais à l'aiguille insérée dans le bras de mon père qui, goutte à goutte, le nourrissait. Un peu avant qu'il ne reprenne conscience, un médecin est venu nous voir, un jeune Américain qui s'exprimait rapidement et dont la prononciation chuintante m'obligeait à me concentrer au-delà de mes forces pour tout saisir.

— Votre père est solide, il nous a dit, en posant sa main sur ma tête puis sur celle d'Argentina. Il s'en remettra. Les tests n'ont pas révélé de traumatisme crânien.

— Et son œil? a demandé Léger Pas-Pesant.

— Voilà… Il a subi un décollement de la rétine.

— Va-t-il perdre la vue?

— L'opération s'est bien déroulée.

— Ce qui veut dire?

— Que son œil recouvrera quatre-vingts pour cent de son acuité.

— Seulement?

— Compte tenu de l'amplitude du décollement subi, c'est presque un miracle. Il s'en est fallu de très peu pour que votre gendre perde complètement la vue de l'œil droit, a ajouté le médecin en regardant grand-papa Furious.

— Pourra-t-il poursuivre sa carrière? a repris Léger Pas-Pesant.

— Je le lui déconseille fortement.

— J'aurais dû arrêter le combat… a murmuré grand-papa.

Les carrières des boxeurs finissent rarement dans la joie. Je n'avais jamais vu mon père pleurer auparavant. Je n'imaginais pas qu'un homme comme lui puisse pleurer. Il était trop fort, trop dur! Et pourtant, il a pleuré comme un bébé lorsque grand-papa Furious lui a annoncé que plus jamais il ne mettrait les pieds sur un ring sans risquer de perdre la vue. On tombe de haut quand on est vaincu et que l'on a déjà terrassé le Tonnerre… Mon père n'a jamais fait son deuil de la boxe. Même si Punching Ray a suivi la recommandation du médecin et a accroché ses gants, Raymond a continué de s'entraîner avec acharnement pendant de nombreuses années. Pour se sentir vivant, mon père avait besoin de donner des coups de poing. Son bonheur passait par l'affrontement, le défi, l'exploit. De son côté, grand-papa Furious était rongé par le termite du remords. Il regrettait amèrement ne pas avoir lancé la serviette après le douzième round.

Le retour à Verdun, une semaine plus tard, s'est déroulé dans le silence. Le silence est d'or et la parole est d'argent, affirment les moralistes pour faire taire les bavards. J'aime mieux l'argent, surtout l'argent sonnant, qui égaye et qui fascine. L'argent que l'on gagne, puis que l'on dépense pour vivre. Je hais le silence lourd de l'or qui stagne. Mon père a finalement rompu son pacte avec le silence quand sa mâchoire le lui a permis. Il nous a dit de ne pas nous en faire, que sa compagnie de caca en poche allait bientôt devenir très rentable. Le nouveau businessman a ajouté que les affaires lui plaisaient. Je crois qu'il était sincère. Seulement, le plaisir n'est qu'une piètre consolation quand on a connu la passion. Mon père mourait pour une deuxième fois en l'espace de quelques années. La première fois qu'il est mort, c'est lorsque maman est décédée.

∼

À l'université, tout s'est mis à aller très vite, à la vitesse de croisière des années sans lumière. Tout ce qui me reste de la fin des années soixante-dix et du début des années quatre-vingt, ce sont des chiffres et des formules mathématiques... et quelques diplômes. À dix-huit ans, tout de suite après l'obtention de mon doctorat, on m'a offert un poste de professeur titulaire à la chaire de mathématique. J'ai accepté, bien entendu. Grâce à ma jeunesse, l'université s'est valu un bref article et une photo dans le grand livre des records Guinness ! Elle s'en pétait les bretelles de gloriole, l'université ! Je me suis acheté un veston brun avec des ronds en cuir aux coudes pour faire sérieux et j'ai commencé ma carrière. Malheureusement, la pédagogie, ce n'était pas mon fort. Expliquer m'ennuyait profondément. Seules les réponses m'intéressaient. Je considérais le raisonnement pour résoudre un problème comme un détour inutile, une perte de temps débilitante. Il me fallait le résultat à l'instant même, sans tarder. Je n'avais jamais eu besoin d'explication, j'étais donc incapable d'en fournir. Mon talent relevait de l'intuition, que pouvais-je transmettre aux étudiants, sinon des raccourcis incompréhensibles ?

Un an plus tard, j'ai accroché mes ronds en cuir. J'ai joint un groupe de recherche en astrophysique, mais les Martiens ne m'inspiraient aucune sympathie. Je me foutais bien de la Lune et des traces d'eau sur Mars. Calculer des orbites me faisait suer.

J'ai bourlingué d'un emploi à l'autre, espérant dégoter le boulot de mes rêves. Seulement, voilà, mes rêves souffraient de vertige. Je cherchais la passion, une passion digne de celle qui avait animé mon père tout au long de sa carrière. J'ai essayé la boxe.

Un matin, je me suis présenté au *Furious Pugilist's Gym* en short d'entraînement et en camisole, tout maigre, les bras ballants et un sourire niais déposé mollement sur le visage. Grand-papa Furious m'a regardé pendant deux longues minutes, incrédule, puis il a haussé les épaules.

— Je veux boxer, que j'ai dit.

— T'es sûr ?

J'ai hoché la tête. Le visage du vieil entraîneur s'est durci. Une ombre sévère planait au-dessus de son crâne lisse qu'il grattait d'un doigt perplexe. Ses traits contractés m'avertissaient du sérieux de mon entreprise. On n'entre pas dans la boxe du bout du pied comme on pénètre dans l'eau froide. On y plonge corps et âme ! Aucun boxeur ne survit sur un ring s'il n'a ni la volonté ni l'abnégation d'un saint martyr.

On ne joue pas à la boxe.

En guise de réponse aux multiples interrogations qui plissaient le front de Furious, j'ai froncé les sourcils et serré les poings. J'étais prêt à tout donner ! Le test d'attitude passé avec succès, venait ensuite le test d'aptitude. Grand-papa s'est dirigé vers une vieille armoire et en a ressorti une corde à danser en cuir. Il m'a désigné un coin du gymnase, puis j'ai

sauté à la corde pendant vingt minutes, m'empê-
trant les pieds et me fouettant le dos à répétition. Le
réchauffement terminé, j'ai appris à lancer le jab, le
direct du droit et à les enchaîner en combinaisons.
À ma grande surprise, j'assimilais la technique aisément. Mes mouvements gagnaient en fluidité et en
vitesse.

— Très bien, fiston. C'est assez pour aujourd'hui.

— C'est déjà terminé? Pas de *sparring*?

— Ça donne rien de trop en faire le premier jour.
Va prendre ta douche et reviens demain.

J'allais lui obéir quand tout à coup, papa est
entré dans le gymnase pour son entraînement quotidien. Le légendaire Punching Ray a failli avaler sa
langue en me voyant. Complètement désarçonné par
la vision de son fils en sueur, les poings enveloppés
dans des bandages de boxe, l'ancien boxeur a titubé.
Un uppercut sous le menton ne l'aurait pas ébranlé
davantage. Une lueur d'espoir intense comme le
faisceau d'un phare a aussitôt illuminé son regard.

— Je savais bien qu'un jour ou l'autre tu t'y
mettrais!

— Ouais...

— Allez, montre-moi ce que tu sais faire, il a
ajouté, tout bonnement.

Intimidé, j'ai lancé quelques coups dans le vide.

— Non, non, je veux dire sur le ring, contre un
adversaire.

— Raymond, c'est son premier entraînement...
a tenté d'intervenir grand-papa Furious.

— Juste pour voir… Rien de sérieux, un ou deux petits rounds de *sparring*.

Mes jambes ont plié légèrement. Une flexion à peine perceptible des genoux.

— Sergio, viens ici ! a ordonné mon père.

Un gros ado aux épaules rondes s'est avancé vers nous. Dans son expression vide, aucune trace de méchanceté. J'étais rassuré. Un nounours en muscles.

— Tu vas boxer contre Rocky.

— D'accord, m'sieur Surprenant.

Lorsque je suis monté sur le ring, gants aux poings, casque sur la tête, protecteur buccal en bouche, une étincelle de fierté a jailli des yeux de mon père, embrasant mon désir de l'impressionner. Comme si tous attendaient le messie, le gym s'est immobilisé. Tous les boxeurs se sont réunis autour de l'arène. À défaut de projeter l'image d'un futur champion avec ma gueule d'intello, je jouissais d'un bagage génétique qui, dans l'esprit de plusieurs, me donnait gagnant à deux contre un. Sergio, dans son coin, écrasé contre les câbles, ressemblait à Winnie l'Ourson avec son maillot rouge et son t-shirt jaune. Le gros pataud reniflait nonchalamment en attendant le tintement de la cloche. Tout flottait autour de moi comme dans une sorte de coma éthylique. Mon cœur faisait des cabrioles et je remettais de plus en plus en doute la fiabilité de mes genoux. Papa, les bras croisés, anticipait avec fébrilité ma première victoire.

Au son de la cloche, le gros joufflu s'est avancé lourdement jusqu'au centre du ring. Je n'ai pas bougé.

— Allez, vas-y fiston, m'a encouragé grand-papa.

Sergio, croyant aider ma cause, a fait deux autres pas dans ma direction, me coinçant dans le coin. Pris au piège, ma respiration s'est emballée. Le cerveau court-circuité, j'ai foncé tête baissée sur mon adversaire. Peu habitué à combattre des moulins à vent, Sergio a reculé afin de contrer mon attaque échevelée. De la technique apprise un instant plus tôt, rien ne subsistait. Seul l'instinct de survie me guidait. Mes jabs et mes directs du droit, lancés les yeux fermés, brassaient l'air devant moi sans résultat. Un petit rire a parcouru les spectateurs, égayés par cette scène tout droit tirée d'un vieux film de Jerry Lewis. J'ai redoublé d'ardeur. Le rire a redoublé de volume. J'aurais aimé que la honte me survolte, mais j'avais la batterie à plat. Mes poings pesaient des tonnes et mes jambes sont tombées au neutre. Bon enfant, Sergio m'a laissé reprendre mon souffle, puis il a risqué un petit jab mou qui m'a atteint sur le bout du nez. Les yeux pleins d'eau, je n'ai jamais vu venir son direct. Sous l'impact, mon nez a explosé tel un geyser de sang. Quelqu'un venait de me balancer un bloc de ciment en pleine figure !

— Vas-y Rocky, bouge la tête ! Garde les mains hautes ! C'est l'expérience qui rentre, a gueulé mon père.

Pour me protéger, j'ai levé les mains. Aussitôt, un tronc d'arbre projeté par un gorille m'a décroché le diaphragme. Mes côtes ont craqué. Le nez obstrué par le sang qui pissait, la bouche ouverte pour rattraper l'air qui fuyait, j'ai posé un genou par terre. Je suis demeuré dans cette position, sourd aux encouragements de mon père, jusqu'à ce que tous les spectateurs aient quitté les abords du ring, que Sergio ait pris sa douche et quitté le gym, que grand-papa Furious menace d'éteindre les lumières et de m'abandonner seul dans la noirceur pendant toute la nuit. Alors seulement, je me suis relevé. Une flaque de sang coagulé barbouillait le matelas de l'arène à mes pieds. Plus jamais je n'allais remettre les gants.

Deux coups de poing sur le nez et un autre au corps auront suffi pour me convaincre de fureter dans d'autres domaines. Jamais je ne me passionnerais pour la douleur et la honte. Pour finir, je me suis convaincu qu'être comptable pour mon père ferait l'affaire. Puisqu'il s'agissait de l'entreprise de mon héros, j'y ai cru ! Plein de motivation, j'ai fait le vœu de chasteté passionnelle et je me suis consacré à la comptabilité. Je me suis dévoué pour la prospérité... Mais, ce qui me plaisait le plus dans ce job, c'étaient les temps libres que m'allouaient des conditions de travail idéales. Mon père, pourvu que le budget balance et que les impôts soient dûment payés, poinçonnait ma carte et me laissait tranquille. Son patronage me seyait bien. La vie m'était devenue un confort. Aucun stress. Le calme plat. «*La vita è bella*», disait notre voisin, monsieur Grantassoni. Mais mon père a fini par atteindre l'âge du repos prééternel et Jeanguy-en-un-seul-mot a acheté la compagnie...

3

La valse des jours ouvrables se poursuit. Aujourd'hui, nous sommes convoqués à une réunion exceptionnelle du personnel cadre. Lors de ces séances d'introspection corporative, nous auscultons les accomplissements récents de l'équipe et la performance générale de l'entreprise. Mais aujourd'hui, nous attendons avec impatience la bonne nouvelle. Jeanguy est censé nous l'annoncer en grande pompe, champagne à l'appui et petits canapés en renfort. Un événement ! En attendant, mon regard volage rebondit du visage d'un membre de la direction à l'autre. Un tour du monde en quatre-vingts secondes. Au bout de la table, le nez plongé dans un dossier, l'air absorbé, les cheveux lisses et les sourcils épilés, se trouve Jean Rey, le vice-président directeur général, qui a récemment supplanté Antonin à la droite de Jeanguy, le Saint-Père du fumier. Antonin demeure un conseiller privilégié en matière de dédales financiers et conserve un pouvoir considérable au sein de l'entreprise. Toutefois, comme gestionnaire des ressources humanoïdes, l'orang-outan échevelé n'arrive

pas à la cheville de Jean Rey, un professionnel consciencieux qui a le sourire facile et l'amitié agréable.
Jean Rey se brosse les dents quatre fois par jour et
prend sa douche matin et soir : il est propre, propre,
propre. Je l'aborde toujours par son patronyme
d'abord, ce qui donne : Rey-Jean, ou encore Réjean.

— Bonjour Réjean, ça va ?

— Chers collègues, Jeanguy ne va pas tarder. Il a
d'excellentes nouvelles à nous annoncer. De belles
choses s'en viennent pour les Fertilisants Surprenant.
De grandes choses !

Réjean, le bienheureux, broie du rose. Tout
l'égaye : les oiseaux qui chantent, les fleurs qui
poussent, le vent qui souffle, la neige qui tombe,
tout ! Le joyeux compagnon se promène la tête dans
une bulle de savon et voit des arcs-en-ciel partout.
À sa gauche est assise la directrice des ventes et du
marketing, Violaine Pintal, la pétasse, que Réjean
appelle mon pétale. Violaine s'est acheté une paire
de seins neufs l'an passé. La beauté complexée a
troqué sa planche à repasser pour des coussins gonflables, ce qui lui confère, la critique est unanime,
beaucoup plus de personnalité. Je voulais lui palper
la nouveauté, mais je n'ai pas trouvé en moi le
courage de lui déclarer mes intentions, pourtant
purement platoniques. En face de la femme aux
seins bioniques, Robert Lebrun, le directeur de la
production, l'œil gras et la paupière lente, s'empiffre
de pepperoni et de carrés de caramel. L'ogre mange
des cochonneries à s'en défoncer l'estomac sans

jamais prendre de poids. Je soupçonne en lui l'existence d'un énorme ténia ripailleur. Bientôt, ses organes vitaux vont porter plainte auprès des autorités de la Société canadienne du cancer. À sa gauche, madame Frison, l'adjointe exécutive de Jeanguy, prépare son stylo pour établir le procès-verbal de la réunion. Madame Frison incarne la perfection. À soixante-deux ans, la dame en paraît soixante-deux précisément. Avec elle, tout rentre dans l'ordre immuable des choses. L'exécutrice des basses besognes administratives connaît les lois de l'univers et les applique à la lettre. Son chignon, vieux de cinquante ans, maintient sa tignasse grise sous le joug impitoyable d'un élastique noir qu'elle change chaque jour afin d'éviter un malencontreux relâchement de la bande qui laisserait tout le loisir à un poil rebelle de sortir du rang serré dans lequel la dictatrice compte le garder. La discipline qu'elle s'impose, madame Frison l'impose à tous ceux qui travaillent sous ses ordres. L'exception ne confirme aucune règle! À ses yeux, nous sommes tous des poils. Des poils bruns, roux, noirs ou blonds, peu importe, des poils à mettre en plis. Pas la peine de nous brosser, il suffit de nous gominer puis de nous attacher. Enfin, à la gauche du fauteuil de Jeanguy, le dernier et le moindre de mes soucis, Antonin Rochechouart, directeur des finances, celui que j'adore détester, gratte son groin de porc d'un index frileux. L'imbécile contemple, l'air ahuri, ses nombreux tracas quotidiens.

Puisque je suis actionnaire minoritaire de la compagnie, condition émise par mon père lors de la vente de l'entreprise, Jeanguy insiste pour que je sois présent à toutes ces séances-marathons de prises de décision, même si je n'y joue aucun rôle. Je m'assois, un peu en retrait, et j'attends que le temps passe. Le temps, on peut s'y fier, il finit toujours par passer. Parfois, Jeanguy, avec ses petits yeux de fouine, me fouille l'âme du regard, histoire de tenter de deviner mon opinion sur le pourquoi du quoi de la chose en soi. Mon beau-frère souhaiterait que je me prononce sur une foule d'enjeux économico-comiques. Tout ça ne m'intéresse pas. Produisez du fumier ! Allez-y ! Engraissez nos terres ! Je m'en rince les noix à l'eau de Javel ! Du fumier biologique ? Pour faire à la mode ? Bien sûr. Il fallait y penser ! Moi, je propose du fumier en poudre, pour les toxicos.

— Pardonnez mon retard, j'étais au téléphone avec la Chine, nous dit Jeanguy en entrant dans la salle.

— Avec la Chine dans son ensemble ou avec un Chinois en particulier ? je demande, goguenard.

Silence.

— Oui, bon. Je viens tout juste de converser avec monsieur Tang. Vous savez, Tang, de la Tang Crops and Foods International avec qui je suis en négociation depuis maintenant presque deux ans ?

Wow! La Tang Crops and Foods International...

— Tenez-vous bien, je viens de conclure une entente de quinze millions de dollars avec monsieur Tang pour l'exportation de dix mille tonnes par année de notre fumier en vrac!

Stupéfaction! Tout le monde s'y met:

— Dix mille tonnes, mais c'est notre production annuelle, tous produits confondus! Nous ne réussirons jamais à remplir cette commande.

— C'est pourquoi nous venons, ce matin même, d'acquérir les Fumiers Fernand Beaulieu de Saint-Hyacinthe.

— D'accord, mais cette acquisition, si je me souviens bien, devait simplement nous permettre de consolider notre position sur le marché intérieur, pas de se lancer à la conquête de la Chine.

— Robert a raison.

— Ce que vous ne savez pas encore, c'est que les Fumiers Fernand Beaulieu viennent eux aussi d'incorporer un compétiteur important, les Engrais Labonté et fils de Drummondville. Non seulement nous serons en mesure de livrer la marchandise en Chine, mais nous pourrons également développer de nouveaux marchés à l'étranger.

— Que ferons-nous des clients actuels de nos nouvelles acquisitions?

— Les usines des Engrais Labonté et fils de même que celles des Fumiers Fernand Beaulieu sont sous-exploitées. Il sera facile, grâce à un plan de modernisation, de doubler leur production. Jean s'occupe déjà du dossier.

Jeanguy enchaîne en nous explicitant son plan accéléré de modernisation. Il nous bombarde de graphiques, de statistiques, de prédictions et de prévisions concernant l'avenir des profits de l'entreprise. Les Chinois n'attendront pas, il faut s'activer et besogner dur. L'heure est à l'urgence de produire. Ça nous prend de la merde! Oui, de la merde en quantité! L'ère de la grande chiasse commence! La chiasse industrielle! La chiasse mondiale! La chiasse gardée, puisque c'est la nôtre, la meilleure, la plus grasse, la plus riche!

— Voilà! Avez-vous des questions? termine Jeanguy, l'homme au trait d'union superflu.

Nulle question à l'horizon.

— Une dernière petite chose: je profite de l'occasion pour vous présenter notre nouveau directeur des exportations, une position devenue désormais nécessaire, il s'agit de votre collègue ici présent, Rocky Surprenant.

Malaise.

Ah! le con! Il vient de me promouvoir! Comme ça! Sans mon consentement! Le salaud!

Quel con!

— Aimerais-tu nous dire quelques mots? demande mon beau-frère, le sourire rayonnant sur sa tronche de traître.

— Je refuse cette promotion.

— ?

— !

— Mais…

— Je la refuse.

— Peut-être aimerais-tu avoir un peu de temps pour y réfléchir ? Je te laisse jusqu'à…

— Je la refuse. Je ne veux rien savoir de ce poste.

— Mais…

— Ça ne m'intéresse pas. Je n'ai aucune ambition ! Je déteste travailler ! Je suis comptable simplement parce que ça ne me demande aucun effort. Je ne connais rien à la merde ni à l'exportation. Je calcule vite, c'est tout. Ma femme est Coréenne, pas Chinoise, je ne connais rien à la Chine. Je ne parle pas chinois.

Pauvre Jeanguy, la dégringolade est brutale. Il espérait tant me faire plaisir. Mon refus le sidère. Une promotion, ça ne se refuse pas ! Voyons donc ! Qui refuse une promotion ? Qui refuse de gravir les rangs de la respectabilité sociale ? Qui rejette du revers de la main une augmentation substantielle de salaire ? Par contre, les autres membres de la direction accueillent avec soulagement ma décision. Mes collègues mesurent avec justesse le niveau de mon incompétence pour un tel poste. La réunion se termine sur une fausse note ponctuée de murmures à peine audibles et de regards furtifs. Comme des autruches cherchant un petit tas de sable dans lequel enfouir leur gêne, tous sortent un à un de la salle, la tête dans le fond de culotte.

— Ton père serait fier de toi, bravo! aboie Antonin, qui fait signe à Violaine de passer devant lui.

Violaine replace son soutien-gorge trop serré, baisse la tête à son tour et se sauve aussi vite qu'elle le peut. L'enculé aurait aimé me lancer à la figure d'autres vacheries, mais il emboîte plutôt le pas à la pétasse. Le cochon, bouche ouverte, fixe les petites fesses rebondies de Violaine avec ses grands yeux de crapaud. Ça y est, son cerveau vient de céder le commandement à son pénis.

— Eh, oh! Tu baves sur le plancher!

L'obsédé me gratifie d'un bras d'honneur sans détourner le regard et disparaît derrière Violaine.

Il est dix heures du matin. La journée va être longue.

À peine suis-je de retour à mon bureau que Jeanguy me convoque au sien. C'était prévisible.

— J'aurais dû t'en parler avant... bafouille le beau-frère, tentant de se racheter.

— ...

— J'ai manqué de tact... Vois-tu, je croyais que tu serais content, que ça te plairait d'être directeur... La comptabilité a l'air de tellement t'emmerder.

— ...

— Je pensais qu'un changement t'aiderait.

— M'aiderait?

— Tu sais bien.

— ...

— Que ça t'aiderait...

88

Du nerf, bon sens, du nerf! Dis-le! Allez, dis-le!

— Je ne sais pas. Tu… Tu es peut-être victime de surmenage professionnel?

Je pouffe de rire, c'est plus fort que moi.

— Et tu voulais me confier plus de responsabilités?

— …

— Tu crois que je me tape une dépression?

— Ce serait compréhensible…

— Ce que je veux, c'est en faire le moins possible!

— C'est clair.

— Tu l'as dit.

— Alors pourquoi tu ne démissionnes pas?

— …

— Je ne te retiens pas! Si tu ne veux pas travailler, va-t'en! Je suis prêt à t'aider, mais ma patience a des limites. Il est hors de question que je te paie à ne rien foutre! Je ne dirige pas une soupe populaire!

Pour la première fois, Jeanguy hausse le ton en s'adressant à moi. Nous venons d'atteindre le paroxysme de l'incompréhension mutuelle. Tout nous sépare.

— Je ne te demande rien. J'ai toujours fait mon job correctement, j'ajoute, piqué au vif.

— D'accord. Comptabilise et ferme ta gueule! Mais ne viens plus me quémander de journée supplémentaire de vacances ou encore de congé de maladie bidon!

Je hausse les épaules et le quitte. Je pourrais me payer le luxe d'être furieux, mais à quoi bon faire de la haute pression ? N'empêche que Jeanguy marque un point. Pourquoi je ne démissionnerais pas ?

Merde !

Je m'active le libre arbitre et accélère le pas. De retour à mon ordinateur, je rédige ma lettre de démission. J'abandonne le navire ! Plouf ! À l'eau ! J'agis sur un coup de tête qui résonnera longtemps. J'en suis conscient.

Madame, Monsieur,
Je tire ma révérence.
Salutations,
Rocky Surprenant

Elle est brève, ma lettre. Concise comme il se doit. Voilà. C'est fini. Je ne suis plus comptable agréé de vos sentiments distingués. Aucun regret. Ciao !

Je dépose la missive dans le pigeonnier de madame Frison et reprends la route de la maison.

Je pousse la porte d'un geste craintif. À ce stade-ci, tout peut exploser. Il suffit qu'un coup de téléphone m'ait précédé pour que la fin des temps m'accueille avec une brique et un fanal. L'air chaud qui s'échappe de la maison par la porte entrebâillée me donne un avant-goût de l'enfer. À mon grand étonnement, l'absence générale me souhaite la bienvenue. Mon procès pour irresponsabilité familiale débutera plus tard. Malheureusement, je ne gagne rien à attendre… Les enfants sont à l'école et Sophie, j'avais oublié, enseigne ce matin à l'université. Écorchant le silence, un miaulement hostile me dresse les poils sur les bras. Pourquoi-Pas, contrarié par mon arrivée inopportune, braque son petit museau réprobateur sur moi. Ce chat ne tolère aucune anicroche à sa routine. Mon intrusion dans sa vie privée l'exaspère. Un second miaulement tout aussi peu chaleureux me le confirme. À cette heure de la journée, la maison lui appartient. Je vais à la cuisine et lui ouvre une boîte de pâtée afin de l'amadouer. Le gros matou ingrat renifle l'air avec dédain et repose immédiatement la tête sur ses pattes. Il ferme les paupières et s'endort, préférant m'ignorer.

Pas de temps à perdre ! Je décide de me consacrer corps et âme à ma défense et procède à l'érection d'une ligne Maginot mentale. Cette forteresse illusoire a pour objectif de me protéger de l'éventuelle attaque des panzers incisifs de l'argumentation que lancera Sophie contre moi. J'entends déjà les moteurs gronder. Sans pitié, professeur Sophie va m'assaillir de syllogismes ! Elle voudra me convaincre d'être l'homme de la situation stable, le chef de file de la rémunération bihebdomadaire assurée. Elle s'acharnera sur mon flanc mou jusqu'à ce que je capitule et accepte les termes d'un traité de paix ignominieux. Je garde toutefois espoir de m'en sortir plus ou moins indemne. Le succès de ma défensive dépend de l'application du principe de la prévention du feu, car je serai soumis à un feu nourri de remontrances.

Il me faut un plan infaillible ou encore une justi-
fication plausible…

Mon cerveau grésille à force de réfléchir. J'ai
beau me surchauffer les méninges, je patauge. Kant
affirmait que la philosophie devait répondre à trois
questions : que puis-je savoir, que dois-je faire et
que m'est-il permis d'espérer ? En ce moment, je
sais que je suis un être fini. Je ne peux rien faire et
il ne m'est pas permis d'espérer grand-chose.

Sophie aura raison…

Un gargouillis pleurard émis par mon estomac
m'annonce que j'ai faim. J'ouvre le réfrigérateur à
la recherche de quelques restants et découvre un
vieux plat de pâtes recouvertes de moisissure. Du
bout des doigts, je les jette à la poubelle et reprends
aussitôt ma quête de nourriture. Je réserve le même
sort à une vieille soupe jaunâtre et à un morceau de
steak haché devenu gris. À court de ressources, je
commande des mets chinois. Je me demande si
Jeanguy et les autres sont allés manger au buffet
chinois pour célébrer leur nouveau contrat ? En
attendant le livreur, je me verse un verre de jus de
légumes et m'écrase de toute ma lassitude sur le
divan, devant la télévision. Trois romans-savons
jouent en simultané sur des chaînes différentes.
Les personnages se ressemblent tellement qu'ils se
partagent sûrement le même scénario. Il y a la
femme, le mari, la maîtresse, le majordome, le médecin, l'avocat et la belle-mère. Tous sont à couteaux
tirés pour une question d'héritage ou de divorce.

On apprend que le médecin est atteint du sida et qu'il l'a probablement transmis à sa maîtresse, la femme du mari dont la belle-mère, qui couche avec le majordome, revendique la garde de l'enfant issu de sa relation avec l'avocat. Or, il s'avère que le majordome est le fils de la belle-mère. Dévastée par cette troublante nouvelle, celle-ci s'empoisonne à l'arsenic. L'incestueuse ne meurt cependant pas et plonge dans un coma profond. Pendant ce temps, le médecin se remet à consommer de l'héroïne et le mari cocu intente une poursuite judiciaire contre lui, réclamant un million de dollars en dommages et intérêts pour l'échec de sa chirurgie plastique. Par mégarde, le médecin lui a posé des implants mammaires pour femme au lieu de pectoraux de culturiste. Le connard a l'air d'une grande folle en costard et ça le fout en rogne. Je prends plaisir à mélanger les trames mélodramatiques de ces feuilletons pendant encore dix minutes, puis j'éteins la télévision. Ce ramassis d'idioties me redonne le goût du bonheur. Enfin, le livreur arrive.

Après mon repas et une petite sieste d'une heure, je me sens tout revigoré. J'ai adroitement évité de succomber aux craintes chimériques engendrées par la fatigue et la solitude, comme l'enseignent les psychologues populaires. Je suis un as !

L'heure est maintenant au divertissement ! J'allume l'ordinateur et me branche à Internet. Je joins un groupe d'internautes et nous commençons une partie de *Universal War on Terror*, un nouveau jeu d'un réalisme à provoquer des arrêts cardiaques. Les joueurs sont divisés en deux clans distincts : d'un côté, les anges du bien ; de l'autre, les désaxés du mal. Le but du jeu est fort simple : il s'agit de s'entre-tuer jusqu'à ce que le bien ou le mal triomphe. L'entretuerie est un sport virtuel dont la cote de popularité ne cesse de battre des records. Pour me donner bonne conscience, je m'allie aux anges du bien et me joins aux forces de la coalition afin d'enva-hir la planète Kari soupçonnée de comploter une attaque thermonucléaire contre la Terre. En l'espace d'une heure, la coalition écrase l'armée karienne et fait aussitôt main basse sur les ressources d'eau potable de la planète. Cependant, la résistance s'organise et s'ensuit une guérilla urbaine meurtrière. Je me promène, arme au poing, sans savoir ce qui m'attend au détour d'une ruelle ou à l'intérieur d'un bâtiment abandonné. La mort rôde. Aux quatre coins de la ville éclatent des coups de feu. Personne n'est en sécurité, c'est le règne de la terreur et j'ai le nerf de la guerre tendu jusqu'à rompre. Au moment où je dépasse une carcasse de véhicule en feu, un rebelle échevelé, le regard haineux, se braque devant moi. À bout portant, le fou furieux me flambe la tronche : bang ! Je suis abattu. Dans une mare de sang écarlate, j'agonise pendant quelques secondes, secoué de spasmes violents. Le mal vient de triompher de moi. Mais la mort n'est rien quand elle ne dure pas. Ce qui effraie vraiment, c'est la réalité qui, elle, résiste longtemps.

La porte d'entrée grince et s'ouvre.

C'est Sophie. La réalité débarque. J'attache ma tuque, ça va brasser…

— Chéri, tu es déjà de retour?

Je prends une grande respiration et, afin de parer le coup, je me jette à la mer, advienne que pourra:

— Sophie, j'ai démissionné, que je dis, craintivement.

La bombe à retardement dépose son sac en cuir, qu'elle bourre chaque matin de toute la sagesse du monde, accroche son manteau à la patère de l'entrée, enlève ses chaussures puis vient me rejoindre dans la salle d'ordinateur, qui nous sert également de bibliothèque et de bureau de travail. Sophie trimbale toujours avec elle ses philosophes préférés au cas où la rage lui prendrait de les consulter.

— Je sais. Jeanguy m'a téléphoné à l'université.

— Tu…

— Oui?

— Tu prends ça plutôt bien.

— Ne t'en fais pas, c'est tout arrangé.

— Que veux-tu dire?

— Avec Jeanguy, c'est tout arrangé. Tu peux reprendre ton boulot demain.

L'enfer existe!

— Jeanguy regrette de s'être laissé emporter et il souhaite ardemment que tu acceptes le poste de directeur des exportations. Qu'en dis-tu?

Je vous en supplie, quelqu'un, faites que cette torture cesse!

— Jeanguy a bien aimé ta lettre de démission. Il l'a trouvée très originale.

Ça va de mieux en mieux !

— Tu n'as pas répondu à ma question.

— Quelle question ?

— Que dis-tu du poste de directeur des exportations ?

— J'en dis que…

— C'est super, non ?

— C'est vraiment…

— En plus, tu auras une augmentation de salaire !

— Ça ne m'intéresse pas.

— Ça ne t'intéresse pas ? réplique Sophie, qui se crispe. Tu te plains constamment de la monotonie de ton travail de comptable, tu devrais saisir cette occasion pour changer le mal de place, non ?

— Justement, je ne veux pas changer le mal de place, je veux l'éradiquer, le mal.

— Dans ce cas, trouve un emploi ailleurs. Rien ne t'oblige à travailler pour Jeanguy. Travaille à ton compte. Ouvre ta propre boîte de comptabilité, devient consultant, je ne sais pas, moi.

Nous tourbillonnons autour de nos incompréhensions habituelles. La vérité nous effraie, nous donne le vertige. Que faire ? demandait Lénine. Roule-toi par terre, voilà ce qu'il faut faire ! Vivement la position fœtale ! Je prends néanmoins mon courage à une main et, de l'autre, je me protège les parties sensibles :

— Je déteste travailler…

— Et alors ?

— Je...

— Tu ne veux plus travailler !

— ...

— Tu ne veux plus travailler ?

— Je...

— Trente-huit ans, c'est un peu jeune pour prendre sa retraite, tu ne trouves pas ?

C'est jeune, mais ce n'est pas trop tard.

— Dis-moi ce qui ne va pas, Rocky ? Tu penses à Nevada ?

— ...

— Moi aussi, tu sais.

— ...

— Mais la vie continue.

Tout le monde le sait que la vie continue et que Noël va se pointer encore cette année à la même date. Tout le monde le sait...

Nevada...

Ça fait un an que je lutte pour reprendre mon rythme de croisière, mais le bateau s'enfonce un peu plus chaque matin. Dès que j'ouvre les yeux, un nouveau jour se lève pour me mordre le cul. Si le temps arrange bien les choses, c'est que nous finissons tous par disparaître, emportant avec nous la douleur qui nous consume. Voilà le seul espoir ! Entre-temps, il suffit de s'étourdir suffisamment pour oublier que la Terre tourne.

— La comptabilité, ça te rend dingue, je le vois bien. Il est temps pour toi de passer à autre chose.

Accepte le poste de directeur, tu verras, ça va te changer les idées. Et si ça ne te plaît pas, il sera toujours possible de démissionner et d'aller voir ailleurs.

— …

— D'accord ?

Si la vie continue, la comédie aussi. Pourtant, je ne ris pas. Je baisse les bras plutôt que de poursuivre un combat perdu six mille ans d'avance.

Le pire, c'est que je vais m'efforcer d'aimer mon nouveau travail. Je vais me leurrer de bon cœur, en espérant me découvrir une passion sincère pour la direction et l'exportation de la bouse de vache en vrac. Je vais me convaincre qu'il n'y a pas de honte à travailler et qu'il n'y a pas de sot métier ! Vogue la galère, les vaches seront bien gardées ! Je vais commercialiser de la crotte séchée en Chine ! Bah ! Faire cela ou faire autre chose ? Ne suis-je pas, de toute manière, condamné à faire quelque chose ?

Le lendemain, le réveille-matin sonne pour m'annoncer le début d'un temps nouveau, plein de promesses à croire les yeux fermés. Sophie m'embrasse et me souhaite une bonne journée. Le bonheur nous sourit, l'avenir aussi. Nobel nous rejoint dans le lit pendant que sa sœur accapare la salle de bain. Je lutte avec lui pendant quelques minutes, puis je l'envoie s'habiller. Je prépare des crêpes aux fruits et au sirop d'érable pour déjeuner. Trenet serait content : il y a de la joie !

— Tu sais quoi, papa? Au taekwondo hier, mon ami Xavier a pété une palette au grand Loubert sans faire exprès. Un coup de pied en pleine face! Paf!

— C'est vrai?

— Tu devrais lui voir le sourire. Il a l'air encore plus niaiseux qu'avant. Maman, dis à Cléopâtre de me passer le sirop.

— Cléo, passe le sirop à ton frère.

— Pas s'il ne me donne pas mon cartable.

— Nobel, donne le cartable à ta sœur.

Nous nous embrassons et partons chacun de notre côté: les enfants à l'école, Sophie à l'université et moi à la rencontre de mon fabuleux destin de bourrique bâtée. La maison se vide et Pourquoi-Pas se détend; le calme succédant au tumulte matinal, le gros paresseux redevient souverain. Animé d'une fébrilité insolite, je reprends goût au quotidien, même s'il signifie auto-boulot-dodo.

Le bonheur, ça ne change pas le monde, sauf que…

Soulagé par mon retour, Jeanguy me souhaite un «*nihaoma*» guilleret en se prosternant légèrement. Par un réflexe acquis auprès de ma belle-famille, je me prosterne et réponds en coréen: «*Annyong hasséyo*». Le coréen et le chinois, pour Jeanguy, c'est du pareil au même. Le con se dit: «Il est des nôtres, il a bu son verre comme les autres!» Prenez et buvez-en tous. Je rentre dans le rang: je suis désormais un discipliné broutant paisiblement l'herbe du dénominateur commun. Voilà, j'accepte ma soumission au code avili du travail et prête implicitement le serment d'Hypocrite. Madame Frison sourit. Ses dents en porcelaine reluisent ; comme un miroir, elles me renvoient l'image de mon naufrage. Quant à mes collègues, ils me toisent d'un air suspicieux. Mes camarades me reprochent de jouer au fils à papa et de me payer tous les caprices. Heureusement, ils ne me détestent pas vraiment, sauf Antonin qui me crèverait volontiers les yeux. Je ne suis pas tellement utile, mais pas trop nuisible. Me tolérer ne requiert pas un effort surnaturel de leur part.

Jeanguy m'annonce qu'il a engagé un professeur de chinois pour moi.

— Des cours de chinois ?

— Le chinois, c'est la langue de l'avenir, mon Rocky. Il faut être visionnaire. D'ici vingt ans, la langue des affaires, ce ne sera plus l'anglais. Non ! Ce sera le chinois, Rocky, le chinois !

— Tu es sérieux, tu veux que j'apprenne le chinois ?

— Tu parles déjà coréen, ce n'est pas un peu semblable ?

— Pas du tout.

— Ah bon… Ça te fera une corde de plus à ton arc !

Des cours de chinois ! Pourquoi pas, puisque mon nouveau bonheur l'exige ? J'apprendrai donc à tirer à l'arc… et à parler chinois.

4

Le bonheur est une sale affaire. À force d'y aspirer, il finit par te saper l'énergie du désespoir.

Notre voisin, monsieur Grantassoni, avec son accent huile d'olive, comparait le bonheur à une effeuilleuse. «Le bonheur, c'est une sacrée agace-pissette! Elle tortille les hanches, te détaille le menu, mais se sauve aussitôt que t'as l'eau à la bouche. Toé, tu restes planté là comme un pauvre crétin avec ton appétit dans l'étalon.» Le fin philosophe éclatait de rire, tout content de faire de l'esprit dans la langue des petits cousins de Molière. L'effeuilleuse achève son striptease; elle est sur le point de se sauver en coulisses. Les semaines se multiplient à perte de patience et l'exportation me gruge petit à petit la pétulance du néophyte. Bien malgré moi, mes nouvelles responsabilités me contraignent à me dévouer à la cause. Cependant, je garde le cap sur l'optimisme. Même l'ennui peut divertir: il suffit de se convaincre que l'on éprouve du plaisir.

Ce soir, nous sommes invités à souper chez Jeanguy et Argentina pour célébrer ma réadaptation sociale. Nos hôtes habitent une cabane genre domaine du roi dans le quartier des Légendes de Saint-Jean-sur-Richelieu, en bordure du terrain de golf. Un beau jour, par un bel après-midi d'été, couché sur une chaise longue au milieu de sa cour arrière, mon beau-frère va se prendre une balle de golf en pleine gueule. J'ai calculé la probabilité de l'événement : une chance sur un million cinq cent mille. Heureusement, Jeanguy n'a pas encore succombé à la tentation de recouvrir son terrain de gazon artificiel comme son voisin, Fernando Boisclair, le président directeur général des franchises *Le magasin du Dollar*. Quand la neige fond au printemps et que la sloche envahit les rues, Fernando, cuit à point grâce aux rayons ardents des lampes solaires de son salon de bronzage personnel, balaie le sable et le calcium accumulés sur son gazon hallucinogène. Le roi de la piastre rince ensuite sa pelouse à l'eau savonneuse. Cet îlot tropical aux odeurs de caoutchouc me réconforte : je ne suis pas seul à chercher le bonheur. Je voulais refuser l'invitation à souper de Jeanguy, mais ma rebuffade aurait provoqué l'apocalypse suivie de l'obligation, pour la race humaine, de s'exiler sur Mars. Sur le plan des activités familiales, je ne jouis d'aucune marge de crédit. Je dois payer comptant, en tout temps. Que ce soit pour un pique-nique, une sortie au zoo ou une visite chez la parenté, mon devoir exige de me porter volontaire pour le service obligatoire, un sourire aux lèvres et la joie de vivre au cœur. *Sir, yes*

Sir ! Sur mon sourire benêt, on croit lire l'allégresse. Pourtant, j'ai débranché mon cœur et mon cerveau. Je ne ressens plus rien. Je ne pense plus à rien. Je me laisse voguer sur les eaux calmes de l'accord avec mon existence. C'est facile. Je n'ai qu'à faire la planche sur le dos, sans bouger.

Bonheur ou torpeur, pourvu que ça rime.

Surexcités, Cléopâtre et Nobel s'empressent de ranger leur chambre et de se préparer à partir. Les enfants adorent rendre visite à leur cousine, Victoire Surprenant-Chavez, une adolescente volcanique de quatorze ans, rebelle et têtue comme sa mère. Malgré son entente cordiale avec Jeanguy, Victoire rêve du retour de son papa prodigue, mon ami Jésus.

Un mois avant l'accouchement, le prophète de l'amour s'est poussé côté liberté aussi vite qu'un sprinter sur les stéroïdes. Argentina et Jésus se sont mariés sur un coup de dés. Leur périple sur la côte ouest américaine tirait à sa fin et les amoureux revenaient du Grand Canyon pour passer une semaine à Las Vegas, la ville du vice mal caché.

— Si je roule un six, tu m'épouses, avait lâché Jésus de but en blanc, assis sur le lit exigu du motel Elvis.

— Vas-y, prouve-moi que tu m'aimes.

— Je suis sérieux, Argentina, un six et nous nous marions cet après-midi.

— Embrasse-moi.

Afin de prouver à Argentina hors de toute remise en question existentielle que leur union était l'œuvre du destin et non celle du hasard, Jésus a roulé trois six, coup sur coup. La cérémonie, coquette et brève, s'est déroulée dans une petite chapelle kitsch de la Strip par un après-midi brûlant de 1989. Argentina avait dix-neuf ans; Jésus, à peine vingt et un. La jeune mariée était vêtue d'un jean blanc, coupé aux genoux, et d'une blouse blanche, brodée de fleurs roses. Aux pieds, des chaussures de plage. En guise de couronne, Jésus avait inséré une marguerite dans ses cheveux couleur de nuit. Elle ressemblait à ces jolies princesses *peace and love* des années soixante-dix qui allaient, sans soutien-gorge, rejoindre les communes californiennes en auto-stop. Jésus, quant à lui, ressemblait à Jésus-Christ Superstar. Avec son jean bleu délavé, un veston vert pomme sur les épaules et un t-shirt blanc à l'effigie des Rolling Stones, le nouveau marié aurait pu jouer dans *Miami Vice*.

Papa n'a appris l'heureux événement que deux ans plus tard, lorsque Argentina est tombée des nues, chez lui, enceinte jusqu'aux yeux. Il pleuvait, comme il pleut toujours lorsque l'on fait pleurer son père. La voûte sombre du ciel crachait par terre une eau amère, imbuvable. Le bébé à naître s'annonçait dans la défaite, celle d'un mariage torpillé de l'intérieur par un trop-plein d'amour pour la vie et par l'intransigeance de la jeunesse; convaincu qu'Argentina donnerait naissance à une fille, mon père a proposé de prénommer l'enfant Victoire.

— Si c'est un garçon? j'avais rétorqué.

— Je sais de quoi je parle, je me suis assez battu dans la vie. C'est une Victoire.

— Oui, c'est une Victoire, avait renchéri doucement Argentina.

Mon père et son génie des prénoms…

Jeanguy, l'homme aux prénoms fusionnés, nous reçoit avec un vin argentin exquis, qu'il nous décrit : « C'est un chardonnay qui possède une robe grenat aux reflets vifs, un nez intense de petits fruits rouges et de prunes mûres. En bouche, il est souple et rond, et donne une impression de grande maturité soutenue par une acidité qui apporte de la fraîcheur et de la persistance à l'ensemble. Vous allez adorer ! » Ma connaissance du vin se limite à sa couleur : le rouge ou le blanc. Quand on les mélange, ça donne du rosé. Grand-papa Furious en concoctait des bouteilles de l'enfer avec le fond des tonneaux que lui et monsieur Grantassoni achetaient du pub The Irish Punch, le plus important commanditaire de mon père. C'est bien connu, l'alcool et le sport vont main dans la main : de la griserie de la victoire à la gueule de bois de la défaite.

Au dessert, Jeanguy, qui n'a pas cessé de jacasser de tout le souper, prend une pause pour aller fumer un cigare dehors. Il insiste pour que je l'accompagne : « Ce sont des cubains, les meilleurs ! » Argentina et Sophie espèrent un rapprochement entre nous, une sorte de réconciliation touchante qui permettrait d'abandonner aux oubliettes les affres du passé et de jeter un pont sur la tragédie qui nous sépare. Je me laisse flotter…

Nous descendons dans le jardin. Jeanguy me présente la boîte de cigares. L'imbécile heureux sait que je ne fume pas.

— Allez, fais semblant.

J'en prends un et le mets dans ma bouche, sans l'allumer.

— Les meilleurs, répète Jeanguy.

— Des cubains…

— Oui, des cubains de la collection personnelle de Castro.

— Ah?

— Des cigares de contrefaçon fabriqués aux Philippines, il lâche, l'air taquin.

Je souris.

— Argentina n'aime pas que je fume le cigare.

— Parce que c'est mauvais pour la santé?

— Non, parce que ce sont des pauvres qui les fabriquent. Elle dit que c'est comme si je réduisais en cendres leur espoir de s'en sortir, comme si tous leurs rêves d'une vie meilleure partaient en fumée à chaque cigare que j'allume.

— Il doit bien y avoir des cigares équitables, comme le café ou le chocolat?

— Suis-moi, j'ai quelque chose à te montrer.

Jeanguy m'emmène dans son garage. L'intrépide aventurier se fraie un chemin à travers la caverne aux trésors remplie d'antiquités et d'objets de collection disparates. Au bout de quelques minutes,

Indiana Jones débouche sur l'établi, ouvre un tiroir et en sort une boîte de métal toute rouillée, qu'il me tend. Enveloppé dans un vieux lambeau de tissu décoloré gît un morceau de caoutchouc jauni.

— C'est quoi? On dirait…

— Un protecteur buccal.

— Tu collectionnes les protecteurs buccaux?

— Non. Mais celui-ci est particulier.

— Ah! Bon?

— C'est le protecteur buccal que portait Carlos Monzon lors de son premier combat contre ton père, en Argentine!

— C'est… c'est spécial… Mais pourquoi son protecteur buccal? Pourquoi pas ses gants? Ou son peignoir?

— C'est le seul objet personnel de Monzon que j'ai pu dégoter de ce combat historique.

— Depuis quand tu t'intéresses à ce combat?

— Tu rigoles? Depuis le jour où ton père m'a raconté l'origine du nom de ta sœur.

Le fameux génie de mon père pour les prénoms…

Argentina, c'est le fruit de la passion de mon père pour ma mère et la boxe, c'est aussi l'Argentine et ses promesses de bonheur et de gloire. Ma petite sœur a été conçue à Buenos Aires en 1969, la veille du combat de mon père contre Carlos Monzon. L'Argentin n'était pas encore champion en 1969. Son duel contre mon père devait déterminer celui qui affronterait, l'année suivante, Nino Benvenuti, le champion du monde des poids moyens. Emma, ma mère, l'accompagnait, car sans son égérie, la gloire aurait paru sans éclat à mon père. Le fougueux amant la désirait à ses côtés lors de tous ses combats.

Carlos Monzon naît dans la violence du bidonville de la Gran China en 1942, à Santa Fe, en Argentine. Capable du meilleur comme du pire, il boit le calice jusque sur son lit de mort. Sa vie durant, la violence, telle une ombre maudite, éperonne ses instincts. Sur le ring comme dans la vie, le bouillant querelleur règle tout à l'aide de ses poings meurtriers. Près de deux décennies après son combat contre Punching Ray, dans un excès de rage, un abandon cruel aux impératifs de la loi de la jungle que lui a inculquée la rue, le grand champion bat sa femme et l'étrangle. La malheureuse meurt, le crâne explosé, en tombant du deuxième étage de l'appartement où loge le couple. Monzon, le héros déchu qui a défendu son titre à quatorze reprises, invaincu lors de ses quatre-vingt-un derniers combats, est condamné à onze ans de pénitencier et meurt en 1995 dans un accident d'auto pendant une permission de fin de semaine. Le virtuose de la frappe est intronisé au Temple de la renommée de la boxe en 1990.

L'enfer est pavé d'hommes d'exception...

Pour l'heure, Monzon, «El Macho», poursuivait son ascension vertigineuse vers la consécration, tout comme mon père. Plus scientifique, plus talentueux et plus rapide que le Québécois, l'Argentin prédisait une victoire facile contre Punching Ray, un boxeur qu'il jugeait sans véritable envergure. Mon père a joué, lors de ce pugilat, le rôle marquant de sa carrière, un rôle pour lequel il aurait mérité l'Oscar du meilleur acteur de soutien, un rôle qu'il a rejoué maintes fois par la suite. Au bout de quinze rounds d'expiation devant une foule ivre de violence, l'annonceur maison, dont la voix nasillarde peinait à émerger du tumulte de la salle, a proclamé le combat nul. Chaque round s'est avéré une épreuve douloureuse, une guerre d'usure mortifiante pour les deux hommes. Pour le reste de ses jours, mon père a regretté que le combat n'ait pas duré un round de plus, un seul, car Monzon, épuisé, coupé aux deux arcades sourcilières, les côtes meurtries, avait eu du mal à retourner dans son coin à la toute fin de l'affrontement. Mon père, encore vif malgré son nez écrasé et une côte fêlée, était convaincu qu'il aurait pu descendre Monzon si, comme dans le bon vieux temps, seul un knock-out avait pu mettre un terme aux hostilités. Monzon clamait le contraire. L'Argentin avait découvert le menton d'Achille de son adversaire. Du moins le croyait-il. Dans une revanche, Monzon le frapperait là où ça fait très mal ! L'habile duelliste prédisait l'annihilation de Punching Ray en moins de cinq rounds !

Malgré son impressionnante prestation, tout était à refaire pour mon père : l'occasion de se battre en championnat mondial venait de lui glisser entre les mains comme une couleuvre impossible à avaler. L'année suivante, les promoteurs ont préféré, pour des raisons de profitabilité, organiser une rencontre entre Monzon et Benvenuti, deux compatriotes qui allaient enflammer les passions du peuple argentin, tout en promettant à mon père un combat contre le vainqueur. Monzon l'a emporté par knock-out au douzième round, mais son clan s'est défilé lorsque le temps est venu de l'opposer au courageux Québécois aux mains de pierre. Par conséquent, mon père a dû, à son tour, surclasser Benvenuti afin de s'imposer comme aspirant obligatoire à la couronne d'El Macho. Assoiffé plus que jamais de gloire, le cœur enfiévré par le désir irréductible de l'apothéose, le poulain de Furious Mitch Sinclair a dégommé le brave Nino en quatre rounds, quatre rounds pendant lesquels la mort souriait, comme elle avait souri quelques années plus tôt en emportant Benny Paret à la suite de son combat contre Emile Griffith. Heureusement, Nino a survécu à la sévère commotion cérébrale que lui a infligée mon père. Toutefois, papa est sorti troublé de cet épisode. Il ne s'était jamais soucié du risque de se faire envoyer la tête la première dans l'autre monde par un crochet du gauche assassin. L'ingénu se croyait protégé par les dieux, du moins jusqu'à ce qu'il ait accompli son destin ; après, il pouvait mourir, ça lui était égal. Cependant, la prise de conscience qu'il ait pu tuer un homme sur le ring le torturait. Grand-papa Furious croit que c'est précisément après avoir réduit la tête de Benvenuti en une pulpe sanguinolente que mon père a décidé de centrer toute sa stratégie autour de l'utilisation de son crochet du gauche au corps. Vaut mieux des côtes cassées qu'un cerveau déboîté! Encore aujourd'hui, papa se réveille parfois la nuit en sursaut, couvert de sueur: il vient d'asséner le coup fatal à l'un des adversaires imaginaires qui peuplent ses cauchemars.

Le combat revanche contre Monzon a finalement eu lieu en 1972 au Forum de Montréal devant les fans de Punching Ray. Mon père rayonnait de bonheur. L'aspirant tenait sa chance par le collet, il ne la laisserait pas filer! Pour la première fois de sa carrière, Punching Ray se battait en championnat du monde. Quinze rounds le séparaient de l'aboutissement de tous ses efforts; le *kid* de Verdun était à quelques minutes de son couronnement, qu'il sentait au bout de ses poings. Comme à chacune de ses présences sur le ring, le vaillant boxeur a tout donné. Il s'est arraché le cœur! Pourquoi? Pour un second verdict nul, hélas. Quinze rounds de pure souffrance inutile pour entrer dans la légende par la porte d'en arrière. Dans un match nul, on donne le bénéfice du doute au champion: Monzon est reparti de Montréal avec le titre de même que, gracieuseté de la nouvelle stratégie de mon père, une sévère hémorragie interne.

L'histoire court après sa queue et la mord trop souvent. Pendant que Monzon continuait de rouler sa bosse de champion, un doute, toujours celui du bénéfice, planait au-dessus de sa légitimité, car l'Argentin n'avait jamais vaincu Punching Ray. Les commissaires du World Boxing Council ont décidé qu'une troisième rencontre au Cæsars Palace de Las Vegas, en 1975, obligerait l'un des deux pugilistes à s'incliner. La conclusion de cette trilogie mémorable arrivait au pire moment pour mon père et sa famille. Ma mère agonisait d'un cancer du sein ; son état empirait de jour en jour. Attribuant ses migraines à une mauvaise grippe, maman a attendu d'être clouée au lit avant de se soumettre à un examen médical. Entêtée, elle ne voulait surtout pas inquiéter son mari, en camp d'entraînement préparatoire au Nevada depuis trois mois. N'en pouvant plus de la voir dépérir, Argentina et moi avons appelé une ambulance, qui l'a transportée à l'urgence de l'Hôpital de Verdun, la sirène en émoi et les phares aux abois. Mais maman avait trop attendu. Une boule noire de chaire monstrueuse envahissait son corps, le rongeait à un rythme effréné, pressée d'avaler son âme. Les métastases qui assiégeaient son cerveau la condamnaient.

À une semaine du combat, maman a refusé catégoriquement que l'on dévoile à son mari l'horrible diagnostic. Cependant, détectant dans sa voix une faiblesse inhabituelle, papa est rentré immédiatement à la maison, sautant dans le premier avion à destination de Montréal. Ma mère s'est alors résignée à lui révéler la présence en elle du monstre insatiable. Papa a voulu annuler le combat, mais elle a insisté : « Je me sens mieux, vas-y. Tu sais, la vie continue… » Elle a fermé les paupières, lui a souri et a ajouté : « Je vais penser à toi. »

Hargneux, en colère contre tout, mais surtout contre la vie, contre le sort impitoyable qu'elle réservait à sa femme, papa a quitté le foyer familial la journée même du championnat, souhaitant demeurer auprès de son épouse le plus longtemps possible. Pour éviter tout retard, mon père a exécuté ses étirements dans le taxi pendant le trajet le menant de l'aéroport au Cæsars Palace. Sans peignoir, sans réchauffement, Punching Ray s'est rué dans l'arène comme un taureau pressé d'en finir. Le choc entre les deux boxeurs au centre du ring a été terrible, à faire rougir de honte les Titans. Mon père ne combattait pas Carlos Monzon, il combattait le cancer, le salaud qui bouffait les entrailles de sa femme ! Les poings enragés du Québécois frappaient désespérément un adversaire sournois qui l'attaquait de tous bords, tous côtés, un adversaire constamment en mouvement, constamment dans son angle mort, là où il ne le voyait pas, là où il ne l'attendait pas. Mon père encaissait les coups sans broncher, sans reculer, son visage se tuméfiant de plus en plus à chaque assaut. Le taureau voyait rouge et crachait le sang. La bête pleurait des larmes acides qui lui brûlaient la conscience d'être au mauvais endroit, de s'être trompé de combat. La cloche a retenti à la fin du quinzième round et mon père a quitté le ring sans attendre le résultat. Il savait fort bien que l'on ne gagne pas contre le cancer… Arrivé à la maison, le lendemain matin, il était trop tard. Ma mère était morte à l'hôpital, veillée par une infirmière et monsieur Grantassoni. Elle s'est éteinte entre le quatorzième et le quinzième round, au moment où mon père remettait son protecteur buccal, serrait les dents et se précipitait sur Monzon pour la dernière fois, parce que l'abandon n'était pas une option.

Mon père, ce soir-là, a tout perdu : le championnat mondial des poids moyens et l'amour de sa vie.

Mais Punching Ray n'a jamais baissé les bras ! Démoli, il nous a consolés du mieux qu'il a pu, à la dure, comme la vie l'exigeait. Le bonheur n'attend pas, il passe, indifférent, sous le nez des pleurnichards et des dépressifs, les abandonnant derrière lui sans regrets ni remords. Le bonheur n'est pas tendre ! Ou tu l'acceptes, ou il te broie. Il te pulvérise l'âme et le corps et te laisse pour mort dans la fosse aux lions des mal-aimés, des mal-baisés, des invertébrés, des pisse-froid, des enculés... Mon père finissait toujours ses leçons par des points de suspension, nous laissant ainsi suspendus dans le vide devant l'évidence de la conclusion à tirer. Le silence. Le silence pour tout dire, le silence pour les choses que l'on ne peut dire. Le silence, pour tout comprendre.

Mon père a repris l'entraînement le lendemain de l'enterrement de maman. Je crois qu'il avait besoin de recevoir des coups, pour ressentir quelque chose, pour ne pas perdre pied. Peut-être aussi cherchait-il à se punir, malgré l'absurdité du geste. Le pauvre combattait la douleur par la douleur.

Je me souviens de la voix de ma mère, une voix énergique et rapide qui donnait confiance en la vie.

Maman nous parlait anglais. Elle s'exprimait dans un français doux et limpide, presque sans accent, mais elle tenait à ce qu'Argentina et moi maîtrisions deux langues : l'une maternelle, l'autre paternelle, afin de nous ouvrir aux horizons discordants du monde. Mes enfants aussi ont une langue maternelle, le coréen, et une langue paternelle, le français. Les chanceux ont même une langue arrière-grand-paternelle puisque Furious leur parle uniquement anglais. La maison de Babel, c'est chez nous. Pourtant, nous finissons toujours par nous entendre, sans trop de détours, du moins sur ce qui compte... à la longue. Heureusement, l'amour gomme bien des incompréhensions. Ma mère me manque. J'aurais besoin qu'elle me raconte des histoires, des tas d'histoires, pour m'endormir et me faire rêver, comme lorsque je vivais à l'âge de l'innocence et du bonheur. J'aimerais qu'elle me confectionne des galettes aux raisins, mes préférées, qu'elle me donne un bain, me lave les oreilles et m'habille. Je la regarderais s'affairer, les yeux mouillés de reconnaissance, bouche bée d'amour. Elle me moucherait le nez, puis m'aiderait à faire mes devoirs. Je rechignerais un peu au moment de la dictée française, mais sans trop insister. À vrai dire, j'irais même jusqu'à prendre une fessée...

Mais le temps a trop passé et maman n'est plus là. Vieillir ne règle rien, on a toujours besoin de sa mère.

Maman... Apprends-moi le bonheur...

Jeanguy se tient droit devant moi, sec comme un madrier. Ses lèvres remuent sans émettre un son. Vive la surdité sélective! Une musique joue à la radio. Une ballade. Les lèvres pourpres de monsieur Happy frétillent comme des chenilles épileptiques. Jeanguy déballe ses sentiments.

— Rocky, tu fais du bon travail comme directeur des exportations.

— …

— Je tenais à te le dire…

— …

— Je suis sincère. J'apprécie ton nouvel entrain.

— Ne devrions-nous pas rentrer? je dis pour couper court à l'effusion de reconnaissance de mon beau-frère en mal d'amitié.

Les enfants s'amusent avec Victoire au sous-sol. Au salon, Argentina et Sophie discutent de tout et de rien, surtout de rien: elles parlent de moi. Jeanguy décapsule sa bière, un sourire feint dessiné sur le visage. Son silence est ponctué de déglutitions agressives. Frustré de ma goujaterie, il s'envoie trois bières coup sur coup en moins d'un quart d'heure. Les yeux vitreux, il éructe son amertume.

— Rocky, est-ce que Jeanguy t'a montré ce qu'il a rapporté de notre dernier voyage en Argentine?

— Oui.

— Qu'est-ce que c'est? me demande Sophie, intriguée.

— Un vieux protecteur buccal.

— Ah?

— Pas n'importe quel protecteur buccal, celui que portait Carlos Monzon lors de son premier combat contre papa, précise Argentina.

— Rocky s'en fout comme de l'an mille avant Jésus-Christ !

— Jeanguy !

— Jeanguy a raison. Je m'en fous.

— Rocky ! interjette Sophie.

— Sans farce, c'est dégueulasse. Un protecteur buccal ! Pourquoi pas son support athlétique tant qu'à y être ?

— Rocky !

— Je trouve les collections ridicules. Les macarons, les épinglettes, les timbres… Les protecteurs buccaux ? Franchement !

— Rocky !

— C'est peut-être ridicule, mais je ne passe pas mes nuits à jouer à l'ordinateur, moi ! renchérit Jeanguy.

— Un coup bas. Bravo !

— Tu fais chier.

— C'est une de mes plus belles qualités.

— Ça suffit ! Rocky, tu le fais exprès ou quoi ? intervient Sophie.

— Un peu.

— Ça suffit, j'ai dit !

Jeanguy ingurgite sa bière d'un trait rageur. Argentina et Sophie feignent la normalité. Tout baigne dans l'eau chaude… Quelle belle soirée ! La pleine lune. Les étoiles. Les enfants. La joie. Vive la joie! Les émotions à feu et à sang, tournant en rond, le collectionneur se bat un sentier autour de la table de salon. Le front bas, les jointures blanches à force de serrer sa bière, les nerfs du cou étranglés, sa respiration accélère. Brusquement, un brasier éclate dans ses yeux! L'enragé se précipite sur moi, lève le bras et me fracasse l'os temporal gauche avec sa bouteille. Je m'écroule.

~

La nuit recouvre d'un voile opaque ma lourde tête. Sous l'épaisse bâche noire, un râlement lugubre se fraie un chemin jusqu'à mes tympans. Une bête blessée, un autre patient, souffre à mes côtés. Je le sens agoniser. Ses poumons corrodés exhalent des effluves nauséabonds. L'air vicié de cette antichambre de la mort m'oppresse. Je tousse. Je crache. Une symphonie macabre de borborygmes et de grince-ments de dents joue en sourdine.

Je m'absente.

Le frôlement des draps sur ma peau me tire l'oreille. Une ombre me borde. Gentille ombre. Sous les paupières, mes globes oculaires s'agitent, tourbil-lonnent. Rien à faire. Rien à voir. Mes paupières, des pierres tombales, scellent les fenêtres de mon crâne. Les idées se bousculent vers ma bouche figée par la douleur. Pas un mot, pas un son.

Je tourne à vide. Pendant des jours. Pendant des nuits.

Un timbre sonore témoigne du battement régulier de mon cœur. Plus aucun râlement. La bête a sombré. La lumière filtre à travers mes cils, dès lors j'entrevois, l'espace d'une seconde, la possibilité d'une vie nouvelle. Je suis calme. Il ne pleut plus dans ma tête. La tourmente s'est apaisée.

Puis une voix…

— Aujourd'hui, la vie va si vite que la conscience ne peut pas suivre.

— Sophie?

— Non, Robert de Flers.

— J'ai dormi longtemps?

— Treize jours.

Sophie me sourit. Sa main glisse dans mes cheveux alourdis par le sommeil.

— Sophie… Te souviens-tu de nous? j'articule avec difficulté.

— Ferme les yeux, Rocky. Repose-toi.

— Du Père-Lachaise? De Jim Morrisson? *Girl, ya gotta love your man.*

Riders on the Storm… L'odyssée se poursuit. L'orage aussi. Sophie m'embrasse, mon souffle s'embrase. Le barrage explose et des larmes jaillissent de mes yeux creusés par le bras leste de Morphée. Je pleure des torrents. Un océan. Mon crâne fendu gronde tel le tonnerre. Une tempête électrique me court-circuite les émotions. Je halète, à bout d'âme.

— Je ne sais plus où j'en suis.

— Rocky…

— J'ai… J'ai une hache plantée dans la poitrine…

— Tout va bien, maintenant.

— Je ne sais pas. J'ai peur…

— De quoi?

— Peut-on avoir peur du bonheur?

— …

— Nous étions heureux à Paris.

— Oui.

— Oui…

Sophie portait un t-shirt rose et un jean à taille basse. Les cheveux noirs, presque bleus, tombaient sur les reins. Ses petits seins pointus me narguaient à travers le coton neuf. Son léger dandinement m'hypnotisait. Je venais de débarquer à Paris; j'étais ébloui par les charmes de l'Asie. Libre pour une première fois, je tenais le destin par les cornes. Pour une première fois, le destin m'apparaissait lumineux.

— Argentina, tu pourrais me présenter ton amie.

— Rocky, je te présente Sophie. Sophie, mon frère, Rocky. Es-tu content? Et ferme la bouche, veux-tu? Tu risques de trébucher sur ta langue.

Argentina et Sophie étudiaient à la Sorbonne. Pendant qu'Argentina préparait une thèse en littérature française, Sophie décryptait *L'être et le néant* de Jean-Paul Sartre. Les deux copines se sont rencontrées dans un séminaire de philosophie du langage. Je dois au postmodernisme ma rencontre avec Sophie. Et à la décision de son père d'émigrer en France en 1984. Grâce à lui, la petite Kim Eun-Young, devenue Sophie Kim pour les Français, donnait soudainement un sens à ma vie.

Une nuit, cachés dans une chapelle mortuaire, Sophie et moi attendions l'heure de la fermeture du cimetière. Un véhicule patrouillait les allées à la recherche des jeunes profanateurs de la paix des braves qui, comme nous, attendaient que retentissent les douze coups de minuit pour se rassembler autour de la tombe de Jim Morrisson.

— Tu vas voir, nous serons des centaines à faire la fête, m'avait murmuré Sophie à l'oreille.

— As-tu faim? J'ai apporté du pain, du fromage et une bouteille de vin.

— Tu t'adaptes plutôt bien.

— Je voulais faire des sandwichs, mais il est impossible de trouver du beurre de pinottes dans ce foutu pays!

Je ne vouais pas de culte particulier à Jim Morrisson. Ma religion, depuis deux mois, c'était Sophie. Chaque jour, elle m'emmenait à la découverte de Paris : la tour Eiffel, le Louvre, la cathédrale Notre-Dame, le jardin des Tuileries ; aujourd'hui le Père-Lachaise. Je ne voyais qu'elle. J'ai des centaines de photos de mon séjour à Paris, des centaines de photos de Sophie. La Ville lumière, c'était Sophie qui l'éclairait.

— Sophie.

— Oui.

— Quand je t'ai rencontrée... Euh... C'est-à-dire... Euh... Quand Argentina nous a présentés...

— Oui.

— Eh bien… Si j'avais eu du culot tout le tour du front, j'aurais dit : «*Hello, I love you, won't you tell me your name.*»

J'essayais de l'impressionner à l'aide des paroles d'une chanson des Doors. J'ai failli perdre connaissance. Ma peau a rétréci d'un coup sur mon corps turgescent. J'ai fermé les yeux, très fort, puis ma bouche est partie toute seule, comme une décharge de fusil accidentelle.

— *Ô temps, suspends ton vol ! et vous, heures propices,*

Suspendez votre cours !

Laissez-nous savourer les rapides délices

Des plus beaux de nos jours !

Je m'enlisais. Et malgré moi, malgré ma gorge sèche, mes mains moites, mon soufle court, je persévérais. Après Lamartine, Hugo :

— *J'ai cueilli cette fleur pour toi sur la colline.*

Dans l'âpre escarpement qui sur le flot s'incline,

Que l'aigle connaît seul et peut seul approcher,

Paisible, elle croissait aux fentes du rocher.

Mon arsenal romantique épuisé, il ne me restait plus que la honte. J'ai ouvert les yeux à moitié, comme un enfant qui feint de ne pas regarder. Sophie a pouffé de rire. Un beau rire franc, sans méchanceté.

— Qu'est-ce que je suis con ! j'ai lancé.

— Pour ça, oui !

Le patrouilleur continuait sa ronde tandis que le crépuscule s'effaçait doucement dans l'obscurité.

Une légère brise soufflait. Juillet fraîchissait. Le bruissement des feuillages couvrait le tapage de mon cœur exalté. Sophie a pris ma main dans la sienne, puis l'a effleurée de ses lèvres. J'ai basculé sous son emprise, marqué au fer rouge. Je lui appartenais. Pour toujours.

Nos lèvres se sont unies dans une étreinte brûlante. Le t-shirt rose a fondu sous mes doigts. Notre passion a mis feu à la pierre. Un moment, j'ai craint le réveil de l'aristocrate qui gisait au fond de ce sépulcre béni. Se pouvait-il qu'un tel élan de passion le ramène à la vie?

Nu sur le roc, la tête sur le ventre lisse de Sophie, je me sentais accompli. Parfois, il suffit de quelques minutes pour dire qu'on a vécu. Les heures ont passé puis la fête a commencé, ou plutôt le rituel. «*Come on baby light my fire*», a entonné une voix au loin, en sourdine derrière un monument trapu. Des chandelles ont brillé. D'autres voix se sont jointes à la première dans un chœur clandestin dont la rumeur montait jusqu'à l'infini. Nous nous sommes rhabillés, puis dirigés vers les disciples du poète rebelle. Des Américains, des Français, des Allemands, des Italiens, une foule ardente sortie des buissons dansait et chantait. Nous avons dansé et chanté. Toute la nuit. Sans répit.

— Sophie, te souviens-tu de ton t-shirt rose?

— Ce bout de tissu t'a fait plus d'effet que mes seins nus.

— À ma sortie de l'hôpital, je vais t'en acheter un nouveau.

Sophie pose sa main fraîche sur mon front fiévreux. Je m'endors.

5

Mes yeux interceptent un furtif reflet rouge dans le rétroviseur. Une Porsche 911 Turbo me double à plus de deux cent cinquante à l'heure. Une tornade de poussière avale la route devant moi et m'éjecte de ma trajectoire. Je donne un coup de volant pour ramener ma Mustang sur la route au moment où un dix tonnes percute le pare-choc arrière de mon météore. J'appuie à fond sur l'accélérateur et enfile les kilomètres à la vitesse du son qui hurle dans mes oreilles. Le paysage se tord, les couleurs s'embrouillent, je fonce. Soudain, le soleil s'éteint. Je m'engouffre dans un tunnel. Les phares rouge Satan me défient, droit devant. Je cligne des yeux. Trop longtemps. Mon bolide frôle le garde-fou. Un geyser d'étincelles jaillit de la portière qui pousse un cri métallique à déchirer l'écho. Je perds du terrain. Le soleil réapparaît comme un coup de poing au visage. Méphisto disparaît dans une courbe. J'accélère pour le rattraper. Le moteur de ma fusée, à bout de souffle, crache ses poumons. Une épaisse fumée noire perce le capot et s'envole vers le ciel éclatant. Trois machines de l'enfer, montées comme des chevaux maléfiques, passent en hennissant. Immobilisé dans le désert, sous le soleil des vautours, c'est la fin. L'écran se fige : «*Game Over*».

J'ai perdu.

Le médecin m'a donné mon congé de l'hôpital et j'en ai profité pour prendre congé du travail. J'ai démissionné. Encore une fois. Mais cette fois-ci, c'est la bonne. Ma décision est irrévocable. Pauvre Jeanguy, il s'en mord les poings, mais il ne dit rien. D'ailleurs, il ne parle plus. Depuis que ce fou furieux m'a défoncé le crâne, il se soûle la gueule à longueur de journée. L'homme-entonnoir se tapisse l'œso-phage au gin pur. Argentina l'a surpris à régurgiter de la bile dans les toilettes, s'essuyer le menton du revers de la main, puis avaler une autre gorgée de poison. L'éponge ne s'était plus soûlée depuis son deuxième anniversaire de mariage, du moins le prétendait-il. Le lendemain de la célébration, la barrique cuvait encore son vin quand Argentina, en silence, lui avait présenté des papiers de divorce. Jeanguy avait dégrisé aussi vite qu'une peinture à l'eau lavée à gros jet. Il avait promis de ne plus jamais boire. Il ne faut jamais dire «Bouteille, je ne téterai plus ton goulot»…

J'hésite. J'aime le jeu *Hell Racing 2007*, mais mes yeux fatigués requièrent une pause. Mine de rien, j'ai battu de deux heures mon ancien record. L'an passé, j'ai joué à *Death Commando* pendant douze heures de suite. Je possède l'endurance d'un marathonien kenyan.

Sophie et les enfants vont bientôt se lever. Je déjeunerai avec eux, puis j'irai me coucher. Je souffre du bocal, alors je dois me reposer. Les os, presque ressoudés, continuent d'exercer une pression sur mon cerveau tuméfié. Nobel juge ma condition désopilante. Le petit effronté se moque de moi: «Papa a la tête enflée!» Vers quinze heures, je rejoindrai grand-papa Furious et monsieur Grantassoni à la Légion pour une partie de cartes. Je reviendrai à la maison à temps pour le souper.

— Tu as passé la nuit à l'ordinateur? me demande Sophie encore toute ensommeillée.

— Non, non.

— Tu vas me rendre folle.

— J'ai encore des migraines. Je dors mal la nuit.

— Et te brûler les neurones à l'écran va apaiser ta douleur?

— Euh…

— Fais ce que tu veux!

La journée se passe comme prévu. Les journées passent, c'est bien connu.

— Eh! Rocky, c'est quoi qui se passe avec toé? me lance monsieur Grantassoni à mon entrée dans les locaux de la Légion. Comment c'est que la tête elle se porte?

— Pas trop mal. Et la vôtre?

— L'alzheimer, mon ami, l'alzheimer. J'ai oublié mon argent à la maison, c'est toé, tu vas devoir me payer le café. Ha! Ha!

— Grand-papa n'est pas là?

— Si, si. Il courtise la belle Guylaine dans la cuisine. Eh! Le voilà justement, le vieux vicieux. Tu lui as palpé le popotin, à la Guylaine?

— Antonio, ne sois pas ridicule. Ce n'est pas parce que j'ai encore tous mes cheveux que tout fonctionne comme sur des roulettes.

— Tu me consoles! Tu es comme moé, eh? Comme une roulette russe: un coup une fois sur six! Ha! Ha!

Nous nous assoyons à la table des champions, près de la fenêtre qui donne sur la rue de Verdun tandis que Guylaine apporte un café à chacun.

— Tu le sais pourquoi c'est que cette table-là est spéciale? me demande monsieur Grantassoni en me faisant un clin d'œil.

— À cause de vos victoires au bridge?

— Pas du tout, mon petit Rocky. Un jour, j'étais tellement plein comme un œuf que je suis tombé de ma chaise en emportant la table avec moé. Eh bien, je l'ai reçue, la table là, en plein dans les dents. Quatre dents de cassées! Les quatre d'en haut, en avant. J'ai dit à moé, quand tu bois à t'en péter les dents, c'est que c'est le grand temps de cesser de picoler. Eh!

— Rocky, interrompt grand-papa Furious, tu lui as dit quoi à Jeanguy pour qu'il te passe le K.O.?

Il a tout un punch, ce garçon ! Il devrait être boxeur.
Je pourrais l'entraîner.

— Il m'a assommé avec une bouteille.

— Ah ? Une grosse ?

— Non, une petite.

— C'est bien que tu ne sois pas devenu boxeur,
Rocky. Tu n'as pas de menton. Ton père, lui, il
encaissait tout. Je me souviens d'une fois, on était
en Ontario, dans le coin de Mississauga. Un gars
au visage familier reconnaît ton père. C'était Joe
«The Beef» Rockstone, une tête de lard que ton père
avait passé à tabac des années auparavant dans un
combat sans importance. C'était au début de sa
carrière, à l'époque où ton père se faisait la main sur
des jambons. Eh bien, le gros Rockstone s'approche
de Raymond, empoigne une bouteille de vodka, puis
lui en sacre un coup en plein front. Paf ! La bouteille
éclate ! Ton père n'a pas bronché. Pas d'un pouce ! Il
a regardé The Beef droit dans les yeux, puis s'est
mis à retirer les éclats de verre de sa peau, tranquil-
lement. Il saignait comme un cochon qu'on égorge
tout en maintenant son regard dans le sien. Je te le
jure, Rockstone, il en a pissé dans ses culottes. Ton
père, il encaissait tout.

— Eh ! On joue aux cartes ? lâche monsieur
Grantassoni après une courte pause.

L'heure du souper approche ; je rentre chez moi.
Lorsque je franchis le seuil de la porte, Pourquoi-Pas
pousse un miaulement plaintif. Voilà une autre erreur
à me faire pardonner, j'ai oublié de nourrir le chat.

Le téléphone retentit et Pourquoi-Pas se sauve sous le sofa.

— Rocky, c'est ton père. Comment va ta petite caboche?

— Ça va.

— Argentina m'a dit que Jeanguy t'avait étendu raide.

— Avec une bouteille.

— Pas trop de dommages?

— Juste assez. Des migraines.

— Ça va passer. Prends des Tylenol.

— Et toi? La Floride?

— Il fait beau.

— À part ça?

— Il fait chaud.

— …

— J'ai repris l'entraînement, il claironne.

— Papa, tu n'as jamais cessé de t'entraîner.

— J'avais arrêté pendant un mois. Je me sentais empâté. Tu as vu *Rocky VI*?

— Tu ne songes pas à faire un retour en boxe?

— Il a du cœur, Balboa.

— C'est un film! je réponds, découragé.

— Il y a du vrai dans les films. Pour Jeanguy, tu comptes faire quoi?

— Rien.

— Il s'est remis à boire.

— Ça ne me regarde pas.

— C'est le mari de ta sœur.

— Si elle le souhaite, je peux lui trouver un avocat pour s'occuper de la paperasse de divorce.

— Rocky, la haine, ça finit par donner mal au cœur, qu'il ajoute avec sévérité.

— Je te rappelle que Jeanguy m'a envoyé au plancher pendant treize jours. Treize jours !

— Tu t'accroches trop au passé. Si je devais haïr tous ceux qui m'ont frappé, je n'en finirais plus de rager.

— …

— Vous pensez venir me visiter cette année ?

— C'est possible. Peut-être pendant le temps des Fêtes.

— Ce serait bien.

— Oui.

— Au revoir.

La porte s'ouvre et va donner violemment contre le mur. Les enfants déboulent sous le porche, projetant livres, sacs et manteaux aux quatre coins de la maison.

— Salut, papa ! claironne Nobel.

— Salut, papa ! lance à son tour Cléopâtre.

— C'est même pas vrai !

— Oui, c'est vrai !

— Non, c'est pas vrai ! Papa, dis-le à Cléo que c'est pas vrai que Spiderman est homosexuel.

— Spiderman est un fifi ! Spiderman est un fifi !

— Cléo, cesse de taquiner ton frère.

— Spiderman est un fifi !

— Cléo !

— D'abord, Hermione est une lesbienne! voci-
fère Nobel en tirant la langue.

— Ça suffit!

— Qu'est-ce qu'on mange? interroge Cléopâtre.

Un autre oubli: Sophie rentre tard ce soir. Je me
précipite à la cuisine. Rien dans le frigo, pas même
un peu de soupe.

— Surprise! Nous allons au restaurant.

— Au McDo? demande Nobel.

— Non.

— Au Burger King? tente Cléopâtre.

— Non.

— Au A&W? revient à la charge Nobel avec les
yeux de celui qui gagne le gros lot.

— Nous allons au Bistro chez Janine.

— Yeurk!

— C'est meilleur pour la santé.

— On mange toujours santé. C'est pas juste!
boude Nobel.

~

Sophie dort depuis minuit. Elle m'a attendu en
vain avant de se coucher. Je l'ai laissée tomber.
Encore une fois.

Mon crâne va mieux, même si j'ai l'impression
d'être fêlé. Je souris comme un idiot, pour rien. On
dirait que le bonheur me rattrape. Je joue des
journées entières à l'ordinateur. Le temps file et
me ramène à l'adolescence que je n'ai pas eue.
J'adore ça. Même la douleur du souvenir de Nevada

s'émousse… Du moins est-elle moins aiguë… Parfois.

J'éteins l'ordinateur et vais au lit. Sophie est nue, enfouie à moitié sous les couvertures. Je la recouvre doucement, puis m'étends auprès d'elle.

— Ça ne peut plus durer, elle me dit d'une voix neutre, sans émotion.

— Qu'est-ce qui se passe?

— Rien.

— Bonne nuit.

Sophie se retourne et me fait dos. Je me lève. Le sommeil est une perte de temps. Le bonheur n'attend pas. Qui a dit ça? Peu importe…

J'allume l'ordinateur.

Ce matin, Sophie est sortie sans m'adresser un seul mot de reproche. Elle ne m'a pas souri non plus. Tout est au beau fixe. Une journée parmi tant d'autres. Les enfants quittent la maison pour l'école et je me couche. C'est l'heure du dodo! Quelques heures de repos pour mieux affronter la vie.

Le téléphone sonne. Argentina, en pleurs, m'inonde les oreilles:

— Jeanguy est devenu fou!

— Quoi?

— Il menace tout le monde!

— Il t'a menacée?

— Rocky, viens vite!

— Je…

— Viens vite!

— J'arrive.

Je saute dans ma vieille bagnole et fonce sur Saint-Jean-sur-Richelieu.

À mon arrivée, trois voitures de police, un camion de pompiers et une ambulance scintillent de tous feux devant les locaux des Fertilisants Surprenant. Des journalistes en mal de sensation m'assaillent.

— Vous sentez-vous responsable des gestes désespérés de votre beau-frère ? me lance une tête de nœud à moustache en m'enfonçant presque son micro dans la gorge.

— Qu'allez-vous faire ? ajoute un autre journaliste.

— Que ferait votre père dans une telle situation ? renchérit le moustachu.

— Il vous éclaterait le nez d'un direct du droit !

Je passe le cordon de sécurité et rejoins Argentina, qu'un jeune policier retient.

— Rocky, ils ne veulent pas me laisser entrer !

— Madame, calmez-vous. Laissez-nous faire notre travail.

— Qu'est-ce qui se passe ?

— C'est Jeanguy ! Il est devenu fou !

— Je ne comprends rien.

Un officier me prend par l'épaule et m'emmène à l'écart tandis que le jeune policier tente toujours de raisonner Argentina.

— Monsieur Suprenant, votre beau-frère s'est mis une ceinture de dynamite autour de la taille et menace de tout faire sauter.

— Mais c'est complètement absurde !

— Il s'est enfermé dans son bureau vers trois heures trente du matin, juste après la fermeture des bars, avec une bouteille de gin, un fusil de calibre douze et des dizaines de bâtons de dynamite.

— C'est impossible !

— Votre sœur nous a confié qu'il a perdu un contrat important avec une compagnie chinoise. Quand les employés sont arrivés ce matin, monsieur Gingras s'est précipité dans la cour, arme au poing, en criant qu'il allait tout faire sauter.

— Où sont les employés ?

— Monsieur Gingras les a pris en otages.

— Je ne vous crois pas.

— Il va les libérer à la seule condition que vous acceptiez d'aller lui parler. Attendez-moi ici, ordonne le policier en s'éloignant.

Une corneille plane au-dessus de l'entrepôt. Son croassement sonore m'épouvante. L'espace d'une seconde, je revois Jeanguy me fracasser sa bouteille de bière sur la tête.

L'officier, accompagné d'un homme en costume-cravate, revient vers moi. J'avance à sa rencontre.

— Voici l'agent Simpson.

Le négociateur me tend la main, qui reste brandie dans le vide comme un membre inutile.

— J'y vais, je lance à l'agent Simpson.

— Il n'en est pas question ! Nous allons négocier avec monsieur Gingras, rétorque le policier en me barrant le passage.

Je le bouscule et, en deux pas rapides, me retrouve à quelques mètres devant la fenêtre du secrétariat. J'aperçois Réjean, Robert, Violaine, Antonin et madame Frison accroupis dans un coin, terrorisés. Dans l'autre coin, un Latino aux airs de voyou, couvert de tatous, saigne du nez dans un mouchoir sale. J'étire le cou pour voir Jeanguy quand une chaise traverse la vitrine. Je reçois un éclat de verre qui me coupe la joue. Le policier, qui m'avait suivi, me plaque au sol. Les journalistes et les quelques curieux attroupés derrière le cordon de sécurité poussent un cri de frayeur.

— J'en veux pas un ostie qui s'approche !

— Jeanguy !

— Je vais tout faire péter, tabarnak !

— C'est moi, Rocky.

Un long silence, le plus long de toute ma vie. Mon cœur bat des records de vitesse, l'adrénaline me surchauffe le système nerveux, mes muscles se tordent. Qu'est-ce que tu fais, Jeanguy ?

— Montre-toi la face !

Je me dégage brutalement du policier zélé qui a cru un moment à l'apocalypse selon saint Jeanguy et j'avance jusque devant la porte d'entrée. Mes lombaires se convulsent ; je réprime un cri de douleur.

— Ne bouge plus ! Dis aux charognes de journalistes de câlisser leur camp !

— Je…

— Niaise-moi pas !

Les policiers s'activent aussitôt et obligent les journalistes à quitter les lieux. Je fouille en vain dans mes poches à la recherche de mes anti-inflammatoires.

— Jeanguy, laisse partir les employés.

— Toi, ta gueule ! Tu vas faire ce que je te dis.

— …

— M'as-tu compris ?

— …

— Réponds !

— J'ai compris.

— Viens me rejoindre dans mon bureau et je laisse partir tout le monde.

L'officier intervient.

— N'avancez pas, monsieur Surprenant.

— Je fais tout péter ! crie Jeanguy.

— Attends, j'arrive.

— Tâchez de rester près des fenêtres pour qu'on vous voie en tout temps, m'intime le policier, résigné.

J'ouvre la porte et pénètre à l'intérieur. Où est Jeanguy ?

— Vous pouvez partir ! Envoyez ! Partez !

Madame Frison se redresse, époussette sa robe, resserre son chignon et sort dignement par la porte d'entrée. Les autres se précipitent derrière elle. Le voyou me salue en passant, comme on envoie la main à un ami dans la rue. Je reçois un solide coup de crosse sur la mâchoire et tombe par terre.

Je me réveille quelques instants plus tard dans la salle de réunion, écrasé dans un coin, la bouche en sang. La porte est fermée. Aucune fenêtre. Aucun moyen de communiquer avec l'extérieur. Si les policiers interviennent, c'est le carnage. Jeanguy boit deux longues gorgées de gin, puis s'approche de moi. Il me donne une chiquenaude en plein front.

— Pas trop mal à la tête?

— Au dos.

— Ah oui, ton dos…

Jeanguy me regarde, l'œil vide. Quelques traces de sang séché noircissent sa chemise déchirée. Sa main droite, tuméfiée et coupée à quelques endroits, tient un fusil qu'il pointe dans ma direction. Son pantalon est troué aux genoux.

— On va se faire un petit party!

Jeanguy me verse un verre de gin et m'ordonne de le caler d'un trait. Puis un autre. Et un autre. Et un autre. Mon mal se dissipe.

— C'est cool que tu sois là, ricane Jeanguy.

— Je ne sais pas.

— Crois-moi, c'est cool.

— Je te crois, c'est toi qui as le fusil.

Un léger reniflement éraille l'air. Je relève le menton. Les mains crispées sur le fusil, de lourdes larmes roulent sur les joues de Jeanguy. La détresse que je lis sur son visage empourpré m'ébranle. J'en suis à mon dernier souffle, je le sens. Ma dernière pensée court dans toutes les directions. Je ne revois pas l'ensemble de ma vie. Rien ne défile, tout se fige sur le bout du canon pointé sur mon front. Jeanguy renifle de nouveau. J'observe son doigt posé sur la détente. Puis, soudain, Jeanguy retourne le fusil contre lui et le canon disparaît dans sa bouche. Le doigt se crispe. Je ferme les yeux le plus fort possible.

Clic !

Rien.

Jeanguy sanglote, le canon dans la bouche.

Je lui prends doucement le fusil des mains.

— Je n'ai pas de cartouche.

— Ce n'est pas grave, on va aller en acheter.

Jeanguy me regarde, ne sachant s'il doit rire ou me démolir le portrait. Je souris et il éclate de rire, un rire noyé de larmes. Pour la première fois de ma vie, je prends un homme dans mes bras. Je le serre contre moi.

— Je n'ai pas de dynamite non plus.

Il ouvre son veston et détache sa ceinture faite de tuyaux de carton vide.

— On va aller en acheter aussi.

— Rocky, pardonne-moi.

— Ne t'en fais pas, j'ai juste failli chier dans mes culottes.

Jeanguy ne sourit pas.

— Pas pour ça, il dit en enlevant la ceinture de faux bâtons de dynamite.

— Ah non ?

— Pour Nevada…

Je me raidis.

— Pardonne-moi, Rocky. Je t'en supplie, pardonne-moi.

Je ne réponds pas. La douleur resurgit, plus vive, plus vicieuse.

— Pardonne-moi…

Le soleil brûlant de ce passé insupportable me lacère le front. Il y a un an, un trou noir m'aspirait…

Sophie est partie en ville faire les courses afin de terminer les préparatifs pour la fête du cinquième anniversaire de Nevada. Étendu sur une chaise longue devant la roulotte, je lis un roman policier. L'intrigue, sans être géniale, me tient en haleine. Les cris de joie des enfants éclatent comme des petites bulles de bonheur au-dessus du grondement sourd de la rivière. De loin, j'aperçois Jeanguy, tout concentré, qui accroche un ver à l'hameçon de Nevada. Le soleil plombe. Je dépose mon roman par terre et vais me servir à boire. Soudain, les enfants paniquent. L'air se liquéfie. Jeanguy s'affale de tout son long, les mains tendues vers la rivière. Je me précipite vers les enfants. Où est Nevada? Je scrute les eaux écumantes de l'Ashuapmushuan. Mon fils! Nevada! Une petite tête s'enfonce sous l'eau noire, emportée par le courant. Je plonge. Mon fils s'éloigne. Je nage. Comme un forcené! Nevada! Je hurle! Mes bras s'alourdissent, mes jambes s'engourdissent. L'écume fouette mon visage. J'avale des gorgées d'eau. Nevada! Son petit corps remonte à la surface. Nevada! Il disparaît dans un remous. Je faiblis. Le courant me culbute. Je resurgis à la surface. Nevada! J'attrape son bras. Mes forces reviennent. Son corps frêle contre le mien, je nage vers la rive. Une branche de bouleau me tend la main. Je hisse mon fils sur un rocher et m'aplatis à ses côtés.

Le soleil chauffe la cime des épinettes et des pins. Partout autour de moi, des gens s'agitent. Je cligne des yeux. Ma vision s'embrouille et j'oublie de respirer. Le vrombissement de la chute en amont, incessant et insupportable, m'emplit les oreilles. L'Ashuapmushuan se déverse dans ma tête. Frappée par un rayon de soleil, une goutte d'eau glisse de mes cheveux. Elle s'écrase au sol en mille éclats d'arc-en-ciel. Des visages flous, de plus en plus près de moi, se tordent et grimacent. Les bouches vomissent des cris horribles à mes pieds. Je tourne la tête, regarde au loin. Les arbres n'ont pas bronché. Le ciel est demeuré bleu. Pur. Indifférent. Nevada, les cheveux collés sur le visage, les yeux fermés sur l'éternité, gît dans mes bras glacés.

Je le serre contre moi. Ce n'est rien, ça va aller. Papa est là… Le petit est calme. Il ne souffre pas… Il s'est endormi. Je me lève lentement. Assommé. Absent. D'un pas chancelant, mon petit garçon dans les bras, je me dirige vers la rivière. Je veux m'y perdre, m'y endormir à jamais avec mon fils. Une main muette, sortie de nulle part, se referme sur mon épaule et m'immobilise. Un sauveteur accouru de la piscine du camping, maillot rouge, bouée sous le bras, m'arrache Nevada des mains, le couche sur le sol et tente en vain de le réanimer. Je m'effondre. En pleurs. Le visage contre le rocher brûlant, je maudis le soleil. Pourquoi ne s'écrase-t-il pas sur ma tête?

— Pardonne-moi… implore Jeanguy.

Mon père a raison : la haine a fait son temps. Je dois cesser de m'accrocher au malheur.

— Ce n'était pas ta faute, je murmure difficilement.

Jeanguy éclate en sanglots violents.

— Je voulais faire plaisir aux enfants…

— Je sais.

— Nevada a attrapé un beau doré. Il était tellement fier !

Jeanguy me prend la tête à deux mains, me regarde droit dans les yeux :

— J'ai essayé de le rattraper, mais je me suis empêtré dans ma canne à pêche comme un imbécile !

— Tu n'y pouvais rien.

— Rocky, j'étais soûl !

6

Avec sa dégaine de vaurien, je n'aurais jamais reconnu le Latino louche qui me souriait malgré ses lèvres éclatées pendant l'arrestation de Jeanguy s'il ne s'était pas identifié avec souvenirs à l'appui. Il m'a pris par les épaules comme un vieil ami et m'a balancé à la figure les banalités d'usage lors de retrouvailles : «Eh! Rocky, ne me dis pas que tu as oublié ton vieux pote? C'est moi, Jésus! Jésus Chavez! Dis, on se fait la baraque du vieux Grantas-soni, ce soir?» Sa bonne humeur, telle une violente nausée, m'a révulsé. Étourdi, j'ai posé un genou au sol. L'adrénaline, la colère et la douleur corrodaient mon sang toujours en ébullition quelques minutes après avoir cru ma fin arrivée et essuyé les regrets désespérés de Jeanguy. Une nouvelle émotion risquait de me déjanter le cœur. Me voyant blêmir, aussitôt, un ambulancier m'a pris en charge, m'éloi-gnant de cet individu trop joyeux qui continuait de gesticuler pendant qu'on m'étendait sur une civière. Les portes de l'ambulance se sont refermées sur ma respiration haletante. On m'a passé un masque à oxygène, puis je me suis calmé.

Le lendemain, Jésus a refait surface chez moi. La vision de la veille était bel et bien réelle. Mon copain d'enfance émergeait de quatorze ans de silence. Pour renouer avec l'amitié, nous nous sommes donné rendez-vous avec le bon vieux temps quelques jours plus tard dans un bar de la métropole.

Je cale mon verre de bière d'un trait, comme le réclame à grands cris de joie la tradition.

— Il est des nôtres, il a bu son verre comme les autres! chante à s'en bousiller les cordes vocales mon ami Jésus.

— C'est bon de te revoir, je déclare en lui assénant une tape virile dans le dos.

— ¡Hijo de puta! Ça fait quatorze ans! Tu te rends compte, man?

— C'est fou!

— On m'a dit que t'es devenu comptable, c'est vrai?

— J'ai démissionné.

— C'était pas payant?

— Je travaillais pour Jeanguy.

— Le salaud! Regarde, il m'a pété ma dent en or. Il frappe fort, le couillon.

Jésus sort sa dent en or de sa poche de jean et me la montre, tout en pointant le trou béant laissé dans sa bouche par son incisive cassée. Je lève mon verre.

— Au retour de Jésus! je crie.

Nous buvons à notre santé, à l'amitié et à cette putain de vie qui trouve toujours le moyen de nous surprendre ! Jésus s'amuse à replacer sa dent en or dans sa bouche. Elle retombe et il recommence. La serveuse nous apporte une autre ronde de *shooters*, ces saloperies imbuvables, toujours trop sucrées, qui soûlent plus vite que leur ombre.

— Ahhhhhhhhhhhh !

— Ça réchauffe les entrailles !

Je fixe le *shooter* vide. Le vide m'a toujours ému. Impossible de dire pourquoi. C'est comme ça. Puis, d'un œil absent, je balaie la piste de danse. Une vieille aux allures de gitane, les yeux clos, se dandine seule au milieu des jeunes. Trop triste. Je lui souhaite de ne jamais les rouvrir. Jésus se penche sur la table ; j'aperçois mon reflet sans âge dans la fenêtre légèrement embuée. Je ressemble à un fantôme. Un silence inconfortable s'installe entre Jésus et moi. Un long silence.

La fête ne supporte pas le vide, ni le silence.

— Qu'est-ce que tu lui voulais à Jeanguy ? j'interroge Jésus.

— C'est une longue histoire, *amigo*.

— Raconte.

— Une autre fois. Ce soir, c'est la *fiesta* !

Jésus grimpe sur sa chaise et se met à hurler à la lune comme un loup-garou dément.

— Descendez, monsieur ! ordonne la serveuse.

Écarlate, les veines du cou grosses comme des boyaux d'arrosage, Jésus continue d'aboyer sa joie de vivre.

— Ahou ! Ahou ! Ahouuuuuu !

— Descendez!

Le videur, un mastodonte aux biceps de la taille de mes cuisses, fonce sur Jésus et l'agrippe par la cheville. Surpris, Jésus perd l'équilibre, se rattrape en mettant une main sur la tête de la brute et verse sa bière exprès dans le décolleté de la serveuse. La pauvre, toute mouillée, tressaute de rage. Aussitôt, le colosse traîne Jésus à l'extérieur en le tirant d'une main par le collet et, de l'autre, par les cheveux. Une fois dehors, il lui laboure les flancs à coups de pied. Chancelant, je me lance à la rescousse de mon ami quand un poing énorme m'accueille et m'envoie valser quelques mètres plus loin. Un orchestre symphonique me joue tout le répertoire de Strauss entre les deux oreilles… Étourdi, je m'affale au pied d'un réverbère. Quelques instants plus tard, le monstre, rassasié de violence, reprend son souffle et retourne à son poste dans le bar. Jésus, qui rigole comme un cinglé, se relève alors à grand-peine en se tenant les côtes. Il s'approche de moi.

— Pourquoi tu ris? Je ne vois pas ce qu'il y a de drôle! je prononce, la bouche pâteuse.

— *Fucking asshole!* lance Jésus en direction du bar.

— Ta gueule! Merde!

Jésus sort un portefeuille de sa poche. Il dégrise si vite que son visage devient blême, un sourire benêt toujours fendu sous le nez.

— Je l'ai volé au gros cave pendant qu'il me tabassait.

— Combien il y a?

— Je sais pas.

Jésus compte son magot.

— Deux cent dix dollars, plus une carte de crédit.

— Qu'est-ce qu'on fait? je réplique.

— On va jouer au poker!

— Oublie ça. Je vais me coucher.

— *Come on*, *amigo*, ça fait quatorze ans qu'on s'est pas vus! Quatorze *fucking* années, *man*!

Bien malgré moi, j'accepte de le suivre, car je suis trop éméché pour prendre une autre décision. Jésus hèle un taxi qui nous conduit à un tripot puant au sous-sol d'un édifice à logements situé sur la rue Ontario. Une junkie aux bras violets nous accoste: «Je te fais une pipe pour cinq piasses», elle marmonne en sortant la langue. Au coin de la rue, des gyrophares flagellent l'obscurité.

— Tu fais quoi au juste, Jésus?

— Qu'est-ce que tu veux dire?

— Dans la vie. Tu fais quoi?

— Je rigole, *man*!

— T'as bien un métier?

— Ouais.

— C'est quoi?

— Je joue au poker.

— T'es un joueur professionnel ou compulsif?

— Un peu des deux. Ha! Ha!

Une fois dans l'immeuble, nous descendons un escalier sombre dont les murs sont couverts de posters obscènes. Des femmes contorsionnistes se lèchent les parties génitales. D'autres se font enfiler par des montagnes de muscles tatouées des pieds à la tête. À son aise dans cet univers malsain, Jésus frappe trois petits coups à la porte. Un vieux barbu chauve aux oreilles pointues et aux canines acérées passe la tête à l'extérieur, on dirait le Grand méchant loup.

— C'est trois cents dollars.

— Pour les deux? demande mon ami Jésus.

Le vieux referme la porte sans ajouter un mot. Jésus me regarde et sourit. Il sourit trop. Trop souvent. Je commence à croire qu'il est véritablement siphonné.

— T'as combien sur toi?

— On n'a pas l'argent, on s'en va!

— T'as combien?

— T'es malade, on va se faire descendre!

— C'est correct, je paye pour toi.

Jésus se penche, enlève sa botte en cuir de serpent et sort un billet de mille dollars.

— C'est pour les urgences, il dit en souriant.

— Garde ton argent, je fous le camp.

— Relaxe, c'est un cadeau de retrouvailles! Si tu gagnes, tu me rembourses, plus dix pour cent de tes gains, c'est cool?

— Non, c'est pas cool!

Jésus frappe de nouveau à la porte. Je devrais le laisser seul et prendre mes chevilles à mon cou, mais la tentation de découvrir ce monde obscur me tétanise les articulations. Le Grand méchant loup repasse sa mauvaise tête à l'extérieur. Jésus lui agite le billet de mille dollars sous le nez. La porte s'ouvre toute grande sur une salle immense envahie de tables de jeu et de machines à sous. Le vieux chauve porte un smoking et des souliers fraîchement cirés. Un garde de sécurité nous fouille et nous oblige à traverser un détecteur de métal. Ensuite, une superbe rousse aux seins gonflés à bloc nous dirige vers un caissier au nez retroussé qui nous remet cinq cents dollars de jetons chacun. La rousse nous quitte et une blonde en robe de soirée transparente, dévoilant son soutien-gorge et son *string* noirs, nous accompagne jusqu'à une table de poker. Des gardes de sécurité, positionnés dans tous les coins, scrutent la salle. Je scrute le derrière de la blonde... Il y a de l'espoir : la perfection est de ce monde.

— Qu'est-ce que t'en dis, Rocky? C'est pas la grande classe?

— Je ne m'attendais pas à ça.

— Je vous apporte quelque chose à boire? demande Miss Transparence.

— Pour moi, ce sera une blonde, renchérit Jésus en faisant un clin d'œil à la serveuse, qui esquisse un sourire complice.

— Une bière, s'il vous plaît, je bredouille.

La faune nocturne autour de la table revêt tous les clichés de la marginalité. Un cowboy, un punk, un plein de fric, une vieille peau flétrie, un motard à verres fumés, une poseuse et un jeune beaucoup trop sérieux pour son âge rivalisent de surenchères et de bluffs pour remporter la cagnotte. Lors des premières mains, je couche mes cartes afin de prendre le pouls de la table. J'observe surtout Jésus, qui a déjà doublé ses jetons. En quelques minutes, il a jaugé les forces et les faiblesses de ses adversaires. Le pro augmente la mise ou couche ses cartes sans aucune hésitation. Tout en frottant ses côtes contusionnées, mon ami jacasse et blague sans cesse. Le cowboy, qui transpire comme une fenêtre mal calfeutrée, commence à tiquer. Jésus lui ronge petit à petit le nerf de la tolérance.

— Eh! John Wayne, tu vas pas être en forme pour traire les vaches demain matin. Si j'étais toi, j'irais me coucher. T'as pas l'air de supporter de perdre ton fric.

— Va chier!

— *All in*, annonce Jésus.

Des deux mains, il pousse tous ses jetons au centre de la table. Tous les autres joueurs jettent leurs cartes.

— Tu bluffes! ricane John Wayne.

— Tu vas chialer comme une bonne femme, rétorque Jésus, un sourire triomphal plaqué sur le visage.

— Je *call*.

Le cowboy pousse à son tour tous ses jetons au centre de la table. Jésus dévoile une paire d'as. Ça fait mal, ça fait très très mal! Le cowboy perd le nord ainsi que tous les autres points cardinaux!

— Enfant de chienne! il rage.

Jésus rigole comme un dingue. Merde, qu'est-ce qui le fait se marrer toujours autant ? Le cowboy se racle le fond de la gorge, gonfle les joues, puis crache à la figure de Jésus. Un morviat visqueux claque sur son front plissé. Au moment où il porte la main à son visage pour essuyer le crachat, John Wayne, fou furieux, l'attrape par le collet. L'espace d'un instant, Jésus perd le sourire. D'urgence, un gardien de sécurité happe le cracheur de glu par le cou et l'immobilise grâce à une clé de bras. L'enragé rue comme un cheval ; le gardien resserre l'étau et lui disloque l'épaule. Un cri terrible de bête qui lutte pour sa vie retentit. Personne ne bouge. Personne ne regarde la scène, sauf Jésus, qui insulte le captif. Un deuxième gardien vient prêter main-forte à son collègue. À deux, ils jettent John Wayne dehors avec les vidanges.

Jésus s'éponge le front avec le mouchoir que lui tend le croupier et le jeu reprend. La blonde, qui attendait la fin de l'escarmouche pour nous servir, revient enfin avec nos verres. Les sourcils en accents circonflexes, les yeux embués, Jésus laisse un pourboire de cinquante dollars à l'aguicheuse qui lui souffle ses remerciements à l'oreille. Jésus se lève d'un bond, malgré la douleur lancinante qui tenaille ses côtes.

— *Ladies and gentlemen*, l'amour de ma vie m'appelle.

Le croupier place un jeton «réservé» devant le siège de Jésus et distribue les cartes. Miss Transparence dépose un léger baiser dans le cou de mon ami Jésus et le couple disparaît en haut d'un escalier couvert de tapis rouge.

Une paire de valets. À mon tour de miser le tout pour le tout! Le jeune aigle au regard sévère me suit. Nous sommes deux. Les autres ont couché leurs cartes. Je dévoile ma paire de valets, confiant de l'emporter. Le rapace montre une paire de rois. Dans les tibias! Les statistiques me bottent les fesses! Le croupier retourne les trois premières cartes: le deux de pique, l'as de trèfle et le roi de cœur. Seul un miracle peut maintenant me sauver. La carte suivante est le valet de trèfle. Une mince lueur d'espoir me secoue d'un spasme frileux. Enfin, la rivière m'emporte avec la dame de carreau: le triple de rois prévaut et je me noie... Le croupier ramasse mes jetons et les pousse du côté du faucon.

Merde! Et Jésus qui se tape la blonde! Je fais quoi maintenant?

La rousse aux seins d'enfer m'apporte un whisky. Dans le doute, bois!

— Je n'ai rien commandé...

La tentatrice me plante ses gros seins dodus dans le visage et se penche lentement sur moi. Son regard de feu enflamme ma chair.

— Je te l'offre, elle dit, les lèvres à deux centimètres de ma bouche.

— Je...

Je prends le verre et me l'envoie derrière la cravate d'un coup imparable pour mon œsophage qui se tire-bouchonne. Dans le doute, bois!

Jésus, qu'est-ce que tu fous? Rapplique au plus vite! Merde, je perds pied! Tout fout le camp! Mon pénis se débat comme un fauve en cage. La fermeture éclair va céder!

— On monte? me susurre la diablesse à l'oreille.

Démones, lâchez-nous les oreilles!

— Moi, c'est Samantha.

Elles s'appellent toutes Samantha! Ou Cindy... Rien à foutre de ton nom! Ce sont tes seins qui me travaillent au corps, qui m'arrachent des soupirs de douleur!

— Je suis à toi pour la nuit.

— C'est combien?

— Chut! Suis-moi.

Je la suis. Bien sûr. Bordel, je dérape solide! C'en est fait de moi et de ma petite vie tranquille de comptable merdeux! Je vais la baiser jusqu'à la fin des temps! Et elle va en redemander!

Jésus!

Jésus!

Jésus!

Le salopard ne redescend toujours pas. Je monte l'escalier rouge, main dans la main avec l'Apocalypse. Étrange sensation, je monte en enfer... Pourquoi mon cœur ne flanche-t-il pas? Je supplie la mort de me foudroyer! Je donnerais tout pour une crise cardiaque! Un infarctus béton, qui déchire le cœur de bout en bout. Mon cerveau oiseux patauge dans le fantasme et je me laisse conduire au malheur. Une porte s'ouvre, puis se referme derrière nous.

L'Apocalypse est nue. Mes yeux exorbités menacent d'éclater. Elle me prend par le bras et m'attire contre elle. Ses seins rebondissent sur ma poitrine. La démone soupire. Un léger soupir dans le creux de mon oreille qui frémit. Toujours les oreilles! Ma volonté se sauve en courant tandis que mes artères pompent de la testostérone pure! Mes testicules gonflent le torse, prêtes à l'action. L'Apocalypse tombe à genoux, les yeux accrochés aux miens. Mon pantalon glisse jusqu'aux chevilles. Mes poils se hérissent. Ses douces lèvres s'ouvrent et se referment sur ma verge tendue jusqu'au firmament. Maintenant serait un bon temps pour mourir!

~

— *Sorry*, mon pote, on s'en va, crie mon ami Jésus, qui fait irruption dans la chambre.

— Débarrasse, trou du cul! articule difficilement la rousse, mon membre bien en selle sur la langue.

— Ta gueule, la pute! il hurle.

— Va te faire foutre! elle ajoute, en me tenant la bourse bien serrée dans sa main.

Jésus saisit la rousse par les cheveux et la gifle violemment. Elle lâche prise et s'écroule au sol. Je ne peux m'empêcher de loucher sur ses seins sublimes. La beauté résiste à tout, même à l'humiliation.

— T'es malade! je dis en remontant mon pantalon.

— Il faut filer, *man*!

— Pourquoi?

— Merde, je te dis qu'il faut foutre le camp!

Jésus court déjà dans le corridor quand une douleur atroce me déchire le mollet. Je me retourne et aperçois l'Apocalypse à quatre pattes, les seins furieux, le regard enfiellé, qui s'apprête à m'enfoncer des ciseaux dans le bas-ventre. Je recule d'un pas et évite de justesse l'émasculation. L'Apocalypse se relève, les seins pointés sur moi. Ses seins m'obnubilent! Toujours ses foutus seins! Quels seins! Comme dans un rêve, je tends la main pour les toucher. Les ciseaux me tailladent la paume. Je hurle! Mais je fixe encore les seins de celle qui, deux minutes plus tôt, avait ma queue dans la bouche. La diablesse rugit:

— Salaud, donne-moi mon argent!

Deux molosses à barbiche et au crâne tatoué me dévalent dessus comme une avalanche de déchets toxiques. Mes vertèbres se coincent. Écrasé sous le poids des emmerdes, je suffoque. Les deux gorilles me projettent au fond de la pièce. Le plus gros des deux me prend à la gorge et me grimpe au mur. Mes pieds ne touchent plus au sol. L'Apocalypse, toujours nue – Ses seins! Merde! Ses seins! – s'approche avec les ciseaux.

— Tu voulais baiser ma femme sans payer, enfoiré? rage le gros animal.

— Donne-moi mon argent! crie la rousse, qui est toujours aussi belle.

— Vous prenez Visa? je marmonne.

Une tornade de gifles et de coups de poing me rappelle que je suis mortel. J'agonise sur le plancher quand, sous les rires gras des deux Néandertaliens, l'Apocalypse, toujours nue, s'assoit sur mon ventre. Ses deux lourds seins pendent au-dessus de mon cou comme le couperet d'une guillotine. L'ange noir promène doucement la lame des ciseaux sur ma poitrine. Lentement, elle fait sauter un à un les boutons de ma chemise. Soudain, son sourire s'illumine. Snap! D'un coup vif, elle fait sauter mon mamelon gauche. Je ferme les yeux. C'est tout. Je n'ai plus la force de souffrir. L'Apocalypse est déçue.

Je m'évanouis.

Des gémissements aigus me ramènent du néant. Cette soirée est interminable. Le gros est en train de baiser l'Apocalypse sur la commode devant moi tandis que l'autre débile regarde un film porno à la télé. Un boa constrictor, tatoué sur ses gigantesques fesses, me fixe d'un air menaçant. Je referme les yeux. L'Apocalypse couine de plaisir tandis que le gros la ramone à n'en plus finir.

Je suis comptable… Je rédige des rapports d'impôt…

Un long mugissement conclut enfin l'acte. Le gros remonte son pantalon, satisfait. La rousse s'éclipse dans la salle de bain.

— Ostie que ça fait du bien de se vider le sac! il gueule.

— C'est à mon tour, lance l'autre détraqué.

— Tu touches pas à ma femme!

— Crisse, tout le monde peut la fourrer sauf moé? J'vas payer!

— Garde ton cash, tu sautes pas ma femme!

— Ça va juste prendre deux minutes.

— Tabarnak, fais-moé pas pogner les nerfs!

— Une pipe, d'abord?

— Retourne écouter ton film de cul pis ferme ta gueule!

— C'est correct, garde-la pour toé, ta conasse…

Le frustré s'avance vers moi.

— Regarde ailleurs, toé!

Il me décoche une solide baffe: paf! Ça fait quarante-deux gifles, cinquante-quatre coups de poing et vingt-huit coups de pied. Ça sert à ça être comptable…

— On dirait que ton pote t'a chié dans les mains, hein? claironne le gros sale en terminant de boucler sa ceinture.

La rousse revient toujours aussi nue qu'avant. Merde! Elle passe sa vie à poil ou quoi?

— Il serait bien mieux de ramener son cul au plus vite s'il veut te revoir en un morceau, s'esclaffe le pervers aux dents pourries.

— Ouais, il nous doit cinq mille piasses! As-tu cinq mille piasses? me nargue l'Apocalypse en brassant ses seins sous mon nez. Si tu les as, on te laisse partir. J'insiste:

— Prenez-vous Visa?

Un pied énorme atterrit sur ma tête… Je quitte l'atmosphère… Je suis perdu dans l'espace.

Spoutnik… C'est le seul mot qui me vient à l'esprit : spoutnik…

— Tiens, l'enfoiré sort du coma ! s'écrie la vache.

La pouffiasse n'est plus nue. Elle porte une brassière rouge, une minijupe noire et des bottes en cuir : l'accoutrement classique des putes sans classe. Salope ! Je me redresse péniblement. Le gros se décrotte le nez dans un coin tandis que son compère se rince toujours l'œil devant la télé, la main dans le pantalon. Soudain, la porte cède. Mon ami Jésus, une hache de pompier à la main, fonce directement sur le gros et lui plante la hache dans l'épaule. L'abruti n'a même pas le temps de retirer le doigt de son nez. L'autre enfant d'enculé veut se jeter sur lui, mais Jésus sort un revolver et lui flambe un genou. Il pointe ensuite le pistolet fumant en direction de la putain, qui renifle nerveusement. Jésus s'approche de moi. J'ai les yeux ouverts à perte de vue, pétrifié devant cette terrifiante hallucination.

— On se tire !

J'acquiesce d'un hochement à peine perceptible de la tête. Jésus lance un sac de poudre blanche sur le lit.

— C'est de la pure. Ça couvre deux fois ce que je vous dois, il déclare. On ne veut plus d'emmerdes !

～

À bout de souffle, les pieds en feu dans ses bottes trop étroites, mon ami Jésus me dépose entre deux conteneurs à déchets derrière un restaurant.

Je ne suis plus qu'une boursouflure informe et rougeâtre. Jésus se penche sur moi :

— Ça va ?

Un rat glisse entre mes pieds et disparaît dans une bouche d'égout. Un chien aboie au fond de la ruelle.

— Qu'est-ce que tu viens foutre ici ?

— Eh, *amigo ! Don't give me this shit.* Je viens de te sauver, *man.*

— Va te faire enculer !

— C'est comme ça que tu me remercies ?

— *Fuck you !*

— *No, man. FUCK YOU !*

Je n'ai plus la force… plus la force de haïr, de maudire, de simplement réagir… Ça se coince dans ma tête, mes nerfs sont court-circuités, mon dos hurle à la mort et ma vie court après sa queue comme un chien débile. Trop de choses à crier… Trop d'invectives à gueuler !

— La pute m'a arraché un mamelon… je dis en regardant la coulisse de sang sur ma chemise.

— *Crazy fucking bitch !* il lâche, sidéré.

Un fou rire me gagne. Il me prend au ventre et me tord comme une guenille mouillée. Je roule sur le côté. Une vague implacable me submerge. Je meurs de rire. C'est possible… Des larmes coulent sur mes joues tuméfiées.

— Laisse-moi voir, demande Jésus.

Je me redresse et ouvre ma chemise.

— *Holy shit, man !* C'est pas des blagues, elle t'a vraiment choppé le *nipple*, la vache ! … Eh, *man*, dans le fond, c'est pas comme si tu devais allaiter un bébé.

— T'es vraiment trop con.

— Quoi ? C'est vrai ! À quoi ça sert des mamelons pour un homme ? À rien, *man* ! À *fucking* rien ! Moi, je déteste ça quand une femme me lèche les bouts. Je trouve ça ridicule. Y a pas de plaisir à avoir à se faire sucer les mamelons, je te le dis.

— Ta gueule, Jésus.

L'adrénaline est la drogue la plus accessible et aussi la plus dangereuse. Je n'avais jamais ressenti une telle sensation de toute ma vie, l'impression douloureuse et sublime que la vie se compte en secondes et la certitude que, six pieds sous terre, l'existence ne vaut plus rien. Chacun cherche son petit coin d'ombre sous le soleil. Chacun fait de son mieux.

— Jésus, t'as déjà dévalisé une banque ?

— De quoi tu parles, *man* ?

— Quand on était jeunes, tu voulais voler une banque… Tu t'en souviens ? C'était ton rêve.

— *Fucking stupid*, hein ?

— Tu l'as fait ?

— Non.

Jésus lisse ses cheveux vers l'arrière avec de la pommade parfumée. Chacun de ses doigts est orné d'une bague en or. Il allume une cigarette avec un briquet en forme de Bouddha.

— C'est quoi ton rêve, maintenant? je demande après quelques minutes.

— Je voudrais changer de sexe.

— Vraiment?

— Je te niaise, *man*. J'en ai pas de rêve.

Le vent culbute les nuages vers le sud. La lune réapparaît. Le rat de tout à l'heure pointe son museau hirsute à travers la grille de la bouche d'égout. Jésus lui descend un coup de talon sur la tête. Le rat se sauve.

— Et toi, c'est quoi ton rêve? il dit en regardant sous sa botte.

— Rien.

— C'est mieux comme ça, *man*, il ajoute en crachant par terre.

— …

— Les rêves, ça se réalise jamais. Regarde ton père, il est jamais devenu champion du monde.

La tête renversée vers l'arrière, je laisse la rumeur de la ville me bercer. Les néons des boutiques au bout de la ruelle éclairent l'asphalte qui absorbe tout, tel un trou noir. Un croissant de lune, bleu couleur de glace, frissonne entre les nuages qui s'effilochent sur la voûte de la nuit. Quelques étoiles percent l'horizon. À une époque, les paroles blasphématoires de Jésus m'auraient dépiauté le cœur. Cette nuit, elles rebondissent sur mon crâne endurci comme un caillou qu'on lance sur un lac.

— Qu'est-ce qu'on fout ici? je m'écrie.

— Eh, *man*, je te paye une poutine! réplique Jésus.

~

— Mon dieu! Qu'est-ce qui t'est arrivé? s'exclame Sophie en apercevant ma tête de *piñata* éclatée.

— Ça va… je marmonne en refermant la porte derrière moi.

Les mains figées à quelques centimètres de mon visage, qu'elle n'ose pas toucher, Sophie fond en larmes. Je la serre contre moi. Elle m'enlace et me couvre de baisers. Ses lèvres me brûlent la peau et l'odeur de ses cheveux, la tendresse de ses yeux, me lacèrent l'âme.

J'ai honte.

Le coucou sonne cinq heures du matin. La fatigue m'étire les traits comme des élastiques élimés. J'espère qu'ils ne lâcheront pas…

— Où étais-tu?

— J'étais avec Jésus.

Sophie se raidit, croyant que je me moque d'elle.

— Tu as tendu l'autre joue, elle réplique, sarcastique.

— Jésus Chavez. Il est de retour.

Par pure solidarité féminine, Sophie déteste Jésus. Elle ne le connaît pas, mais elle le méprise. Jésus n'avait pas le droit d'abandonner Argentina enceinte et sans argent! C'est la vérité et on ne peut rien contre la vérité.

— Viens, je vais te faire couler un bain, elle me dit, une fois passé le choc de la résurrection de Jésus. Ça va te faire du bien.

Sophie me déshabille. Ses gestes délicats, remplis de compassion, apaisent la douleur qui irradie mon corps. J'ai envie d'elle… Sophie peine à décoller la chemise de ma poitrine. La croûte rugueuse de sang coagulé crépite. Dans un dernier effort, la chemise s'ouvre béante sur mon torse écorché.

— Il faut que tu ailles à l'hôpital! elle crie, horrifiée.

— C'est pas la peine.

— On t'a arraché un mamelon, Rocky! Qu'est-ce qui s'est passé?

— Ça ne fait plus mal.

— Je veux savoir ce qui t'est arrivé!

— C'est rien. Une soirée qui a mal tourné, c'est tout.

— Il te manque un mamelon! Méchante soirée qui tourne mal!

— …

— Une soirée qui tourne mal, c'est une soirée où l'on perd son portefeuille, ce n'est pas une soirée où l'on se fait presque tuer! elle hurle.

— …

— Je veux savoir ce qui s'est passé, Rocky!

Je n'ai plus la force de subir la torture. Je passe immédiatement aux aveux: le bar, le poker, la pute, ma verge dans sa bouche, la hache, le pistolet, tout. Ma femme écoute, le front livide, l'âme en ruine.

J'ai honte. Jamais je ne l'ai fait autant souffrir. Pourquoi elle ne me gifle pas?

— Sophie…

— Va prendre un bain, elle répond sans me regarder.

Je plonge dans l'eau bouillante. Mes blessures prennent feu. Je plisse les yeux et serre les dents. Nom d'une chienne de vie, la douleur m'arrache les terminaisons nerveuses! Je résiste. J'endure le supplice. Je m'immunise contre le malheur. Peut-être on peut s'y habituer? Soudain, mon corps se détend, comme un arc dont la corde lâche brusque-ment. Le clapotis de l'eau sur mes cuisses, la vapeur qui brouille ma vue, la peau froissée de mes mains, les minutes filent… Le temps est une maladie dont on ne guérit pas.

Engourdi et rouge comme un homard, je vais retrouver Sophie au lit. *Deux valises fermées et une femme vêtue de noire*, voilà le titre de la suite de *Ma vie avec Sophie*, bientôt à l'affiche dans un cinéma trop près de moi.

— Je pars en France.

— Combien de temps? je demande, craignant le pire.

— Le temps qu'il faut.

— Tu vas revenir?

— Je ne sais pas… En attendant, tu t'occupes des enfants. Je pars seule. Pour mieux réfléchir.

— … Aux enfants, je leur dis quoi quand ils vont se réveiller?

— La vérité : que leur père couche avec des putes !

— Sophie...

— T'es chanceux ! Si j'avais été cette pute, je ne t'aurais pas manqué avec les ciseaux !

Cléopâtre, dans son pyjama rose, passe sa petite tête endormie par l'entrebâillement de la porte. Elle se frotte les yeux avec les poings.

— Maman, où tu vas ?

— Cléo, ma grande, maman va visiter grand-papa et grand-maman à Paris.

— Pourquoi tu te chicanes avec papa ?

— C'est rien. Va te recoucher.

Cléopâtre entre dans la chambre, referme la porte derrière elle et reste ébahie devant ma bouille défaite. La petite statue fond en larmes. J'ouvre mes bras pour la prendre et la réconforter, mais elle recule, effrayée.

— Cléo, c'est papa. N'aie pas peur. J'ai eu un petit accident, c'est tout.

Ma princesse me tourne le dos et court se réfugier dans les jambes de sa mère. Sophie lui caresse les joues tendrement.

— Papa va bien. Ce ne sont que des bleus. Tu vas être sage pendant mon absence ?

La petite ne répond pas, les sanglots la secouent trop fort. Un taxi klaxonne devant la maison. Cléo s'accroche à la jupe de Sophie et l'empêche d'avancer.

— Cléo, maman doit partir, explique doucement Sophie.

— Je veux pas ! Je veux aller avec toi.

— Ce n'est pas possible, ma grande. Tu restes avec ton frère et papa. C'est d'accord ?

— Non !

Le taxi klaxonne de nouveau. Un cri strident qui écorche l'amour à vif. Ne pars pas, Sophie, je t'en supplie !

Sophie embrasse Cléo, ramasse ses deux valises et sort de ma vie d'un pas résolu.

Le coucou sonne six heures.

7

— Mais c'est Jésus ! s'écrie monsieur Grantassoni.

— Eh ! Monsieur Grantassoni, vous avez oublié de vieillir ou quoi ? s'exclame Jésus en lui faisant une accolade.

— Grand-papa Furious n'est pas avec vous ? je m'informe.

— Il est parti pisser. Avec sa prostate qui se tape une dépression, ça lui prend une demi-heure chaque fois, le pauvre.

Grand-papa Furious, concentré sur la tâche à accomplir, sort des toilettes en bouclant sa ceinture. Au même moment, les enfants, fatigués d'attendre dans l'auto, poussent la porte de la Légion et se précipitent dans ses bras.

— Grand-papa, regarde, regarde ! implore Nobel. C'est Mr. Big, le hamster ! C'est mon oncle Jésus qui me l'a donné ! Il est beau, hein ?

— Moi, mon oncle Jésus m'a donné une perruche, réplique Cléopâtre. Mais je l'ai laissée à la maison.

Grand-papa Furious fouille dans ses poches.

— De la gomme balloune ! crie Nobel.

— Merci encore de vous occuper d'eux pour la fin de semaine.

— Ça me fait plaisir. Dis-moi Rocky, c'est sérieux, le malaise du père de Sophie ?

— C'est le cœur, il ne faut pas prendre de chance. Je mens sans vergogne.

— Quel âge il a ?

— Soixante-deux ans.

— À soixante-deux ans, moé, là, je courais encore la galipote, la broue dans le toupet ! interrompt monsieur Grantassoni, s'esclaffant. Mon cœur, il est accroché solide. Tu peux en parler à la belle Guylaine !

Guylaine, la serveuse, une femme dans la quarantaine, bien en chair et aux cheveux teints en blond, apporte un plateau avec des jus pour les enfants :

— Monsieur Grantassoni, je vous ai donné un bec sur la joue une fois, faudrait pas charrier. Je vous dis, moi, un homme, ça ne perd pas le goût facilement. Mes clients ont quatre-vingt-dix ans de moyenne d'âge et si, par malheur, je porte un jean un peu trop serré, je me fais draguer toute la journée.

Guylaine sourit et retourne derrière le bar. La paille dans la bouche, les enfants siphonnent leur jus en fermant les yeux et en pinçant les lèvres. Sophie aurait sûrement pris une photo…

Quand elle téléphone, ma femme refuse de m'adresser la parole. Je dois fermer ma gueule et passer le combiné aux enfants. Je voudrais me racheter, mais j'ai été mis au rancart… Je n'existe plus. À beau mourir qui part de loin.

— Soyez sages, je reviens dimanche soir.

Cléo hoche la tête. Nobel m'ignore. Je paie pour les boissons avec un billet de cent dollars gagné au poker par Jésus la veille, puis nous quittons la Légion comme on déserte l'armée.

— C'est moi qui conduis, insiste Jésus.

Jésus appuie sur l'accélérateur. Ma vieille bagnole se tord sur l'asphalte, les pneus gémissent, le moteur rugit. Nous voilà lancés, partis pour la gloire !

— *Life is fucking good !* Un bon pote, du cash et la liberté ! proclame Jésus en lançant une poignée de fric par la fenêtre. FLAP ! FLAP ! FLAP ! C'est ça le bonheur, mon vieux !

— Ouais…

— Un peu d'enthousiasme, *man* ! Wou ! Houuuuuuuuuuuu !

— Wou ! Hou ! j'enchaîne mollement.

— Encore !

— Wou ! Houuuuuuuuuuuuuuuu !

— Encore !

— Wou ! Houuuuuuuuuuuuuuuu !

— *Fucking right, wou !* Houuuuuuuuuuuuuuuu !

La tournée des bars débute sur les chapeaux de roue. Jésus connaît Montréal comme le tatouage sur le revers de sa main. En quelques semaines, il s'est lié d'amitié avec des centaines d'habitués du *night life* montréalais. Les poignées de main, les accolades :

partout il est accueilli comme une rock star. Mon ami claque son fric à la vitesse des éclairs d'insouciance qui lui foudroient le cerveau. D'une générosité débridée, il change l'eau en vin pour tous ses disciples. Les minettes de vingt ans et leur petit cul doré gloussent en l'apercevant. Leurs trémoussements sur la piste de danse feraient bander une armée d'eunuques. Jésus rigole, envoie des clins d'œil et s'empoigne le pénis par-dessus son pantalon. La vulgarité devient tendance. Mon ami Jésus s'est branché au rythme de Montréal et de la gent qui y fourmille la nuit. Il a abandonné son look de voyou rebelle et, comme un caméléon urbain, s'est payé une image de sportif sophistiqué. J'ai choisi de monter à bord du Jésus Express et de vivre la *vida loca!* Avec le costume noir griffé Armani qu'il m'a payé, les têtes font des vrilles sur mon passage. Ça passe ou ça casse! J'aime cette expression! Ouais, ça passe ou ça casse! Je me suis même fait épiler le torse pour éviter de ressembler à un ogre tout droit surgi des années soixante-dix.

— *Saturday night fever for ever!* lance Jésus en se tortillant comme un démon africain. Tiens, prends ça!

— C'est quoi?

— De l'ecstasy. Ça met le feu au réacteur!

Je fixe les comprimés multicolores perdus dans le creux de ma main, puis les enfourne dans ma bouche avec une rasade de bière. Le plancher vibre sous les haut-parleurs, la musique techno assène des électrochocs à la foule en transe. L'odeur des peaux chaudes et moites m'enivre.

— Je te présente Stéphanie, crie Jésus.

— Mon nom, c'est Mégane, reprend la jeune fille en se frottant lascivement le bassin contre ma hanche.

— Lui, c'est Rocky, l'étalon québécois !

— Oh ! Fais-moi voir !

Elle enfonce sa véloce petite main blanche dans mon pantalon. La piste de danse se met à tournoyer autour de mon nombril. Jésus rigole, encapsulé entre deux superbes poupées à moitié nues. Mégane, la diablesse, agite mon désir dans un mouvement de va-et-vient souple. Jésus rigole... Il promène ses mains sur les fesses fermes des deux filles qui cabrent les reins. Celle aux yeux voraces déchire sa chemise et lui griffe le dos. Jésus lui empoigne les seins. Les instincts à vif, l'autre prend sa copine par le visage et l'embrasse langoureusement. Jésus rigole... Mégane enfonce son autre main dans mon pantalon. La fermeture éclair explose. La musique rage ! Le tonnerre gronde ! Je respire rapidement, de plus en plus rapidement. Mégane s'agenouille. Partout les couples s'arriment, dans les coins, sur la piste de danse, au bar, aux tables, dans les toilettes ! Bacchanales modernes ! Ça passe ou ça casse ! Merde ! La vigueur de Mégane ! Je vais écrire une ode à la vigueur de Mégane ! Jésus rigole... Une langue dans chaque oreille ! Les oreilles ! Je soulève Mégane de terre et l'emmène au fond de la salle.

Je balaie les bouteilles de bière du revers de la main et l'assois sur la table. Elle écarte les jambes et je plonge goûter au plus défendu des fruits. Je remue ciel et terre entre ses cuisses frémissantes. Elle pousse un soupir exquis. Je la sens se raidir. Elle jouit. Je me redresse et la pénètre doucement, en profondeur. L'orgasme est violent, presque brutal. La musique en veut encore. Le rythme s'accélère. Mégane tourne des yeux. Son front couvert de sueur réfléchit les éclats brûlants du stroboscope. Je remonte mon pantalon et disparais dans la foule.

Le lendemain. Tout est à refaire. Chaque jour, il faut mériter son orgasme.

Jésus rigole…

Nous repartons pour la gloire! Toujours! Sans jamais faiblir! Une autre virée! Je me sens vivant! Survolté! Une ligne de coke? Pourquoi pas? Samedi, dimanche, lundi, mardi… La semaine passe…

Les enfants adorent grand-papa Furious. Ils sont bien avec lui.

Oui… ils sont bien avec leur grand-père.

Je me soûle. Et je me gèle les neurones. Ça passe ou ça casse!

Sophie me reprochait de vivre dans le passé. Quand je dessoûle ou dégivre, j'essaie d'effacer la veille. Je veux vivre le moment présent, intensément. Si le passé ne compte pas, alors mes péchés me seront pardonnés au centuple! Sophie, nous repartirons à neuf! Oui! À neuf!

Sans arrêt! Il faut foncer! Aller de l'avant! Ne jamais regarder en arrière! Une bière à la fois! Un pied devant l'autre! L'important c'est de participer! Je fonce! Je me défonce! La vie est un joint qui ne demande qu'à être fumé! Voilà toute la sagesse humaine résumée en une phrase. Socrate et sa bande de marcheurs du dimanche peuvent enlever leur toge et s'astiquer le manche du savoir absolu!

Le lundi de la semaine suivante, vers trois heures du matin, la réalité frappe un coup de circuit:

— J'ai plus de fric, déclare Jésus.

— C'est déjà fini?

— Quoi, *man*?

— Le bonheur?

— Rocky, tu me fais capoter. Faut juste que j'aille jouer au poker.

— Je rentre à la maison, je conclus, ahuri et déçu.

Les enfants me trouvent bizarre. C'est Nobel qui le dit: «Papa, tes yeux sont bizarres.» Je suis épuisé. Les trois jours suivants, je les passe à dormir. Jésus maintient le rythme. Chaque soir, mon ami sort pour revenir chaque matin lessivé, sans le sou. Et ça recommence. Il joue au poker et se tape des femmes. Le bienheureux gagne sa vie dans le plaisir! Je dois manquer d'entraînement... Le bonheur maintient toujours une longueur d'avance sur moi. Il est trop rapide.

～

— *Man*, t'as plus de ketchup ! proclame Jésus, la tête dans le réfrigérateur.

— Papa, mon oncle Jésus dit qu'il n'y a plus de ketchup, répète Nobel, encore plus fort.

— J'ai compris, pas la peine de crier.

— Ça me prend du ketchup, *man*.

— Papa, mon oncle Jésus dit que ça lui prend du ketchup pour mettre dans ses œufs brouillés.

— Merci Nobel, je suis juste ici. Cesse de tout répéter, tu veux ?

— Mon oncle Jésus, papa dit qu'il est ici.

Je fais un mouvement vers Nobel ; il détale comme un lièvre. Cléo prend son petit-déjeuner dans le salon, devant la télévision. Son frère frétille comme un caniche hyperactif et lui bloque la vue exprès.

— Papa, Nobel me bloque la télévision, se lamente Cléopâtre, qui essaie de regarder par-dessus son frère.

— Nobel, viens manger tes œufs, j'ordonne.

— J'ai pas faim.

— Viens manger, j'ai dit !

— OUCH ! Papa, Cléo m'a pincé, pleurniche Nobel.

— Cléo, sois gentille.

— Dis-lui de s'enlever de devant moi !

— Nobel, ça suffit !

— OUCH ! Nobel m'a pincée, hurle Cléo.

— Vos gueules ! intervient brutalement Jésus.

Mon ami se lève, donne une tape derrière la tête de Nobel, le prend par le bras et l'assoit à la table devant ses œufs brouillés. Le petit se met à renifler bruyamment, les yeux inondés de larmes.

— Vos gueules, le matin ! Merde !

Une araignée, sur le cadre de la fenêtre de la cuisine, s'immobilise. Apeurée, elle s'accroche à son fil et descend le mur en rappel jusque sur le plancher. Elle vise une fente entre le mur et la plinthe électrique et court s'y dissimuler. Cléo m'observe.

— Papa ?

Je ne réagis pas. Pourquoi-Pas miaule et gratte la porte. Chaque matin, c'est le même cirque. Chaque matin, les enfants exhibent leur joie de vivre avec exubérance. Chaque matin, Jésus a la gueule de travers dans le visage. Sauf qu'il n'avait jamais perdu patience avant. J'ouvre la porte ; Pourquoi-Pas file au jardin. Jésus continue de bouffer ses œufs sans lever le nez. Je constate que je ne connais pas cet homme.

— Jésus ?

— Quoi ?

— Tu t'en vas, j'exige d'une voix mal assurée.

— *Man*, t'es trop mou avec tes enfants.

— J'aimerais mieux que tu partes.

— *Fuck man*, relaxe ! *Take it easy, all right !*

Jésus termine ses œufs, puis va chercher quelque chose dans son veston. Effrayé, Nobel pleure en silence.

— Mon oncle Jésus, papa t'a dit de partir, persévère Cléo, un peu trop brave à mon goût.

— Donne-moi une chance, petite. J'ai super mal à la tête.

Il ouvre la main. Une clé de voiture étincelle sous la lumière jaune pâle du plafonnier.

— C'est quoi? demande Cléo.

— C'est une clé.

— Elle sert à quoi, la clé? s'intéresse Nobel, qui s'essuie le nez avec la manche de son pyjama.

Jésus tire le rideau de la fenêtre et pointe l'index en direction du stationnement.

— Qu'est-ce que t'en dis, Rocky? C'est pas beau, ça?

Une jeep Cherokee noire remplace ma vieille Oldsmobile toute rouillée.

— Où est ma voiture?

Jésus dépose huit cents dollars sur la table.

— Je l'ai vendue. Le gars voulait me donner cinq cents piasses pour. Je l'ai baratiné un peu et je lui en ai tiré huit cents. Tu peux compter, *man*.

— Tu ne peux pas vendre mon auto comme ça… Il faut que j'aille à la régie, que je signe, que…

— Fatigue-toi pas, je me suis fait passer pour toi. Regarde.

Jésus signe d'un trait mon nom sur un bout de papier et me le montre. La signature est parfaite.

— Tu vois? *Too easy*.

— Papa, je veux faire un tour! implore Nobel.

— Moi aussi! Moi aussi! réclame Cléo.

— Je ne peux pas accepter.

— Je te l'offre, *man*. C'est pour te dédommager. Tu m'héberges gratis, c'est la moindre des choses.

— Voyons donc, la moindre des choses! C'est énorme! Où t'as pris l'argent?

— Rocky, *man*. Je l'ai gagné au poker hier soir. J'ai commencé avec les huit cents piasses de la vente de ton char, puis j'ai fini avec une jeep et trois mille piasses. Pas pire, hein?

— T'as vendu mon auto pour jouer au poker?

— J'aurais ben pris mon cash, mais ce qui me restait, je l'ai utilisé pour te sortir du trouble... Cinq mille piasses de poudre... La rousse... Les deux malades... Tu t'en souviens?

Un frisson d'horreur me traverse le mamelon.

— Pis le reste, ben, on l'a brûlé ensemble, il ajoute, un sourire en coin.

— Pourquoi tu ne la gardes pas pour toi, la jeep?

— J'en ai déjà une à Las Vegas, puis je suis pas capable d'en conduire deux en même temps!

— Papa, dis oui, dis oui, crient les enfants.

— *Come on*, papa, dis oui, imite Jésus en me fourrant la clé dans la main.

Je referme le poing lentement.

— *Good! Let's go* les marmots, on part faire une balade. Ça vous dirait d'aller voir mon oncle Jeanguy?

~

Jeanguy se berce sur le balcon. Les cheveux ras, sa tête ressemble à une vieille brosse à chaussure usée. Je stationne la jeep sur le côté de la maison. Jeanguy ne bouge pas. Une bouteille de bière renversée gît sous la chaise, tout près d'un flacon de pilules éventré. Le soleil plombe sur son crâne rougi. Il me fait pitié. Sous ses yeux bouffis, d'horribles cernes mauves le défigurent. Le grand homme d'affaires s'est transformé en clown triste. Inconsolable. Il porte un t-shirt blanc, un jean délavé et des sandales en cuir. Ses ongles d'orteil coupés trop courts, qu'il frotte frénétiquement, le font souffrir. Jeanguy décrépit. Argentina avait raison, son mari se laisse dépérir. En attendant son procès, une commission d'examen a recommandé sa libération conditionnelle. L'accusé est libre de vivre et d'être malheureux comme tout le monde, à condition de ne pas quitter le pays et d'affronter une batterie de psychiatres chaque vendredi pour son exorcisme hebdomadaire. Son avocat, un ami de mon père, plaidera la défense d'automatisme sans aliénation mentale dans l'espoir d'obtenir un verdict de non-responsabilité criminelle pour cause de troubles mentaux. Il entend démontrer que son client a perdu la maîtrise de soi à cause d'un choc psychologique, notamment la perte d'un contrat important lors d'une période de profonde dépression.

— Victoire est pas là? demande Jésus en sortant de la jeep.

Jeanguy ne répond pas.

— Eh, Jeanguy, je te parle, *man*!

Le beau-frère tourne la tête vers Jésus, un faux sourire déposé sur le menton. Il fait peur.

— *Fuck*, Jeanguy, réagis !

— Tu n'es pas le bienvenu, postillonne mollement Jeanguy.

Je referme la portière de la jeep et m'avance vers le balcon. Une odeur de pneu qui brûle m'irrite les voies nasales. Les enfants se précipitent dans la maison à la recherche de leur cousine, Victoire.

— *Man*, tu sais que tu m'as pété ma dent en or ? Ça m'a coûté trois cents piasses pour la faire réparer, lui reproche Jésus.

Jeanguy prend une longue pause. Son esprit engourdi cherche désespérément une idée à laquelle s'accrocher. Soudainement, il relève la tête.

— Tu prendrais bien une bière ? ARGENTINA ! APPORTE UNE BIÈRE À JÉSUS !

Personne ne répond. Les enfants réapparaissent, déçus. Le vent, qui souffle du sud, nous enfonce l'odeur âcre de pneu dans le fond de la gorge.

— Papa, Victoire n'est pas là, se plaint Cléopâtre.

— Oh ! Elle est partie avec Argentina. Elles sont allées au musée… Non, à l'épicerie !

— *What the fuck, man?* C'est quoi tes médicaments ? l'interpelle Jésus, en ramassant le flacon sous la chaise.

— Allez jouer dans la cour arrière, je dis aux enfants.

— Quel bon vent vous amène, les gars ?

— Ça pue, c'est écœurant ! se lamente Jésus. Tes voisins donnent un party de BPC ou quoi ?

Jésus soulève Jeanguy par les épaules et le pousse doucement à l'intérieur. Par la fenêtre de la salle à manger, j'observe les enfants. Cléo est assise sur une branche du vieux frêne et tend la main à son frère qui gesticule sous elle. Une mince fumée bleue danse au-dessus de la grange du voisin. Jésus flâne dans le salon, puis pose un regard glacial sur les photos au-dessus du foyer.

— C'est Argentina ? Elle vieillit bien.

— Elle va être heureuse de te revoir, répond Jeanguy.

— J'en doute, *man*.

— Elle est capable de pardonner, il réplique en me toisant.

— C'est Victoire, la belle brune ?

— Elle ressemble à sa mère, hein ? répond Jeanguy.

— *No way, man*, elle et moi, on se ressemble comme deux couilles !

— Parle comme il faut, se crispe Jeanguy.

— Relaxe, macaque, c'est une expression.

— Qui tu traites de macaque ?

— Personne, Jeanguy, c'est une manière de dire les choses, que j'interviens.

Jeanguy semble étourdi. Ses paupières battent la mesure comme un métronome déréglé.

— Ça va, macaque ?

— Lâche-le un peu ! je dis.

Une nouvelle bière à la main, Jeanguy tangue comme un iceberg soûl tandis qu'une invasion de fourmis rouges bouffe les testicules de Jésus. L'attente lui démolit la contenance.

— Qu'est-ce qu'elle fait ? J'ai pas juste ça à faire ! enrage Jésus.

— On reviendra une autre fois, je lance.

— Non, non ! On va l'attendre. Je veux voir Victoire.

— Elles sont parties à Montréal, se souvient Jeanguy.

— Tantôt tu disais qu'elles étaient allées faire l'épicerie !

— Oui, c'est ça, elles sont à l'épicerie. J'avais plus de bière…

— *Fuck !* Il est complètement toqué !

— Assis-toi, Jeanguy. Donne-moi ta bière, je dis.

— Rocky, veux-tu une bière ?

— Tu ne devrais pas boire le matin.

— T'as raison, répond Jeanguy en avalant une longue gorgée de bière. Mais qu'est-ce que tu veux ? J'ai soif.

Une heure plus tard, Victoire, les bras chargés de sacs, passe la porte d'entrée, suivie de sa mère.

— Salut *chiquita*, ça va ? l'accueille Jésus.

— T'es qui toi ? rétorque Victoire.

— T'es encore plus belle en vrai !

— Victoire, ce macaque est TON PÈRE ! crie Jeanguy en lançant sa bouteille vide dans le foyer.

L'écume à la bouche, il se jette à la gorge de Jésus, qui le repousse nonchalamment. Jeanguy s'effondre sur le plancher et se met à pleurnicher.

— *Shit! What's wrong, man?* Arrête de déconner!

— Qu'est-ce que tu viens faire ici? se fâche Argentina.

Elle s'accroupit auprès de Jeanguy.

— Vous l'avez laissé boire?

— Il était déjà fini raide avant qu'on arrive, répond Jésus.

— Rocky! Viens m'aider à le monter à sa chambre.

Une fois à l'étage, nous étendons Jeanguy sur son lit. Argentina me prend en pince-grippe:

— Pourquoi tu l'as amené ici?

— Je...

— Tu peux l'héberger si tu veux, mais tu ne l'amènes pas ici! C'est clair?

— ...

— Merde! T'es con, Rocky!

— C'est quand même mon ami.

— Un ami? Il ne t'a pas donné signe de vie pendant quatorze ans! Qu'est-ce qu'il vient faire ici, hein?

— Il voulait rendre visite à sa mère.

— Sa mère est morte l'an passé! C'est toi, je suppose, qui le lui as annoncé?

— Je... Oui, c'est moi...

— Tu me décourages.

— Il voulait te revoir... et voir Victoire.

— Eh bien, c'est fait! Il peut disparaître de nouveau pour les quatorze prochaines années!

— Crie pas.

Argentina détache les sandales de Jeanguy, les range sous le lit, puis recouvre son mari d'une épaisse couette. Jeanguy ronfle déjà, dans un sommeil agité. Des perles de sueur traversent son front blanc.

— As-tu demandé à Jésus pourquoi il était à l'usine le jour où Jeanguy a perdu son gros contrat avec les Chinois?

— Il a dit que c'était une longue histoire.

— Pas si longue que ça: il voulait cent mille dollars.

— Il n'a pas besoin d'argent, c'est un joueur de poker professionnel. Juste hier, il a gagné une jeep et trois mille dollars.

— Ceux qui t'ont battu, ils t'ont vraiment amoché le cerveau!

— Jeanguy a refusé de lui prêter l'argent?

— Il ne s'agissait pas d'un prêt. Jésus l'a menacé d'emmener Victoire avec lui à Las Vegas s'il ne crachait pas les cent mille dollars.

— …

— Dans l'état où Jeanguy se trouvait, ce chantage l'a rendu fou furieux et il lui a cassé la gueule.

— Sa dent en or…

— Rocky, je ne veux plus le voir. Jamais!

Argentina a raison. Les femmes ont toujours raison… Mais les décharges d'adrénaline que me procure Jésus depuis son retour m'exaltent trop! Depuis quatre semaines, je ne joue plus à l'ordinateur. Tous ces jeux électroniques m'apparaissent désormais fades et sans intérêt. Puis l'amitié, la vraie, c'est toujours à la vie, à la mort !

— Tu savais que Jeanguy était soûl lors de la noyade de Nevada ? je lâche, perfide.

Argentina ne répond pas. Son visage devient blême.

— Non… Je ne le savais pas…

Un poignard dans le cœur ! Je viens de poignarder ma sœur ! Pourquoi ? Pour rien ! Le mal est fait et j'en remets ! Argentina pose la main sur la rampe de l'escalier. Elle hésite… Elle vacille. Je la retiens par l'épaule.

Je balbutie :

— Ça ne veut plus rien dire. C'est du passé.

— Je sais, oui, c'est du passé… elle renchérit, la gorge nouée.

— Je ne vis plus dans le passé…

Je suis un salaud ! Mon père me planterait un direct du droit en pleine mâchoire !

À notre retour au rez-de-chaussée, la maison est vide. Un éclair de panique perce l'œil d'Argentina qui dévale les dernières marches et se précipite dehors. Le coucou sonne quatre heures, mais ce n'est pas de sa faute, c'est inné. Connerie de mécanisme ! Par la fenêtre, j'entrevois Jésus dans la cour qui joue au ballon avec les enfants. Je respire. Argentina attrape le ballon au vol et le lui lance à la figure. Merde ! Je sors sauver la journée, comme disent les Anglais.

— Maman, je vais à Las Vegas avec Jésus, annonce Victoire.

— Tu ne vas nulle part! répond Argentina, un œil mauvais tourné vers Jésus.

— Moi aussi, je veux aller à *Las Vigas*, renchérit Nobel en tirant sur ma manche de chemise.

— Je ne veux plus jamais te revoir! aboie Argentina. Va-t'en!

— Ma belle, Victoire a le droit de connaître son père.

— Je veux aller à Las Vegas! s'écrie de nouveau Victoire.

— Ta fille? Si Jeanguy t'avais donné les cent mille dollars que tu réclamais, tu serais déjà parti et tu n'aurais même pas demandé à voir Victoire!

— Faux. J'aurais pris l'argent et je serais revenu chercher Victoire!

— Fils de pute!

Je crois que Dieu a hoqueté et que la terre a tremblé. Du coup, j'ai été propulsé hors du temps, au-dessus de tout. Du revers de la main, Jésus a giflé Argentina. Je l'ai vu de loin, de haut. Le bruit sec m'a étourdi. Les enfants se sont mis à crier plus fort que le tonnerre. J'ai vu les nuages se hérisser et l'air a manqué à tout le monde. Le son aussi. Argentina a craché un long filet de sang et je suis revenu à moi.

— Arrête! j'ai rugi, en m'accrochant au bras de Jésus.

— Ton mari est un *fucking loser*. De toute façon, il va faire faillite, a lancé Jésus avec mépris.

— Va-t'en !

J'aurais voulu échapper au présent et continuer d'être le témoin éloigné de frasques passées. Ce qui est fait est fait et on n'y peut plus rien ; voilà la beauté du passé. Avec le présent, c'est une tout autre histoire : le salaud exige qu'on réagisse. Et il n'attend pas. Le cours des événements nous rattrape toujours et le choc est brutal.

Bang !

Je me pète la tête contre l'ici et maintenant ! Les secondes me secouent les puces et je n'ai pas le temps de ramasser mes émotions à la petite cuillère. Je pousse les enfants dans la jeep et nous partons.

Comme toujours, je n'ai pas su réparer les pots… même que je me suis foutu les pieds dedans jusqu'aux oreilles.

8

Le paysage défile comme la bande-annonce de *Pulp Fiction*. C'est parfois l'impression que j'ai : Jésus et moi sommes des acteurs dans une production hollywoodienne. Une méga production dont le budget ferait chier de jalousie tous les présidents des pays du Tiers-Monde. Le bonheur ressemble à une fiction sur écran géant, arrangée avec le gars des vues ; c'est connu. Nous sommes des héros ou des méchants... L'important, c'est la fuite en avant, la course folle vers le triomphe ou l'abîme !

Les enfants ont repris leur souffle et respirent en silence. La route poursuit son cinéma et mon cerveau dérape sur la chaussée humide du délire. Rien ne vaut la fabulation pour justifier tous les écarts de conduite. Jésus s'est emporté. C'est évident, il est de tempérament latin : il bout à rien. Mon ami Jésus plaide l'innocence. Tout comme Jeanguy, je le présume imbécile heureux jusqu'à preuve du contraire. Chacun a droit à une bévue. Chacun a droit à sa Charte des droits et libertés.

— Mon oncle Jésus, pourquoi t'as une ceinture de champion dans ton sac comme celle de grand-papa Furious? questionne Nobel.

L'ombre des arbres qui bordent la route cravache le pare-brise de la jeep. Les roues bourdonnent sur l'asphalte chaud. Je tourne la tête vers l'arrière tandis que Nobel retire une ceinture de champion de boxe d'un sac de sport noir. Jésus lui décoche un regard torve dans le rétroviseur.

— Laisse ça, petit. C'est pas un jouet.

— C'est la ceinture de Tim, s'exclame Cléopâtre.

Penché par-dessus le dossier, je constate qu'il s'agit bel et bien de la ceinture de Tim Golden Gloves McLellan, mon protecteur de jadis, celui qui m'avait permis de reprendre confiance en moi et de me réconcilier avec mon prénom.

— Ça veut dire quoi, ça? je demande.

Jésus garde le silence. Un gros taon jaune s'écrase sur le pare-brise.

— Pourquoi t'as la ceinture de Tim?

— T'occupe, c'est pas tes affaires.

— T'es allé voir Tim?

— Il bave tout le temps. C'est dégueulasse. Il bave et il grogne. Un vrai débile mental.

— Tu lui as piqué sa ceinture! je crie.

Jésus freine brusquement et se range sur l'accotement. Il me fixe droit dans les yeux.

— Tu sais combien elle vaut sa ceinture pour les collectionneurs?

— T'es malade!

— Une petite fortune, *man* !

— Sors de la jeep !

— Relaxe, *man* !

— Sors !

Sitôt le pied posé sur la chaussée, une impulsion d'une violence insoupçonnée me propulse sur mon ami Jésus.

Bordel de justice de merde ! Il y a une limite à l'innocence ! Le jour de paye a sonné !

Les poings chargés de ressentiment, je tente d'assommer Jésus d'un crochet du gauche à la tempe. Rapide, mon ami esquive le coup et contre-attaque du revers de la main en m'assénant une gifle retentissante. Ce con est le roi de la gifle ! Ses bagues tracent de profonds sillons rouges sur ma joue.

— C'est quoi ton problème, *man* ?

La fureur latente au fond de ma poitrine me brûle les terminaisons nerveuses. Les leçons de mon père refont surface : « Vise le foie, mon fils, vise le foie ! » La sueur coule dans mes yeux. Je fonce tête première sur Jésus en gesticulant comme Don Quichotte à l'assaut d'une éolienne. Mes coups fendent l'air autour de Jésus qui bondit dans tous les sens. Les enfants plongent la tête dans les sièges, la peur au ventre.

— Arrête, *man* !

— Va chier !

Je redouble d'ardeur contre le vide qui absorbe mes coups avec souplesse tandis que Jésus me gifle à répétition.

— C'est ridicule, Rocky! Arrête!

Jésus pose le pied sur une roche et perd l'équilibre. Je l'agrippe par la tignasse et lui râpe le visage sur le gravier. J'ai envie de le traiter de sale pute! De salope! De merde! Mais l'air me manque. Jésus se relève d'un mouvement leste et me gifle de nouveau.

— Tu veux que je te cogne? qu'il crie.

J'attrape son bras et le tire vers moi. «Vise le foie! Vise le foie!» D'instinct, je retrousse les babines et le mords dans le flanc, du côté du foie. Jésus pousse un hurlement terrible de bête dont on transperce le cœur d'une lance. Je serre les mâchoires sur sa peau moite. Qu'il souffre! Enfoiré! Il n'y a rien comme la souffrance pour te ramener sur terre! J'augmente la pression.

— AHHHHHHHHHHHHHHH!

Dans un ultime effort pour se dégager, Jésus me descend un coup de coude sur la nuque. Je m'écrase au sol.

— Merde, *man*! T'as jamais su te battre.

À bout de nerfs, la respiration au bout du rouleau, je réponds:

— Je sais…

— *Fuck!*

Une voiture, conduite par une vieille myope, ralentit. Jésus lui érige un bras d'honneur majestueux. Insultée, la vieille taupe lève le nez et accélère. Plié en deux, la main sur la plaie, le regard tourné vers le nord, Jésus observe les deux feux arrière rouges s'évanouir au bout de la route. Le visage tordu par la douleur, il se redresse. Le mal irradie jusque dans le bout de ses orteils. Mon ami reprend son souffle en même temps que son humeur relaxe, détachée de tout.

— Ça te dit d'aller pisser sur la tombe de Gaston Lacasse? reprend Jésus, après un moment.

— Avec Tim?

— Avec Tim.

— Tu vas lui rendre sa ceinture?

— *I swear.*

Nous reprenons place dans la jeep. Jésus monte lentement, le flanc en feu.

— Papa, pourquoi t'as mordu mon oncle Jésus? demande Nobel.

— On luttait, rétorque Jésus, un sourire de bouffon plaqué sur la tronche. C'est du spectacle, comme à la télé. Regarde, c'est même pas du vrai sang.

— Ça a l'air vrai.

— Comme à la télé, je te dis.

— Moi, je te crois pas, objecte Cléo. Et t'as fait mal à ma tante Argentina!

— Ton père et moi, on est potes depuis qu'on est tout petits! On jouait.

— C'est vrai, papa?

— ... Bien sûr, Cléo. Et Jésus ne voulait pas gifler Argentina. C'était un accident parce que ma tante avait dit un vilain mot.

Si la vie sur Terre continue, c'est bien parce que les enfants pardonnent tout...

Une demi-heure plus tard, nous sommes de retour à Verdun. Je dépose les enfants à la Légion et nous filons à l'institut où vit Tim. Une grille dans la fenêtre de la porte donne à l'établissement l'allure d'une prison. À l'intérieur, c'est tout le contraire. On se croirait dans une maternelle. Les murs roses sont tapissés de dessins d'enfants : des bonshommes allumettes se tiennent par la main, des chevaux à cinq pattes volent dans le ciel, des maisons minuscules vomissent des papas et des mamans dans des jardins multicolores. Une jeune infirmière stricte et sans humour nous accueille. Impassible devant les avances de Jésus, elle nous indique d'un soulèvement de sourcils la chambre de Tim.

— On aimerait emmener Tim faire une petite balade, c'est possible ? je demande.

— Non.

— Comment ça, non ? se frustre Jésus.

— Tim ne sort que le dimanche matin avec les personnes autorisées par sa famille.

— Justement, on est des amis d'enfance de Tim, je mentionne.

— Votre nom ?

— Rocky Surprenant.

— Vous n'êtes pas sur la liste, elle répond, sans même jeter un coup d'œil à ses dossiers.

— *What the hell ?* C'est une *fucking* prison, ici, ou quoi ? peste Jésus.

Au même moment, un patient aux oreilles rouges et enflées, les cheveux ramenés sur le côté, passe devant nous. Il se met à hurler :

— *Hell! Fuck! Fucking hell!*

— Steven, ne crie pas comme ça, le prie une autre infirmière qui accourt aussitôt.

— *Shit! Fuck! Mother fucker! Tits! Cunt!*

Main dans la main, l'infirmière le conduit jusqu'à la salle commune.

— Viens Steven, on va aller jouer avec les amis.

— *Pussy! Dirt bag! Bitch! Blow job!*

Jésus éclate de rire. Il rigole! Comme toujours.

— Vous trouvez ça drôle? lui demande la jeune infirmière à l'air de bœuf.

— Ma belle, c'est le *blow job* qui te fait rougir? Je te parie que tu suces comme une déesse!

J'éprouve l'envie irrésistible de me recroqueviller de honte, de m'écraser de toute ma lourdeur sur mon indignation. Gênée à se désintégrer, l'infirmière baisse le nez. Jésus fait un geste obscène, puis s'éloigne. Je lui emboîte le pas, la tête enfoncée dans les épaules.

— C'est vrai! Je te parie qu'elle fait des pipes de la mort, *man!*

— …

— Je connais ce genre de petites vicieuses. Elles ont l'air coincées mais, je te jure, ce sont les plus cochonnes!

— …

— À quatre pattes, *man!* Dans le cul et elles crient comme des…

— C'est assez!

— Quoi?

— Ta gueule !

— Ça va ! Relaxe, *man*.

Le corridor mesure cent kilomètres... Jésus se tâte le flanc.

— Avoue que t'aimerais ça, l'enfiler par derrière, il dit après une courte pause.

— Ta gueule, j'ai dit !

— Ah, oui, t'aimerais ça. Prends ça ! Prends ça ! Et prends ça, ma cochonne !

La porte de la chambre de Tim est ouverte. Un match de boxe, une reprise d'un ancien combat d'Evander Holyfield, joue à la télévision. Tim encaisse tous les coups des pugilistes en poussant un grognement sourd. Je ne saurais dire s'il souffre ou s'il éprouve du plaisir. Une bave épaisse s'accumule aux commissures de sa bouche.

— Je te l'avais dit. Il bave tout le temps, c'est dégueulasse.

Je m'avance doucement, comme si je marchais sur des poupées de porcelaine. Tim m'aperçoit et pousse un râlement aux accents joyeux. Je le prends dans mes bras.

— *Man*, il te bave sur l'épaule, ricane Jésus.

— Ça va, Tim ? je demande.

Les yeux étincelants, il émet deux borborygmes juteux.

— Regarde, Tim, Jésus te rapporte ta ceinture.

— Tu vois, je t'avais dit que c'était juste un emprunt, ajoute Jésus.

Les borborygmes deviennent rauques, haletants. Tim se cramponne à sa ceinture comme un enfant s'accroche à sa doudou.

— Attention, *man*, tu vas la salir, prévient Jésus.

— Laisse-le.

— S'il la tache, elle ne vaudra plus rien !

— La ceinture reste ici, Jésus !

— Je sais… Eh ! Tim, ça te dit d'aller faire un tour dehors ?

Trois gargouillis pleins d'entrain ponctuent le mouvement de ses sourcils qui exécutent un bond au-dessus de ses yeux ronds comme des balles de golf.

— L'infirmière dit qu'on ne peut pas l'emmener.

— On s'en fout de l'infirmière ! Allez, viens Tim, on s'en va pisser sur la tombe du vieux Lacasse.

Tim fait un pas vers l'avant. L'ancien champion canadien serre sa ceinture contre lui tellement fort que ses jointures blanchissent. Plus jamais on ne la lui enlèvera.

— On va se faire attraper.

— Et après ? Ils vont faire quoi ? Nous foutre en taule ? conclut Jésus.

Tim porte le peignoir avec lequel il est monté sur le ring le soir de son combat de championnat. Le tissu rouge, devenu rose, s'effiloche aux manches. Nous traversons le corridor sur le mode furtif. Jésus pousse la porte. La liberté est mesurable au nombre de bouffées d'air frais que l'on prend dans une journée. Tim envoie sa tête vers l'arrière, les yeux fixés au ciel, et respire profondément. Un puissant grognement retentit. Il apprécie sa sortie. Sa tête parcourt les nuages alors qu'un filet de bave mousseuse coule le long de son cou. Jésus s'impatiente. Il faut se hâter ! Juste avant que je ne franchisse le seuil, une infirmière s'avance vers nous, s'arrête brusquement et me fixe. Nous sommes cuits ! Soudain, un point d'interrogation s'allume comme une ampoule électrique dans son front. Elle fait demitour, puis s'éloigne d'un pas pressé. Jésus soulève Tim et le met sur ses épaules comme une poche de patates. Tim sourit. Et bave…

— Il me bave dans les oreilles ! se lamente Jésus. C'est écœurant !

— On fait quoi pour l'infirmière ?

— Saute dans la jeep !

Quelques minutes plus tard, nous stationnons la jeep devant un dépanneur situé tout près du cimetière. Jésus court à l'intérieur acheter trois bouteilles d'eau.

— Bois, Tim, si tu veux pisser pour la peine, s'amuse Jésus.

— Rrrrrrrh ! Rrrrrrrh !

— Toi aussi, Rocky !

Une fois devant la tombe de Gaston Lacasse, qui empeste l'urine, nous avalons une dernière gorgée d'eau, puis nous patientons quelques minutes, le temps que nos vessies s'emplissent jusqu'à faire mal. Jésus en profite pour saccager l'aménagement paysager. Il incite Tim à l'imiter :

— Fais-toi plaisir, mon grand! Allez, casse tout!

Hystérique, Tim fracasse un pot de fleurs déposé près de l'épitaphe de Gaston Lacasse.

— J'ai une idée! s'écrie Jésus.

Il prend un autre pot et l'installe devant la pierre tombale de Gaston Lacasse, à cinq mètres.

— On joue au soccer! s'écrie Jésus, en bottant le ballon de terre cuite contre la pierre.

— Il lance et compte! je claironne.

— Rrrrrh! s'exclame Tim.

À son tour, Tim bombarde le but. Ses coups de pied désarticulés partent dans toutes les directions. Des éclats de poterie volent dans les airs et retombent partout sur le gazon.

L'heure de vérité sonne enfin:

— J'ai envie de pisser! déclare Jésus, triomphant.

— Rrrrrh! approuve Tim.

Le cérémonial débute. À un, Jésus et moi ouvrons nos braguettes tandis que Tim ouvre son peignoir. À deux, chacun sort son justicier phallique de son caleçon. À trois, nous arrosons d'un jet dru le sépulcre de la crapule. Le bassin vers l'avant, les mains sur les hanches, Tim n'en finit plus de pisser.

— Pisse, mon grand, pisse, rigole Jésus.

— Rrrrrh!

Tim secoue les dernières gouttes de rancœur de sa verge vengeresse, l'air soulagé. On jurerait qu'il se retenait depuis quatorze ans. Le bonheur est parfois d'une simplicité désarmante... Je retiens la leçon.

Tim rigole. Jésus rigole. Je rigole aussi. Merde !
C'est bon de rire autant ! Nos rires montent jusqu'au
soleil comme de minuscules sondes spatiales. Je les
entends crépiter dans la lumière. Pendant une
vingtaine de minutes, nous restons assis sur le banc
près du chemin qui mène à la sortie du cimetière, en
silence, le sourire aux lèvres. Jésus n'a jamais tenu
en place aussi longtemps de toute sa vie. Puis, nos
sourires s'effacent doucement avec le vent qui se
lève. Tim commence à frissonner.

— Allons-y, je dis.

— Rrrrrh ! acquiesce Tim.

~

À l'institut, une auto-patrouille nous attend, les
gyrophares en colère.

— Merde ! gueule Jésus en enfonçant la pédale
de frein.

— Grrerde ! braille à son tour Tim.

— Il a parlé !

— Tu rêves, *man*.

— Il a dit merde !

— Il a rien dit du tout !

— Grrerde ! éructe de nouveau Tim.

— Génial ! On est dans la grrerde ! rétorque
Jésus, sarcastique.

— Grrerde ! Grrerde ! Grrerde ! répète Tim, fou
de joie, en tapant sur le dossier du siège avant.

La pleine lune grimace derrière un nuage boursouflé. La nuit s'ouvre sur un crime : ce salaud

d'amas de vapeur d'eau vole à l'astre bleuté son heure de gloire. Quelques étoiles clignent des yeux en guise de désapprobation, mais l'ordre des choses demeure immuable. Plus bas, au ras des misères, deux policiers sortent de l'institut. Le plus grand garde le nez dans un carnet de notes tandis que le petit cherche ses clés dans ses poches. Jésus éteint les phares, passe en marche arrière et cache la jeep dans le stationnement mal éclairé d'un immeuble à logements près de l'institut. Je fixe le jus de taon jaune et vert collé au pare-brise. Tu parles d'une mort imprévisible! «Je vole, je vole, tout va bien, je suis heureux et vlan! J'éclate en jus, une morve gluante et répugnante qui fait plisser le nez.» Les hommes peuvent se réjouir, très peu nombreux sont ceux qui mourront pulvérisés sur un pare-brise de voiture. Je souris.

— On va attendre qu'ils s'en aillent, annonce Jésus après un moment de réflexion.

— Lave le pare-brise, je réponds.

Sans poser de question, Jésus actionne les essuie-glaces. J'assiste, un peu triste, à la liquéfaction du taon. Son parcours sur Terre est terminé. Plus de fleurs à butiner, plus de virées avec ses copains au-dessus de la route.

— Je n'aimerais pas être un taon.

— Grrerde!

— Les taons sont cons, réplique Jésus.

L'auto-patrouille démarre et passe devant le stationnement. Seule la tête de Tim dépasse des sièges.

— Planque-toi ! gueule Jésus en lui enfonçant la tête dans les épaules.

— Rrrrrh !

L'auto-patrouille freine subitement. Les pneus crissent et la sirène aboie trois petits coups stridents. Mon cœur court le cent mètres dans ma poitrine exiguë. Comble de malheur, la foutue boîte à gants est trop petite pour m'y dissimuler. Un faisceau lumineux me cingle le visage. J'ai l'air d'un abruti qui se renifle les couilles. Jésus bout de rage, mais se ressaisit aussitôt. Il baisse sa fenêtre.

— J'avais perdu mes clés... il dit.

— Ouais ! Et l'idéal, c'est de les chercher dans le noir, réplique le policier, un type à la mâchoire en galoche qui mastique les mots comme une vieille chique sans goût. Sortez de la voiture !

Jésus obéit. Le directeur de l'institut, suivi de deux infirmières, se précipite à notre rencontre.

— C'est eux ! s'écrie l'infirmière qui a surpris notre fuite à la dernière seconde.

— Oui, c'est bien eux, ajoute la jeune suceuse.

— Eh ! On a rien fait de mal, se lamente Jésus. On voulait juste faire prendre l'air à notre pote, Tim.

— Vos papiers.

— Man ! C'est quoi le rapport ? On a fait une bonne action pour un mongol, vous devriez nous donner une médaille, un certificat de bon citoyen, un badge de scout... Je sais pas moi ! Au lieu de nous faire chier...

Le partenaire de la gueule molle, un petit homme ramassé symétriquement autour de son nombril, me paraît plein de bon sens.

— Demandez à Tim, il vous dira qu'il a fait une belle promenade, j'interviens en ouvrant la portière.

— Restez dans la jeep! me somme sèchement le nabot.

— Tim ne parle pas, interjette le directeur de l'institut, un vieux tordu à barbiche qui doit se branler tous les soirs devant son diplôme de psychiatrie.

— Grrerde!

— Vous voyez, il a dit «merde», plaide Jésus.

— Vos papiers! jappe le flic aux babines nonchalantes.

Une onde flasque secoue le bas de son visage.

— *Fuck off, pig!* Parle-moi sur un autre ton!

Sans perdre patience, bouche vaseuse dégaine sa matraque doucement et s'approche de Jésus.

— Frappe-moi! Envoie! Ta grosse face de cochon va se retrouver partout dans les journaux demain matin! Envoie! Frappe! le nargue Jésus.

— Tournez-vous, les mains sur le capot de la voiture, les jambes écartées.

— Pour que tu m'encules, *fucking* tapette? Va chier!

Toujours très calme, l'officier au faciès ondulant attrape le pouce de la main droite de Jésus et lui remonte le bras derrière le dos jusqu'à la nuque.

— Eh! Faut pas s'énerver, je déconnais. Faut pas me prendre au sérieux.

— Vos papiers. C'est la dernière fois que je vous le demande.

— Dans ma poche de pantalon.

Le policier relâche la prise et enfonce sa grosse main trapue dans la poche de jean de Jésus.

— T'aimerais ça, me pogner la bite, hein? ne peut s'empêcher de délirer Jésus.

— Robert Castonguay?

— C'est mon nom d'artiste, ricane Jésus.

— On l'embarque, coupe le deuxième policier, exaspéré.

Vif, Jésus se dégage et renverse le flic qui s'étale de tout son long sur le sol. À la rescousse de son collègue, le lutin se jette sur Jésus, mais celui-ci l'esquive et sort un pistolet de sa ceinture. L'arme à bout de bras, il s'accapare le monopole de la violence.

— Tu bouges et je te décapsule le crâne!

Le policier lève ses mains doucement au-dessus de la tête, docile comme un chien battu. Pour calmer le jeu et éviter la catastrophe, je me précipite vers mon ami.

— Remonte dans la jeep! ordonne Jésus en pointant le revolver sur moi.

Je ne réagis pas. Mon système nerveux est bloqué au neutre. Sans prévenir, Jésus fait feu à trente centimètres de mes orteils: trois tirs de semonce qui me forcent à embrayer. Je saute dans la jeep et referme la portière comme si une horde de loups me poursuivait. À son tour, Jésus bondit derrière le volant et démarre. Il appuie à fond sur le champignon magique ; le quatre-quatre se tord sur l'asphalte et s'éloigne rapidement.

— Arrêtez ! crie le flic aux lèvres de velours en se relevant. Arrêtez !

Jésus donne un coup de volant et s'engouffre dans une ruelle étroite qu'éclaire par intermittence un lampadaire défectueux. La suspension s'arrache l'âme sur chaque dos d'âne, mais Jésus accélère. Tim serre sa ceinture contre lui, le visage aussi blanc que les jointures. Je supplie mon ami :

— Ralentis !

Jésus accélère encore.

— Ralentis !

N'en pouvant plus, Tim vomit sur le plancher. Bientôt, les gyrophares de l'auto-patrouille scintillent à des années-lumière derrière nous. Les rues défilent à une vitesse vertigineuse sous les pneus de la jeep qui couinent sur le bitume. Passé le mur du son, les hurlements de la sirène ne nous atteignent plus.

Quelques minutes plus tard, nous débouchons sur l'autoroute en direction du pont Champlain que nous traversons comme on saute un obstacle, sans toucher le sol. À la première sortie, nous bifurquons à droite. Nous roulons pendant dix minutes en silence tandis que la nuit projette ses lueurs habituelles sur le pare-brise. Seule l'odeur de vomissures, qui me pique les yeux, garde mon esprit ancré dans la réalité. Par le rétroviseur, j'observe Tim s'essuyer en se frottant la bouche sur le dossier du siège avant.

Épuisé, il s'enroule ensuite en position fœtale dans son peignoir.

— On l'a échappé belle ! rigole Jésus en m'empoignant par l'épaule.

Les mains moites, l'échine rompue par l'angoisse, j'avale ma salive. Une salive épaisse et amère.

— Qu'est-ce qui t'a pris ? T'es dingue ?

— J'aime pas les policiers. Ils fouinent trop tout partout… Eh ! Fais pas cette tête-là, je t'ai sauvé, *man* !

— Va chier !

— Je t'ai kidnappé, t'es une victime.

— Je veux descendre.

— T'es libre, *man*.

Quelque chose me retient accroché à cette ligne de fuite et m'empêche de me jeter en bas du train. Une fois la vitesse de croisière atteinte, impossible de sauter sans se casser la figure. L'étrange sensation d'être trop vivant, comme dans une dimension de lucidité extrême par-delà les faits divers de l'existence, me fouette le corps. L'adrénaline, toujours cette drogue, gonfle mes veines et mes muscles tordus par la volonté de rompre avec la douleur d'errer sans but. Le film prend son envol ! Le gars des vues nous promet une aventure digne d'un Oscar. Le regard dur du conquérant, je me tourne vers Jésus :

— Et maintenant ?

9

Jésus discute avec un Mohawk dans l'autre pièce. Au sous-sol de ce bungalow anonyme de Kahnawake, un tournoi de poker clandestin tient lieu de rituel ancestral. Des voix tantôt joyeuses, tantôt lasses ou furieuses ponctuent mon attente. Soudain, pris d'un retour de conscience, un haut-le-cœur métaphysique, je demande à la vieille femme assise sur une chaise berçante sous le porche, une cigarette éteinte aux lèvres, de passer un coup de fil. Elle cligne des yeux en signe d'approbation et me désigne du bout de la cigarette un téléphone au fond du corridor. Une assemblée de grands chefs placardés au mur dans des cadres poussiéreux m'octroient du regard le droit de passage. J'avance lentement, presque sur la pointe des pieds. Un jeune garçon sort d'une chambre et me bouscule avant d'aller retrouver la vieille, qui l'accueille dans ses bras raidis par le temps. Dans la cuisine, à ma droite, une grosse femme dort, la tête sur la table. Un chat miaule en déféquant dans la litière, près de la cuisinière. Je soulève le combiné et j'appelle grand-papa Furious.

— Je ne rentrerai pas ce soir, pouvez-vous faire souper les enfants et les garder pour la nuit?

— Les enfants sont couchés depuis longtemps, répond grand-papa Furious.

— Quelle heure il est? je demande.

— Minuit.

— Désolé…

— Des ennuis?

— Un vieil ami de Jésus a fait une tentative de suicide. C'est mieux si nous passons la nuit avec lui.

— Bien sûr, oui.

— Je vous ai réveillé?

— Tu sais, je ne dors presque plus. C'est grave, une tentative de suicide, renchérit le vieil homme.

— Il a tout perdu.

— On perd toujours tout, au moins une fois dans sa vie. Ça ne justifie rien, il ajoute.

— Sans doute…

— Prenez soin de lui.

Je raccroche. Le dos courbé, le chat se frotte impudiquement contre ma jambe: un joli chat noir aux pattes blanches. La grosse femme tourne la tête, ouvre les yeux et m'aperçois.

— Bonsoir, je dis.

Elle referme les paupières.

— Rocky!

Je sors de la cuisine et rebrousse chemin en direction de l'entrée. Le jeune et la vieille ont disparu. Jésus m'interpelle.

— C'est réglé, il m'annonce. On part dans cinq minutes.

Jésus me remet un paquet de fausses pièces d'identité : passeport canadien, permis de conduire, carte d'assurance sociale, carte d'assurance maladie et trois cartes de crédit.

— Tu t'appelles Éric Gagnon.

J'éclate de rire. Jésus me dévisage, étonné. Je ris si fort que la vieille femme et le jeune garçon passent la tête hors de la chambre d'où était sorti au préalable le bambin. Même la grosse femme soulève ses impressionnantes rondeurs, qu'elle pousse lourdement dans le corridor, pour me toiser. Je rigole et Jésus, les sourcils interrogateurs, hoche la tête.

— *Man*, c'est quoi le gag ?

J'émets un sifflement bizarre et m'assois par terre, le dos contre le mur. Le menton au ciel, le sourire étiré comme une courroie prête à rompre, je glousse comme un arracheur de dents qui se serait injecté une surdose de novocaïne.

— Relève-toi !

Je cesse de rire petit à petit et me redresse. Le Mohawk avec qui Jésus discutait vient nous rejoindre. De la main, j'essuie les larmes sur mes joues. L'Amérindien d'une quarantaine d'années, le torse bombé, les jambes fines, pointe son index osseux en direction d'une wagonnette dans la cour. Un autre Mohawk, plus jeune, ramasse les clés de la jeep des mains de Jésus et nous escorte dehors. Le jeune contrebandier monte à bord de la jeep, qui a servi de monnaie d'échange pour les faux papiers, et va la garer derrière la maison. Il revient ensuite vers nous, traînant les bottes comme un adolescent nonchalant. Tim, tout endormi, le suit. Il serre toujours sa ceinture de champion canadien contre sa poitrine tout en se frottant les yeux avec son avant-bras droit.

— Merde, ça nous prend des vêtements pour Tim! lance Jésus.

L'Amérindien retourne à l'intérieur et revient cinq minutes plus tard avec une chemise blanche, un jean et des espadrilles. Tim les enfile sans se séparer de sa ceinture. Nous montons dans la wagonnette et le conducteur démarre.

— Pourquoi tu rigolais comme un dingue? me demande Jésus.

Je souris.

— Quand j'étais jeune, je détestais mon prénom. Tu t'en souviens?

Jésus sourit à son tour.

— Je ne le dirai pas à ton père que tu t'appelles Éric, c'est promis, dit Jésus, l'œil moqueur.

Après une heure, ou peut-être même plusieurs heures, je me réveille d'un sommeil agité. J'ai rêvé que la Terre était plate… Que j'étais de l'équipage de Christophe Colomb et que j'étais atteint du scorbut…

Je sors du véhicule.

La lune repose à mes pieds, flottante au bout du quai. Le lac Champlain, dans la nuit, étend sa surface moirée à l'infini. Quelques étoiles, noyées sous les flots, s'éteignent puis s'allument. Un scintillement permanent qui embrase les eaux. Sur la rive, des criquets stridulent *a capella*. Tim ronfle.

Jésus aide l'Amérindien à charger des boîtes dans le hors-bord amarré au bout du quai, tout près de la lune. J'ouvre la portière de la wagonnette.

— Tim ?

— …

— Tim ? Réveille-toi.

Tim et moi rejoignons Jésus à bord de l'embarcation. Notre conducteur remet une enveloppe au pilote du bateau, lui donne ses directives en mohawk, puis détache les amarres. Le pilote nous tend une lourde couverture de laine. Je la pose sur les épaules de Tim, qui s'endort aussitôt. La chaloupe glisse doucement sur l'eau. Le pilote tord la poignée de l'accélérateur et la coque se soulève sous la force de propulsion du moteur. La vibration et le bruit de l'engin m'étourdissent. Baissant les yeux sur les quelques boîtes empilées pêle-mêle entre les bancs, fouillant du regard entre les jambes de l'Amérindien, je n'aperçois aucune veste de sauvetage ni quoi que ce soit ressemblant à un accessoire de flottaison. Les joints de la coque, calfatés de fibre de verre de manière artisanale, en plaques inégales, ne m'inspirent pas d'excès de confiance. Malgré la lune qui fait son possible pour éclairer la voie, nous naviguons à l'aveuglette, moment propice pour renouer avec la foi chrétienne et de croire sans voir…

— Je n'aime pas voyager sur l'eau.

— C'est la meilleure façon de rentrer aux États, rétorque Jésus. Tu te fais pas chier à attendre aux douanes !

Jésus garde le sourire pendant une minute, perdu dans ses pensées.

— Nous sommes des fugitifs… je marmonne.

— *Enjoy the ride !* Je m'occupe de tout.

— On va où ?

— T'as déjà traversé les États-Unis en bagnole ?

— Non…

— *Man !* T'as pas vécu tant que t'as pas traversé les États-Unis en bagnole !

Je n'ai pas vécu…

En vérité, il me le dit : j'ai calculé ma vie à la virgule près, sans le vouloir, sans pouvoir faire autrement. Je n'ai rêvé que la nuit, sans foi, sans joie. Au matin, rien. Un songe dissipé, une volonté effrayée. Je n'ai même pas de passion… Travaillé par le vide, je n'aspire à rien d'autre que la platitude.

— Tu crois au bonheur ? je questionne Jésus.

Jésus passe une cigarette au pilote et s'en allume une. Il inhale un grand coup.

— Le bonheur, c'est rien, il dit en expirant un nuage de fumée bleue.

Le vent soulève mes cheveux humides. J'ai mis tout mon espoir dans le bonheur…

— Regarde mon bras.

Jésus relève sa manche. Un tatouage de femme nue s'enroule autour de son bras comme un serpent lascif.

— Tu vis pour les femmes ?

— J'ai la chair de poule, *man* !

Jésus se lève debout et retire sa chemise. Il est torse nu. Les cheveux en broussaille, les yeux en orbite autour de la tête, les bras au ciel, il fixe le firmament, défiant du regard l'immensité.

— Tant que je frissonne, je suis vivant et, *fuck* ! il y a rien de mieux !

~

Le soleil plombe à travers les rideaux sales. Je fixe le plafond jauni par la fumée de cigarettes et me déroule lentement dans le lit. Les yeux sur une tache d'humidité en forme de mappemonde, je balance mes deux jambes dans le vide. Elles tombent pendant quelques secondes, puis mes pieds s'écrasent au sol, plantes premières contre le plancher couvert d'un tapis rouge vin à poils longs et aux odeurs de déluge. Mes orteils accusent un léger mouvement de recul. J'ai l'impression d'avoir posé les pieds sur une croûte de lait séché. À vingt-deux dollars la nuit, la propreté n'est pas la priorité de la direction. Mais qui suis-je pour juger ? On trouve toujours plus propre ou plus sale que soi... Ma montre indique deux heures de l'après-midi. Personne dans la chambre. Je suis seul. Éric Gagnon, le voyageur clandestin, le bourlingueur, est seul... Soudain, une voiture freine devant la fenêtre. Deux coups de klaxon secs frappent à la porte de la chambre. J'ouvre, en sous-vêtements.

— Monte, lance Jésus en baissant la fenêtre.

Je ramasse mes vêtements et saute dans l'auto : une vieille Cadillac Fleetwood 1982 grise. Tim, assis derrière, mâche une grosse gomme qui lui déforme la bouche. Mes nerfs déclarent l'état d'urgence et je m'habille en panique, croyant imminente l'arrivée des flics.

— Rrraddilaaac ! s'exclame Tim en crachant par inadvertance sa gomme sur le plancher.

— Il a appris un nouveau mot, dit Jésus. Bientôt, il va nous parler philo !

En guise de réponse, Tim émet un son guttural incompréhensible en même temps qu'il déverse une coulée de salive écumeuse sur son menton et remet la gomme dans sa bouche.

— Essuie-toi, ajoute Jésus, une moue de dédain figée en gros plan sur son visage.

Tim obéit et éponge aussitôt son enthousiasme du revers de la manche.

— Il est pas encore propre, propre, mais il fait son possible.

— Où t'as déniché cette bagnole ? je demande.

— Tu l'aimes ?

— Ça va coûter une fortune en essence.

— *Man* ! Tu fais chier.

Bien malgré moi, je lui rabats la joie sur le clapet. J'ai l'humeur à plat ventre dans la poussière et le goût de partager mon aigreur. Je m'efforce toutefois de sourire pour vaincre ma mauvaise tête.

— Elle est cool…

— Elle est *full equiped*! Air climatisé, vitres électriques, sièges en cuir, le grand luxe! enchaîne mon ami.

— On va où?

— Loin!

— Où?

— Las Vegas, *amigo*! Mais avant, on va manger.

Après une courte pause, Jésus reprend:

— Une Cadillac, *man*! Il se fait pas mieux comme bagnole! Vise un peu l'espace à l'arrière: en remontant ses genoux, Tim se croira couché dans son lit.

— Combien tu l'as payée? Où t'as trouvé le pognon?

— T'occupe...

— Ceeeinntuuuu, intervient Tim, le sourire aux lèvres.

— Qu'est-ce qu'il a dit?

— Rien, *man*. Je pense qu'il a roté.

— Ceintuuuu, reprend Tim.

Ça fait boum dans mon esprit!

— T'as vendu sa ceinture?

— Relaxe, *man*!

— *Fuck off!*

— Reelaaaaassse Rooockyyyy, s'interpose Tim.

— Eh, *man*, il a dit deux mots de suite!

Tim, calme et souriant, me pose la main sur l'épaule. Je ne comprends pas...

— Tim, on va aller chercher ta ceinture, je dis en le fixant droit dans les yeux.

— Reeelaaaasse Rooooockyy.

— Nous allons chercher ta ceinture…

— C'est une nouvelle vie qui commence pour Tim, affirme Jésus. Il a fait une croix sur le passé.

Un coup de poing dans l'estomac. Voilà l'effet que le sourire de Tim me fait. Je souris de douleur.

— Tim, la boxe était toute ta vie !

— Tiiiimm ooookayyyyy.

— Bordel, il fait des phrases ! J'accomplis des miracles, *man* ! proclame Jésus.

Tim me fait l'accolade maladroitement par-dessus le siège. Merde ! Son état s'améliore vraiment.

— Mais il bave encore. T'en as plein les cheveux, rigole Jésus.

Tim et moi restons prisonniers l'un de l'autre pendant une minute, l'émotion sur haute tension.

— Bon, ça va les retrouvailles, j'ai faim, tranche Jésus.

Nous quittons Alburg Springs en direction de Burlington. La suspension molle de la Cadillac nous donne l'impression de rouler sur un nuage. Pas de flics à l'horizon. Tout est pour le mieux dans la meilleure des voitures.

Mon père a déjà possédé une Cadillac. Je me souviens. Elle était noire. Chaque dimanche, papa la lavait et la polissait avec une cire spéciale que lui avait donnée l'ancien homme de coin de Jack Dempsey. La substance miracle laissait des stries blanches sur la peinture qu'il fallait frotter pendant des heures avec un chiffon en chamois. Une saleté de produit qui puait la graisse de porc. Jamais mon père ne s'est questionné sur les ingrédients qui la composaient. Ça venait de Jack Dempsey, c'était de la cire de champion!

Nous nous arrêtons dans un restaurant vide au bord de la route. Une enseigne délavée promeut en lettres rouges le trio hot-dog à un dollar et quatre-vingt-dix-neuf sous. La serveuse, une femme d'une cinquantaine d'années, la voix rauque et le regard plissé, nous dévisage longuement. En nous entendant parler, elle nous révèle, dans un français laborieux, ses origines francophones. Sa famille s'est exilée au Vermont au début des années soixante-dix. Depuis, elle n'est retournée à Montréal qu'une seule fois à l'occasion du Festival de jazz pour assister à des spectacles. Nous choisissons une banquette près de la fenêtre. Tim passe son doigt sur la vitre et trace un sillon dans la poussière brune qui le fait éternuer.

— *Today's menu...* Le menu du aujourd'hui, c'est le trio hot-dog, articule la serveuse, qui semble ne jamais desserrer les dents par crainte d'échapper son dentier.

— Je voudrais deux œufs, des toasts et un jus d'orange, je dis.

— Non, elle répond sèchement en essuyant ses mains sur son tablier.

— Non?

— Je vais prendre une soupe et un steak, commande Jésus.

— Le menu du aujourd'hui, c'est le trio hot-dog, elle rétorque, irritée.

— C'est tout ce que vous servez? s'énerve Jésus.

— *Hot dogs*, *french fries* pis du coke. C'est notre *speciality*.

Je remarque une pancarte «à vendre» affichée sur le réfrigérateur à boissons gazeuses derrière le comptoir.

— Vous êtes à vendre? je questionne.

— Non, c'est le *cooler*, qui est *for sale*. Ça t'intéresse? ajoute la serveuse, tout à coup aimable.

Jésus se lève.

— On s'en va, il dit.

— Deux cents dollars. *It's a good deal.*

La pauvre serveuse baisse son prix à cent dollars au moment où nous passons la porte et continue de négocier en sourdine derrière la vitre une fois que nous sommes à l'extérieur. Pour clore l'échec du marché, Jésus lui envoie un doigt d'honneur et monte dans l'auto.

Premier rendez-vous avec la gastronomie américaine manqué!

Plus loin, nous optons pour un établissement de restauration rapide avec service au volant. La commande prise, nous reprenons la route. L'important aujourd'hui, c'est de rouler sans cesse, s'éloigner de la frontière, prendre le large, disparaître dans le décor bigarré de l'Amérique. Direction: New York! Tim dévore son hamburger à pleines dents, la bouche bariolée de ketchup. Jésus, de son côté, raconte des anecdotes de poker tandis que mon cerveau prend une pause. Je suis bien. J'imagine un nain de jardin passant l'aspirateur dans ma tête. Je me trouve drôle. L'aspirateur avale mes soucis : la cavale, l'argent, les enfants, Sophie... Soudain, tel un pieu enfoncé dans la chair, l'image indélébile et douloureuse du petit corps sans vie de Nevada m'assaille. Je lutte de toutes mes forces contre cette vision obsédante du malheur pour ne pas m'abîmer de nouveau dans cette agonie lente et insidieuse qui me ronge depuis la mort de mon fils. Je focalise mes pensées sur le nain de jardin. Sur son bonnet rouge. Sur sa barbe. Sur ses yeux rieurs... Au fond de la pièce fermée de mon crâne, le nain ouvre doucement une porte. Il découvre un jeune garçon, les yeux clos, qui effectue des calculs mentaux. Ses lèvres remuent à une vitesse prodigieuse. Le petit génie cherche la formule qui explique l'univers et ses mystères. C'était le vieux rêve qui me récurait le cerveau lorsque j'avais douze ans et qu'on avait découvert l'Eldorado dans ma tête. J'avais pris la commande au sérieux. Je m'étais mis à la tâche, calculant les probabilités de la vie extraterrestre, décortiquant l'infiniment grand et l'infiniment petit, aboutissant au Big Bang en formules tordues, incompréhensibles. Je persistais dans mes recherches. À me voir aussi concentré, aussi affairé, on me croyait près du but, près de résoudre l'énigme. Mais mon disque dur tournait à vide, ne produisant que des étincelles de génie par-ci par-là, des petites formules utiles, pleines de potentiel, mais qui ne permettaient tout de même jamais de percer le fond de la toile existentielle. Le souvenir que j'ai de cette époque, c'est mon absence. Je vivais à côté de moi-même comme un compagnon de route qui n'ose pas intervenir. Il n'y avait que Jésus pour me sortir du marasme métaphysique dans lequel je m'enfonçais. Nos mauvais coups, nos sorties la nuit, nos randonnées à bicyclette et nos plans d'avenir me gardaient la tête au-dessus de l'eau. Je m'en rends compte aujourd'hui. Sans lui, j'aurais sombré. Et aujourd'hui, il me sauve de nouveau, j'en suis certain. Il m'enlève à la morosité d'une vie partie tout de travers. Je frissonne enfin comme quand j'étais enfant. Tim aussi. Le voilà qui revit comme au temps où il combattait dans l'arène. Les mots se bousculent à ses lèvres enfin dénouées et il semble heureux.

La route est un apprentissage de soi. Jésus discute pour emplir le vide, masquer le silence ; je l'écoute à peine. Sa présence me suffit.

— *Man*, tu m'écoutes ?

— Quoi ?

— J'ai parlé à ton père.

— Quand ?

— L'autre jour... Il ne voulait pas croire que c'était moi.

— Après tout ce temps...

— Il a été super cool avec moi.

— Qu'est-ce qu'il voulait ?

— Tu te souviens de la dernière fois que je l'ai vu ?

Argentina venait d'annoncer à papa que Jésus l'avait mise enceinte et que l'écervelé l'avait abandonnée à son sort de fille-mère. Mon père avait besoin d'un exutoire pour accepter la tournure que prenait la vie de sa petite princesse. Fou de colère, il a sauté dans un avion en direction de Las Vegas et il a atterri directement sur Jésus. L'espace d'un coup imparable du destin, le boxeur s'est transformé en bourreau. Assoiffé de vengeance, il a lié les mains de Jésus, puis l'a hissé à une poutre au plafond de la cuisine de son appartement avec une corde. Pendu par les poignets, Jésus lui a servi de *punching bag!* La rage au cœur, le dur cogneur a martelé les flancs de son gendre pendant une dizaine de minutes. Le bourreau a ensuite recollé les morceaux comme il a pu. Honteux et malheureux, il a préparé un bain de glace à sa victime. Une fois son corps désenflé, papa a emmené Jésus à l'hôpital.

— Quatre côtes fracturées, se souvient Jésus. Ton père m'a ménagé. Je le sentais plus triste qu'en colère.

— Il a beaucoup regretté.

— Je lui en veux pas. Si un salaud fait le même coup à Victoire, je lui coupe la queue.

— …

— J'ai toujours eu du respect pour ton père. Il a toujours traité ma mère comme une femme bien… C'est le seul parmi les pères de mes amis qui ne l'a pas baisée.

Une petite branche de saule, coincée entre l'essuie-glace et le pare-brise, frétille dans le vent. La vie est un frétillement perpétuel…

— Qu'est-ce que mon père voulait?

— Il veut que tu sois dans son coin pour son prochain combat.

~

Le paysage défile… Les paysages de bord d'autoroute sont faits pour ça. Les arbres en rangées, les clairières verdoyantes, les maisons de campagne, les champs tachetés de vaches et de chevaux au pied de l'horizon bleu n'existent-ils que pour le regard distrait des voyageurs?

Le vent s'engouffre dans la voiture par les fenêtres ouvertes charriant une odeur de goudron chaud. Le soleil plafonne à angle droit au-dessus de la Cadillac.

J'estime le nombre de coups de poing encaissés par mon père dans sa carrière à plus de cent vingt mille. De quoi tuer mille hommes…

La conversation a sombré dans le néant. Mes pensées résonnent en écho sur les parois internes de mon crâne. Trop vieux! Vieux débile! Vieux sénile!

Les boxeurs effectuent toujours un retour à la compétition. C'est plus fort qu'eux. Tous les vrais pugilistes sortent de la retraite pour se mesurer une dernière fois au destin et lui botter les fesses. Mon père rêve-t-il encore de devenir champion? Tous les boxeurs vieillissants croient en une dernière chance.

Les vieux fous misent sur leur expérience, leur opiniâtreté et leur implacable volonté de vaincre. Ils oublient volontiers leurs muscles alanguis, leur corps alourdi et leurs vieux os secs, s'en remettant à leur force mentale, comme à Dieu. Il suffit de croire. Tout est dans la résistance aux coups, la seule faculté qui n'abandonne jamais un boxeur. Les crânes s'endurcissent avec le temps, ils résistent au passage des ans ; les archéologues le démontrent chaque fois qu'ils déterrent un de nos ancêtres ensevelis sous les millions d'années.

— Mon père est un insensé.

— Comme tout le monde, répond Jésus.

— Je ne veux plus aller à Las Vegas.

— Pas le choix, ajoute Jésus après une pause.

— C'est ridicule. La Nevada State Athletic Commission ne le laissera jamais monter sur un ring à son âge.

— Tu connais la boxe, *man*. La commission a renouvelé son permis sans problème.

Mon père va affronter un inconnu, un jeune de vingt ans, un autre avide d'immortalité qui souhaite se tailler une place du côté ensoleillé de l'existence. Opportuniste, l'ancien promoteur de papa aura flairé l'occasion. Même à soixante ans, mon père demeure une valeur sûre. Achetez-le maintenant, il paiera plus tard. La boxe carbure à la passion, or rien de mieux qu'une légende pour raviver les rêves de gloire passés et remplir une grille horaire de télévision d'émissions spéciales, de documentaires et

d'entrevues sur la carrière extraordinaire d'un guerrier courageux, d'un futur membre du Temple de la
renommée de la boxe. On ajoute une demi-douzaine
de jambons prêts à se taper sur la gueule, un combat
de poids lourds et il ne reste plus qu'à ouvrir les
guichets et à vendre les billets. L'événement ne mar-
quera pas l'histoire, mais le divertissement meublera
la soirée de milliers de spectateurs entassés autour
de l'arène ou écrasés dans un La-Z-Boy à la maison,
fatigués après une semaine chargée de tracas,
assoiffés de sang et de bière froide. De la bière et des
jeux, on n'a rien trouvé de mieux !

À la première halte routière, tandis que Jésus fait
le plein, je passe un coup de fil à papa. J'ai besoin
d'entendre sa voix. Il y a trop de choses que je ne
comprends pas. Je compose le numéro et porte le
combiné à mon oreille : une décharge de décibels
me crible le tympan. Je repousse le récepteur au
bout de mon bras et laisse sonner. Papa ne répond
pas. Puis, un message plein de gaieté me scie
les jambes. Le répondeur automatique confirme la
mauvaise nouvelle : «*Punching Ray is back !*»
Je raccroche et l'appelle sur son cellulaire : même
rengaine, même joie. Je retourne à la voiture, traînant
à chaque pied un boulet de dix kilos.

Jésus file sa carte de crédit volée au pompiste
qui lui émet un reçu sans même vérifier la signature.
À quelques mètres, Tim flatte le chien d'une vieille
dame assise à une table de pique-nique entre le
restaurant et le stationnement. Un parasol jette de

l'ombre sur son visage tandis que le cabot jappe et tourne en rond, fou de joie canine. Le petit cocker bave encore plus que Tim. La dame replace son chapeau blanc orné d'une marguerite rose. Sa main, en suspension dans l'air, gracieuse malgré les rides et les taches brunes, une main d'artiste fine et souple, impose au monde la quiétude. D'un geste, elle ralentit l'après-midi qui fuse sur la tôle brûlante des autos. Doucement, elle se penche sur Tim et lui caresse les cheveux.

Jésus rompt le charme de cet instant de grâce : «Ramenez-vous ! On lève les pieds.» La dame pèse sur le derrière de son chien pour qu'il s'assoie alors que Tim fonce, la bave au menton, en direction de la Cadillac. Je traîne mon boulet jusqu'à Jésus qui s'excite sur un article de journal : «Ça parle de ton père. Regarde, il y a même des photos.» Je lui arrache le journal des mains. Papa porte son maillot de combat et frappe sur un *punching bag* en cuir. Des gouttes de sueur perlent sur son front délavé par le temps. Il a maigri. En revanche, ses muscles noueux me réconfortent quelque peu. La force ne l'a pas abandonné. Mais il s'agit du côté sombre de la force, celui avec lequel on ne pactise que pour perdre son âme.

La chaleur m'engourdit. Une brume épaisse obscurcit ma raison qui défaille. Je me laisse choir sur le siège du passager qui me brûle les fesses. Rien à foutre de toute cette histoire !

— Je rentre à la maison, je déclare.

— Tu débloques, *man*!

Jésus appuie sur l'accélérateur; la halte routière disparaît rapidement dans le rétroviseur.

Le silence s'installe, puis bientôt la nuit. Jésus mate ma révolte sans grande force. Sa répression douce et sans parole me laisse pantois. Souvent, l'ignorance de ce que l'on désire contraint à l'acceptation des termes d'une entente que l'on n'a même pas signée.

Mes enfants me manquent. Sophie aussi. Sophie que j'ai trahie… Que je vais trahir encore, je le sens. Je dois aller au bout de ma liberté, ne serait-ce que pour confirmer l'amour que je porte à mes chaînes. Et Nevada… Il ne quitte jamais mes nuits. Son petit fantôme bleu resurgit à l'improviste au milieu de chacun de mes rêves. J'essaie de le prendre dans mes bras, de le maintenir contre mon cœur, mais il s'évanouit aussitôt. J'ai un enfant-songe, une brûlure à l'âme qui ne guérit pas…

Le paradoxe de la liberté, c'est qu'en empruntant son chemin, la marche arrière devient impossible.

10

Trois heures du matin, les néons narguent la nuit. New York, la grande insomniaque, scintille de tous ses feux. D'un trait, Jésus avale sa troisième canette de boisson énergisante en moins d'une heure et immobilise la Cadillac devant l'entrée d'un immeuble à logements louche. Adossés au mur près de la porte dont la vitre a été remplacée par un panneau de contreplaqué, deux Noirs nous toisent. On dirait Dupond et Dupont gonflés aux stéroïdes et fringués en rappeurs.

— On est arrivés, annonce Jésus.

Une volée de papillons nocturnes mordillent les parois internes de mon estomac. Mes entrailles sont garrottées par l'angoisse de finir dans un sac de couchage au fond de la rivière Hudson. Je déglutis.

— Je n'ai pas confiance en ces deux gars-là, foutons le camp d'ici!

Jésus envoie la main aux deux vigiles qui, les bras croisés, ne bronchent pas.

— Depuis quand t'es raciste? dit Jésus en se tournant vers moi.

Jésus ouvre la portière et pose son pied sur l'asphalte humide. Au moment où il passe le corps à l'extérieur, une voix rauque feule derrière la Cadillac. Le sang caille dans mes veines ! Cette voix horrible me soustrait une année d'espérance de vie ! Tim se mord les jointures. Je n'ose me retourner, puis un vieux clochard hirsute surgit devant ma fenêtre en ricanant comme un damné. Il colle sa vieille bouille fripée d'épouvantail contre la vitre. Avec son énorme nez bourgogne, une grosse mailloche difforme, il renifle l'air comme un chien fou.

— *Get lost !* crie Jésus.

Les deux Noirs ne réagissent pas.

— *Go away, old fart !*

— *Hey man ! Stop yelling and just spare him some change, will you ?* intervient tout à coup l'un des deux balèzes.

Jésus hésite, puis fouille dans ses poches.

— J'ai pas de monnaie. Rocky, donne-lui quelque chose.

— J'ai rien…

Jésus ramasse une canette de boisson énergisante derrière son siège et la lance au robineux, qui sourit à pleine gueule.

— Et pour nous ? interroge le plus costaud du duo en français avec un fort accent haïtien.

— Tenez.

Jésus leur jette ses deux dernières canettes.

— On est des potes à Alvaro Mendès, il m'a donné cette adresse. Vous savez dans quel appart il crèche ?

— J'ai l'air de quoi? Du bureau d'information touristique? renchérit le *Black*, l'air de se contreficher de tout sauf du tatouage sur son biceps gauche qu'il palpe avec amour.

— Dégage, connard! éructe l'autre en avalant une gorgée d'énergie liquide.

— Restez polis, les gars. J'ai roulé toute la journée, je suis pas d'humeur à me faire chier.

Dans un geste digne d'une mauvaise comédie musicale, Dupond, le Noir au tatouage, écrase la canette dans sa main et la balance à la tête de Jésus, qu'il rate de peu. Prenant mes couilles à deux mains, je sors mon petit casque bleu de soldat de la paix et m'interpose entre les belligérants.

— Il est tard, tout le monde est à cran. Il n'y a pas de raison de se taper sur la gueule.

— J'ai pas besoin de raison pour taper sur qui je veux, menace le tatoué en s'approchant de Jésus.

Interrompant la querelle, un taxi s'arrête juste devant la Cadillac. Un Latino, en jean et en camisole, la Vierge tatouée sur l'épaule et portant des espadrilles blanches, aide une jolie jeune fille aux longs cheveux noirs à sortir du taxi. Elle porte des escarpins vernis, une jupe serrée de coton rose et une blouse blanche décolletée. À en juger par la peau satinée de ses mains et ses petits seins d'adolescente, elle n'a pas encore seize ans.

— Jésus, *amigo*! s'exclame le Latino.

Le type serre Jésus dans ses bras, laissant la jeune fille figée sur le trottoir, un sac de voyage à ses pieds.

J'ai la vague impression de la connaître…

— Hey, Alvaro, tu connais ces crétins? lâche Dupond.

— Bien sûr, c'est Jésus! Le fils de l'homme!

— Tu te pointes à temps, j'allais lui démonter le portrait à ton fils de pute.

— *Fuck you, man!* rétorque Jésus.

— Non, *fuck you*, trouduc!

— Ça suffit! Venez plutôt prendre une bière en haut, coupe Alvaro.

Dupond et Dupont acceptent l'invitation et disparaissent dans l'immeuble. Tim les suit de près tandis qu'Alvaro revient vers la jeune fille, qui fixe le sol. J'ai déjà vu cette silhouette svelte, ces cheveux d'ébène et ces mains délicates quelque part…

BANG! Une énorme tuile décollée de la voûte céleste s'abat sur ma tête de lard! La commotion me paralyse des ongles d'orteil à la racine des cheveux. Mon cœur se dérègle et pompe du sang sous pression dans mes artères distendues, prêtes à fendre. La mort! Je la sens. Les articulations barrées, le souffle coupé, mes os craquent; il ne reste plus rien en moi de fonctionnel si ce n'est mes injecteurs d'adrénaline qui alimentent ma colère.

— Ma princesse, t'as fait un bon voyage? sourit bêtement Jésus.

— Tu me dois quarante dollars pour le taxi, exige Alvaro en tendant la main à Jésus.

Je me dirige droit sur l'écervelée, mais celle-ci se recompose une personnalité et m'accueille d'un air indifférent.

— Qu'est-ce que tu fais ici, Victoire?

— Fais-nous pas une scène, Rocky, je vais tout t'expliquer, interjette Jésus en me prenant par le bras.

— Argentina est au courant?

— C'est cool, *man*. Monte à l'appart, je vais t'expliquer.

Victoire se dandine devant moi comme une poufiasse de luxe et me fait de l'attitude. J'avale ma langue pour ne pas exploser comme un shrapnel. Cette escapade compte déjà trop de dommages collatéraux. Ses deux petites fesses insouciantes bondissent dans sa jupette sous le nez de Jésus qui la suit de beaucoup trop près afin d'éviter que je ne la prenne par le bras et ne la retourne d'où elle vient avec un coup de pied au derrière.

— *Man*, c'est plus compliqué que ça, me dit Jésus une fois assis à la table dans la cuisine d'Alvaro, une bière à la main.

— Tu la mets dans le premier autobus pour Montréal, c'est tout.

Accroché au mur au-dessus de la télévision, un crucifix de plâtre domine le salon. Sous le Christ agonisant, les deux Noirs jouent au basketball sur X-Box tandis que Tim les observe. Il aimerait jouer, mais son manque de coordination le prive de ce plaisir.

Dans le corridor qui mène à la chambre à coucher, une jeune femme apparaît, vêtue d'une jaquette bleu ciel. La pointe de ses seins joufflus perce l'étoffe translucide. Elle se frotte les yeux, puis disparaît dans la salle de bain.

Alvaro attrape une bouteille de tequila dans l'armoire sous l'évier, puis s'installe derrière la montagne de vaisselle sale empilée sur le comptoir pour préparer des rasades. Il jure en ouvrant la porte du réfrigérateur : « ¡ *Puta madre!* » Il avait pourtant demandé à Carina d'acheter des citrons au supermarché !

— La *fucking bitch* oublie toujours tout, *man* ! gueule Alvaro en direction de la salle de bain. Par chance qu'elle baise comme une salope, sinon ça ferait longtemps que je l'aurais foutue à la porte !

Notre hôte s'esclaffe. Son rire gras glisse sur les murs sales de l'appartement.

Quelques instants plus tard, la belle mulâtre ressort, les paupières mi-closes. Elle fait un doigt d'honneur à Alvaro et retourne se coucher. Une lumière pâle descend du plafonnier et s'aplatit sur la table dans un reflet mat. Victoire boude, assise devant moi.

— Elle vient à Las Vegas avec nous.

— C'est hors de question ! Argentina doit mourir d'inquiétude.

— Elle croit que je suis au chalet d'une amie, intervient Victoire, confiante que son argument me fera changer d'avis.

— Jésus, t'es vraiment le roi des cons ! je rugis.

— Je veux passer du temps avec mon père, renchérit Victoire.

— Merde ! Ton père, c'est Jeanguy !

— Pfff ! Même toi, tu ne l'aimes pas.

Le coup porte et me laisse chancelant pendant quelques secondes. Gesticulant sur un vieux fauteuil en cuir déchiré, Tim insiste pour jouer au basket-ball contre Dupond ou Dupont. Comme des enfants, les colosses se renfrognent et continuent leur partie.

— Jeanguy est un bon père, j'affirme sans trop y croire, la voix coincée dans la gorge.

— Il passe ses journées à boire de la bière et à s'envoyer des antidépresseurs, elle rétorque.

Jeanguy paye au centuple le mal qu'il m'a fait. Sans doute s'agit-il du juste retour des choses…

— Jeanguy est un *fucking loser*, lance Jésus pour clore la discussion.

Victoire baisse les yeux et pose ses mains blanches sur ses genoux dénudés. Dans un geste de pudeur mélangée de tristesse, elle tire sur sa jupe afin de cacher ses cuisses. Les paroles de Jésus l'ont blessée. On ne sait jamais vraiment ce que pense une adolescente. Dans le fond, Jeanguy n'est peut-être pas perdu à jamais… Je souhaiterais réconforter Victoire, lui prouver que son père adoptif n'est pas un perdant, qu'il a subi un choc nerveux, qu'il souffre comme n'importe qui, mais je reste coi. C'est plus fort que moi : je préfère assister lâchement au sacrifice de mon bouc émissaire. Je tranche :

— Tu rentres à la maison.

— Non.

— Tu n'as rien à dire ! Demain, tu prends l'autobus et tu rentres, c'est tout !

— Je vais à Las Vegas.

— Elle vient avec nous, lance Jésus alors que Dupond bondit sur ses jambes et pousse un cri de joie après avoir remporté la partie de basket électronique.

— Tu m'entends ? Tu prends l'autobus demain matin, j'insiste.

— C'est ta faute… elle murmure.

— Qu'est-ce que tu dis ?

— C'est à cause de toi si Jeanguy est comme ça…

La paupière de mon œil gauche accuse un clignement nerveux.

— Je suis pas conne, j'étais là. Tu savais que Jeanguy était soûl. C'est ta faute si Nevada est mort !

Je flanque une gifle formidable à Victoire. Le bruit sec et violent claque dans le vide comme un coup de fouet. L'air absorbe la tension et la garde comme on retient son souffle. Des larmes emplissent les yeux de Victoire et s'épanchent sur ses joues.

— Je vais à Las Vegas, elle prononce, les dents serrées, la rage au cœur.

Je n'ai pas la force de soutenir son regard. Un voile noir descend sur moi et me recouvre complètement. Nevada flotte devant moi, le visage tourné vers le fond de la rivière… J'imagine une foule en colère qui me pointe du doigt tandis que Jeanguy engouffre bière sur bière en ricanant. C'est la faute de Jeanguy ! Ce n'est pas moi qui étais soûl ! C'était Jeanguy ! C'est lui qui devait le surveiller ! C'est sa faute ! Pas la mienne !

Le sang dans mes veines rebrousse chemin et ma peau tourne au bleu foncé. La culpabilité me saute à la gorge et m'étouffe à deux mains. Un sifflement saccadé s'échappe entre mes lèvres convulsées. Une parole suffirait à me tuer.

Assis sous un arbre aux abords de l'enfer, je dévorais un roman policier. J'y ai songé. Je me suis dit : «Jeanguy a bu...» Mais le soleil plombait sur mes bras et cette chaleur m'apparaissait propice à la détente. Tout mon corps tournait au ralenti. Je me sentais bien, très relax. Que pouvait-il arriver ? La journée se déroulait comme n'importe quelle autre journée de camping, calme et joyeuse avec des oncles qui boivent et des enfants excités à l'idée d'attraper le plus gros poisson du monde. Jeanguy empestait l'alcool, mais ne titubait pas. Il ne déparlait pas non plus. Et il tenait à montrer aux enfants comment enfiler un ver sur un hameçon ; il en parlait depuis des semaines. Ce con voulait jouer le même rôle que son père avait joué pour lui et ses cousins lors de leur premier voyage de pêche alors qu'il avait sept ans. Je l'ai laissé faire. Je l'ai laissé tuer mon fils ! J'en ai vomi pendant des semaines et, même si je ne vomis plus autant, la nausée persiste. J'essaie de vivre avec ce goût de vidange dans la bouche... Je suis Sisyphe, mais au lieu d'un rocher, c'est le cadavre de mon fils que je dois remonter au sommet de la montagne tous les jours. Je ne connais pas de supplice plus grand.

Un cigare au coin de la bouche, Alvaro dépose un verre de tequila devant chacun de nous. Victoire renifle le liquide transparent, plisse les yeux, puis l'avale d'un coup. À son tour, Jésus cale son verre, imité immédiatement par Alvaro.

— Quand est-ce qu'on part pour Las Vegas? demande Victoire.

— Tout de suite, ma belle, lance son père.

~

Jésus croit que je n'ai rien vu. Pourtant, je n'ai rien manqué de la transaction. Alvaro lui a remis un petit sac en plastique en échange d'une enveloppe brune, puis Jésus s'est enfermé dans les chiottes pendant dix minutes. Il en est ressorti les yeux exorbités, une aura d'énergie solaire collée au derrière.

En moins de deux, nous sautons dans la Cadillac et nous roulons comme des dingues vers l'ouest. Pendant deux jours, Jésus conduit en chantonnant, s'arrêtant à l'occasion pour pisser ou prendre une bouchée. Nous acceptons, sans l'aide d'aucune substance, ce rythme de siphonné. Tim semble heureux de regarder par la fenêtre tandis que Victoire endure ses crampes aux fesses en écoutant de la musique sur son iPod. Moi, je somnole pour éviter d'être trop conscient. Deux jours durant, deux jours à cent quarante kilomètres à l'heure. Mon dos tient le coup, alors tout va comme je te pousse, droit devant.

Je pense très peu; surtout, je ne pense à rien.

Puis, nous nous endormons. Jésus aussi. Il fait nuit, la lune a disparu derrière les nuages depuis quelques heures et la route trace une ligne droite comme une flèche décochée vers l'infini. Nous roulons trop vite. Nous roulons depuis trop longtemps.

Un silence interminable.

Une nuit sans fin.

Soudain, un bruit de tôle froissée, des traînées d'étincelles sur le pavé, un nuage de poussière et un long coup de klaxon dans l'obscurité.

Dans le fossé, les quatre roues en l'air, la Cadillac ressemble à une tortue retournée sur le dos, une tortue de deux mille kilos impossible à remettre sur ses pattes. De peine et de misère, nous nous extirpons de ce tas de ferraille. Une longue lacération traverse le front de Jésus qui éponge le sang du revers de sa manche. Il jure comme Lucifer en chute libre aux enfers. Victoire et Tim souffrent de maux de cou, mais ça va. Et moi, il me manque un doigt. Putain! Il me manque un doigt! Je hurle jusqu'à ce que ma voix s'éteigne, jusqu'à ce que mes yeux se referment sur la vision de mon auriculaire coincé dans la poignée de porte, sectionné complètement au-dessus de la première phalange.

Je garde les yeux clos pendant une dizaine de minutes, espérant qu'à mon réveil la réalité s'évanouisse comme un mauvais rêve. Lorsque je les ouvre, mon doigt n'a toujours pas repoussé. L'ongle pâle, tel l'œil ouvert d'un cadavre, tourne au bleu mat. Une coulée de sang séché forme une croûte noirâtre le long de la portière. Je titube et tombe à genoux dans la poussière.

Foudroyé par un éclair de génie, je me redresse, attrape mon doigt orphelin, le jette dans ma poche de pantalon et me mets à courir en direction d'un bosquet le long de la route.

— *Shit, man!*

Jésus m'intercepte juste avant que je ne m'embroche les paumes sur les épines d'un petit cactus rond.

— T'es marteau ou quoi? Y a des meilleures façons de se suicider si tu tiens tant que ça à crever au milieu du désert!

— Ça me prend de l'eau…

— Moi aussi, j'ai soif!

— Pour mon doigt…

— *Man*, même si tu l'arroses, il ne repoussera pas.

— Il faut que je nettoie mon doigt!

Victoire accourt et aide Jésus à me relever.

— Ça va? m'interroge ma nièce.

— Il faut que je lave mon doigt…

Jésus retourne à la Cadillac et plonge la moitié du corps par la fenêtre cassée de la portière du conducteur. Il fouille à l'intérieur, puis revient vers moi.

— Tiens!

Il me tend une bouteille de Coca-Cola en plastique aux trois quarts vide.

— Lave-le avec ça.

— Tu crois?

— Vas-y! Il ne fondra pas. L'histoire du clou qui se dissout dans le Coke, c'est une connerie de légende urbaine.

— J'aime mieux pas…

Je rends la bouteille à Jésus.

— Comme tu veux.

Jésus dévisse le bouchon, prend une petite gorgée, puis passe la bouteille à Victoire, qui boit à son tour.

— Grrrr! rugit Tim.

Victoire lui laisse le fond.

— *Let's go!* claironne Jésus.

Victoire et Tim lui emboîtent le pas. Je demeure sur place. Perdu. La tête dans le ciel bleu acier.

— T'attends de cramer sous le soleil?

— Comment tu sais qu'on va dans la bonne direction? je demande.

— Rocky, merde! De quel côté se lève le soleil? grogne Jésus en pointant la boule de feu rouge émergeant au-dessus de la ligne de partage entre ciel et terre.

— À l'est…

— Et nous, on va vers l'ouest, par là!

Nous nous mettons en branle, traînant nos pieds douloureux sur l'accotement vers cet ouest édénique, espérant les secours de la cavalerie.

Depuis six heures du matin, nous marchons dans le désert pour ne pas cuire sur place. L'auriculaire bien enroulé au creux d'un mouchoir dans la poche de mon pantalon, je garde espoir de le sauver. À quelques reprises, en tentant de vérifier que je ne l'ai pas perdu, je l'échappe dans le sable. Pour le nettoyer, je souffle sur les minuscules grains incrustés sous l'ongle et dans la plaque de sang coagulé. Sans succès.

Nous marchons vers Las Vegas, oasis de béton au milieu du désert des Mojaves. D'un côté comme de l'autre, l'horizon s'évanouit dans une onde de chaleur qui ondoie aux confins du paysage. Aucun vent, aucun répit. Un manteau de feu pèse sur nos épaules à vif.

On n'a pas vécu tant qu'on n'a pas traversé les États-Unis en bagnole...

On n'a pas souffert tant qu'on ne l'a pas fait à pied.

Victoire se frictionne le cou, les écouteurs sur les oreilles. Elle ne se plaint pas. Elle endure. Ses chaussures lui écorchent les chevilles et une éraflure sur son genou droit lui tire une grimace de douleur à intervalles réguliers. La courageuse adolescente replace une mèche de cheveux collée sur son front rougi. Tim boite légèrement et ses lèvres commencent à gercer. Une mince couche de salive croûtée s'est accumulée aux commissures de sa bouche. En panne sèche, il ne bave plus. Le soleil, impitoyable, nous crève les yeux. J'ai beau placer ma main en visière au-dessus des sourcils, je n'aperçois pas la pancarte « *Welcome to Fabulous Las Vegas* » que jure avoir repérée Jésus au bout de la route. Sa coupure au front s'est gonflée sous la chaleur comme une pâte à croissant dans un four. Je sens mon cœur battre dans mon doigt fantôme. Un changement de pansement s'impose. «Victoire, passe-moi une nouvelle serviette hygiénique.»

Quatre zombis désarticulés à la recherche d'une cervelle à siphonner! L'air emmagasine les degrés et surchauffe nos esprits épuisés. À chaque pas, je me répète que le désert n'est pas un endroit convenable pour mourir. Je me souviens du carré de sable que papa avait installé derrière la maison quand j'avais l'âge de Nevada. J'y jouais avec des camions du matin au soir. J'ai devant moi un carré de sable infini… Mais je n'ai pas le cœur à jouer. Et je n'ai pas non plus envie d'y mourir comme une fourmi écrasée sous le doigt du destin, puis calcinée par les rayons du soleil.

Jésus se retourne vers moi au ralenti. Sa plaie bouge! D'énormes vers blancs charnus dégringolent de son front. Il sort la langue pour les gober au passage… Tout vacille autour de moi! Je hurle!

— Rocky! Rocky! réagit Jésus en me secouant par le bras.

Son visage devient mauve et la plaie s'agrandit comme un gouffre immonde. Les vers se tortillent à la surface. J'attrape ma tête à deux mains. Une seconde plus tard, les vers disparaissent. Jésus sourit. Sa plaie se fige autour d'un pli inquiet. Sans eau, mon esprit ne tiendra pas le coup. Curieusement, il y a quelque chose de doux à se laisser emporter par la folie. Après la terreur, le calme. Qu'est-ce que je donnerais pour voir apparaître les Télétubbies et leur soleil inoffensif à la face de bébé! Je m'écrase au sol.

— Relève-toi! Allez!

— J'attends les Télétubbies!

Je n'y croyais plus, mais voilà qu'une bagnole pointe son museau étincelant à l'horizon. Jésus se met à gesticuler comme un diable empalé sur une broche de BBQ. Victoire et Tim s'étreignent et sautent de joie. Et moi, je trace des ronds dans le sable avec mon auriculaire arraché. Je dessine pour passer le temps qui n'en finit plus de dérouler la route devant l'auto des Télétubbies. Mon souhait se réalise! Sauf que ces foutues secondes durent une éternité sous le soleil du désert. Oh! Mon doigt est tout sale! Je le lèche du bout de la langue, puis crache quelques grains de sable. Mon doigt goûte la craie.

La voiture, une luxueuse Mercedes blanche immatriculée au Texas, s'arrête. Un lourd nuage de sable nous fouette le visage. «Sauvés», crient Jésus, Victoire et Tim. Je les félicite. À plusieurs reprises. Un gros monsieur velu avec des chaînes en or autour du cou, une bedaine de cinquante kilos et un bermuda blanc s'extrait de la Mercedes en relevant ses verres fumés sur le front. Il n'en croit pas la prunelle de ses yeux: nos carcasses poussiéreuses l'impressionnent au point de lui imprimer un léger mouvement de panique dans le sourcil droit.

— *God!* Qu'est-ce qu'il vous est arrivé? nous apostrophe le gros Texan avec son accent impossible.

— On a eu un accident… rétorque Jésus.

— La Cadillac renversée sur le bord de la route, c'est la vôtre?

— Ouais…

— Vous êtes blessés?

— Ça va…

— Montez!

Le monsieur nous adopte. Il nous ouvre toutes grandes les portes de sa glacière ambulante. Le climatiseur tourne à pleine capacité, rejetant par les trappes du système de ventilation un souffle glacé. Nous prenons place à bord du transsibérien qui démarre aussitôt. Je m'assois à l'avant.

— Tenez! nous dit notre sauveur en passant à la ronde un litre d'eau fraîche. En passant, moi c'est Robert.

Nous buvons avidement.

— Vous allez à Vegas? enchaîne Robert.

— Oui…

— Pour gagner le gros lot? Voir des spectacles? Un petit conseil, ne vous mariez pas à Vegas. La pire erreur de ma vie!

Tandis que le balourd s'esclaffe, son petit chien me renifle l'entrejambe.

— Cookie semble vous avoir adopté.

Robert étend le bras et caresse son chien.

— Bon chien!

Je repousse la truffe fouineuse du caniche de la main gauche tout en souriant bêtement à son maître. La conversation glisse tout naturellement dans l'insignifiance. Robert nous entretient de la soi-disant supériorité des chiens sur les chats, de leur intelligence et de leur fidélité indéfectible.

Je somnole.

Les kilomètres passent. Les heures aussi.

Harassé de fatigue, je ne réagis pas aux petits coups de museau de Cookie sur mes hanches. Toutefois, ses grognements se faisant plus intenses, j'ouvre les yeux. Je pousse un cri. Le foutu caniche a volé mon doigt dans la poche de mon pantalon et le gruge comme un vieil os au fond de la voiture. «*Stop, Cookie! Stop!*» ordonne le bon gros samaritain, paniqué. Mais Cookie frétille de la queue et dévore mon doigt avec appétit. Il avale la dernière bouchée en claquant les mâchoires. «*Holy god!*» s'exclame l'obèse. «*Holy shit!*» rétorque Jésus. Je disjoncte! J'attrape Cookie par une patte et la mords jusqu'à ce que l'os fasse crac! Le cabot se débat et se lamente presque autant que son propriétaire. Ils jappent, couinent et hurlent à fond la caisse, les décibels dans le tapis! Je me bouche les oreilles et m'enfonce dans le siège. Jésus tente de calmer le jeu en brandissant son poing sous le menton de l'homme qui flatte son petit chien-chien d'une main tandis que de l'autre, il tient le volant. J'ai la bouche pleine de poils, c'est un peu dégueulasse. Je cligne des paupières à répétition en tirant la langue et en crachant. Où sont les Télétubbies quand on a besoin d'eux?

— Pauvre Cookie, se lamente Robert.

Jésus panse la papatte du chien-chien avec une serviette hygiénique que lui donne Victoire. Le clébard, que son propriétaire flatte tendrement, ne jappe plus; on dirait qu'il pleure. L'air climatisé finit par refroidir nos esprits. La meilleure chose à faire pour moi serait de m'endormir, mais mon corps refuse de coopérer. Je demeure éveillé, mais dans un état bizarre, comme si on m'avait congelé en vue d'une résurrection ultérieure.

Jésus prend place au volant de la Mercedes, laissant tout le loisir à Robert de cajoler son piteux pitou à deux mains. Si j'avais une caméra, je prendrais une photo, un de ces clichés attendrissants qu'on encadre et met au-dessus du foyer. Apparemment que je vais le payer cher... Le monsieur l'a dit. Jésus jure que c'est un accident de parcours, un genre de traumatisme ou de coup de pied au cul solaire. J'ai froid.

— Jésus, je frissonne.

— Ça va, vieux?

— Ouais, je frissonne.

— On arrive.

11

Au Valley Hospital Medical Center de Las Vegas, un docteur blond, aux dents blanches et au teint bronzé, ne s'est pas attardé longtemps sur mon cas. «Un coup de chaleur», il a décrété, les mains dans les poches. Une lecture rapide du dossier préparé par l'infirmière, un examen superficiel et hop là! j'étais classé. Très professionnel, le con. Oui, voilà, donnez-lui ceci, puis cela, quelques points de suture pour refermer la plaie, il va s'en tirer. Merci, bonne journée.

Dans le fond, je ne demandais pas mieux. Après avoir passé quelques heures sous observation aux soins intensifs, on m'a transféré dans une chambre privée au cinquième étage. Un lit, une télévision dont il faut payer le câble, une grande fenêtre donnant sur le stationnement et des néons éblouissants: la totale tout ce qu'il y a de plus standard. J'aurais néanmoins apprécié un minibar, non pas pour me soûler – qui se soûle avec des minibouteilles? – mais pour avoir l'impression de vivre à l'hôtel. J'aime les hôtels. Malgré leur confort sans style et leur propreté mercantile, les chambres d'hôtel m'ont toujours procuré un grand sentiment de liberté. Je le constate aujourd'hui : je trouve du réconfort dans le fait d'être de passage, de ne pas avoir à construire quelque chose, ne pas devoir m'installer, m'incruster pour attendre que ça passe. D'ailleurs, tout ce qui vaut la peine d'être vécu ne dure pas. Qui passera verra...

Un soluté branché dans le poignet, je surveille le moniteur cardiaque pour voir si la vie palpite toujours en moi. Mon cœur pompe son sang égal, sans soubresaut ni ralentissement. L'infirmière m'apporte quelques comprimés à avaler. J'en profite et lui demande de remonter le dossier du lit. Pendant qu'elle s'exécute sur la manivelle, je reluque les deux gros melons qui bombent son torse de championne poids lourd. À vue de nez, ses seins pèsent le double de mon poids. Je l'imagine transportant deux hommes de taille moyenne dans son corsage partout où elle va, de quoi s'arracher le nerf sciatique ! Jamais mon dos ne supporterait une telle charge. En contreplongée derrière son imposant postérieur à triple fesse, j'aperçois Victoire qui somnole sur une chaise droite adossée au mur, un magazine posé sur les genoux. L'infirmière remonte le drap blanc sur mes cuisses et poursuit sa ronde de médicaments. En sortant, la lutteuse sumo éteint la lumière et Victoire ouvre grands les yeux. La pénombre allume son regard perçant qui m'interroge. Ça va. Je suis en un seul morceau... moins un doigt.

Je suis un casse-tête impossible à terminer, mais c'est une autre histoire…

— Tu dois trouver ton oncle pas mal fou, hein?

— Ça goûte quoi une patte de chien?

— Salé.

Elle sourit. Ses dents sont blanches et droites comme celles de sa mère. Sans savoir pourquoi, je lui dis que tout va bien aller, comme si elle reposait dans un état critique et que c'était moi, à son chevet, qui devais lui remonter le moral. Victoire ne m'écoute pas, elle considère plutôt mon pansement : «C'est mieux qu'une serviette hygiénique», elle lâche après un moment. Je hoche la tête en signe d'approbation.

— Tim et Jésus sont où?

— À l'hôtel. Ils se reposent.

— Pas toi?

— Je ne suis pas fatiguée.

Les enfants ne sont jamais fatigués. Assis à la table de la cuisine vers huit heures, un soir comme les autres, il y a quelques années, j'observais Nevada. Penché sur son livre de dinosaures, le brave garçon luttait de toutes ses forces pour garder ouvertes ses paupières alourdies. «T'es fatigué?» je lui ai demandé. Il a protesté : «Je suis pas fatigué!» Puis le petit rebelle s'est endormi, la tête renversée sur le dossier de la chaise. Les enfants vivent le sommeil comme une malédiction. L'expulsion du paradis terrestre ne compte pas. Voilà le véritable châtiment de Dieu : il nous donne une seule vie et nous oblige à fermer les yeux sur le tiers du temps qui nous est alloué. Pendant que les adultes acceptent docilement leur sort en attendant la vieillesse et l'insomnie qui s'ensuit, les enfants pestent contre la fatalité du sommeil.

Après deux jours, j'obtiens mon congé de l'hôpital ainsi qu'une prescription d'anti-inflammatoires pour apaiser mon mal de dos perpétuel. Les autorités me relâchent sans poser de questions, une liberté conditionnelle à ce que je me tienne à plus de cent mètres du soleil... Éric Gagnon paye avec l'une de ses nombreuses cartes de crédit et rejoint ses amis à l'hôtel. Victoire l'accompagne. Elle a passé les deux jours auprès de son oncle faussaire et irresponsable. Sans beaucoup parler, Victoire m'a gardé à flots, la tête au-dessus de la honte. De temps à autre, elle souriait pour rien, comme ça, juste pour agrémenter la journée d'un peu de joie gratuite. Je lui dois beaucoup. Je revois ma petite sœur Argentina dans cette jolie adolescente joviale et volontaire. Une nature de combat, prête à tout, gardant le cap sur le bonheur, sur l'impossibilité d'être malheureuse au-delà d'une minute, le temps de se ressaisir et de mordre dans le nouvel instant qui se présente immanquablement. Elle aurait pu tourner la culpabilité dans la plaie et m'achever, mais elle a plutôt décidé de tourner le dos au passé. Décidément, mon père a bien choisi son nom. Victoire remporte tous les rounds contre le mal de vivre. Le vieux a compris quelque chose de la vie qui m'échappe. Et voilà qu'il remonte sur un ring! C'est l'histoire classique du père qui dit à son fils : «Tu comprendras quand tu seras grand.»

— Je ne suis pas un exemple à suivre, je marmonne.

— Pourquoi? Tu devrais l'être?

Je ne trouve rien à répondre, alors je dis que je suis plus vieux et que bla bla bla, j'ai la responsabilité de prendre soin d'elle et que si je ne le fais pas qui le fera et bla bla bla… Elle me prend la main et me guide vers la sortie. Sans plus. À l'extérieur, le soleil m'accueille à bras ouverts, tel l'enfant prodigue. Je vise le trottoir, le temps de reprendre mon souffle. L'amour solaire, c'est difficile à gérer après une surdose de rayons. J'hésite une seconde, les pieds sur une fissure dans le ciment. Au-dessus de nous, un nuage passe devant l'étoile diurne, un genre de clin d'œil, une invitation à ne pas craindre le jour et ses beautés pures et dures. J'inspire profondément. Parfois, c'est tout ce qu'on peut demander à la vie, cette chance de pointer le nez dehors et de sentir le doux souffle du jour caresser sa peau.

— Je suis contente d'être à Las Vegas avec toi.

— Nous sommes dans une sacrée galère, que je réponds, tout sourire.

— Ça me plaît d'être ailleurs que chez moi en ce moment.

Quand Victoire avait quatre ans, elle me répétait sans arrêt que j'étais son oncle préféré.

— Facile, je suis ton seul oncle.

— Ça fait rien, c'est vrai.

Un soir de février, Sophie et moi songions à partir en voyage avec bébé Cléopâtre qui n'avait pas encore deux ans. Nous voulions visiter l'Europe pendant l'été. Argentina soupait chez nous avec Victoire. Dès que Sophie a prononcé le mot château, les jeux étaient faits. La petite tenait bec et ongles à nous accompagner. C'était une question de vie ou de mort. L'enjeu? Des pleurs jusqu'à la fin des temps ou une reconnaissance éternelle. Argentina a accepté de nous confier sa fille. Pendant deux mois, nous avons parcouru la France, l'Allemagne et l'Italie en train, en autobus et en voiture louée. Victoire se souvient des paysages, des odeurs et des gens rencontrés au hasard avec qui nous avons partagé un repas ou conversé au coin d'une rue ou devant une cathédrale. Encore aujourd'hui, la petite sait demander son chemin en allemand et en italien. Lorsque Cléo souffrait de coliques, elle seule pouvait la calmer. Elle lui frottait doucement le bedon, puis Cléo s'endormait dans ses bras. Chaque soir, Victoire insistait pour lui raconter l'histoire de Cendrillon avant d'aller au lit. Je n'ai jamais vu une enfant aussi heureuse qu'au moment où elle a aperçu le château de Neuschwanstein à travers les arbres, au sommet de la montagne. «Le château de Cendrillon!», elle a fait, les deux mains sur le visage, la bouche en forme de «O» majuscule. Cette visite l'a bouleversée. Elle aurait passé le reste de sa vie dans ce lieu magique à espérer la venue de son prince charmant. Nous avons dû attendre la fermeture du site et compter sur l'aide d'un garde de sécurité pour la convaincre de repartir avec nous.

Victoire hèle un taxi. Une bagnole noire, du style corbillard de luxe, se range sur le côté et s'immobilise à notre hauteur.

— Je préfère marcher, je lui dis.

— C'est trop loin.

— J'ai besoin d'air.

Le chauffeur se renfrogne, hausse les épaules, puis redémarre en trombe. Deux petites billes luisantes me foudroient par le rétroviseur. Après quelques pas, un filet de sueur me coule entre les fesses. Je nage dans mes sous-vêtements. Bordel! Quelque chose en moi ne tourne pas rond. Avance, connard! Un effort! Un pied devant l'autre! C'est simple!

— Ça va? demande Victoire.

Je capitule. Rien à faire avec ces deux pieds en granit. Merde!

— On va prendre un taxi, je ronchonne, en colère contre moi-même.

Vingt minutes plus tard, nous descendons à l'hôtel Stratosphere, un gratte-ciel en forme d'aiguille au bout de la Strip, un genre de tour du CN à logements. Pour monter à notre chambre, il faut traverser le casino. Des centaines de machines avalent et crachent les sous dans un joyeux tintamarre. Partout des lumières s'allument et des sirènes retentissent. On rit, on crie, on s'apitoie sur son mauvais sort, on gueule, on remercie Dieu, on le prie, on donne des pourboires au croupier, histoire de tenter la chance, et on retourne au guichet sortir de nouveaux billets de mille dollars. On investit dans l'espoir éphémère. Au rythme où ces engins gobent les économies, il ne faut pas trop se préoccuper de l'avenir si on veut garder le sourire. Las Vegas! Une ville dans le désert, créée de toutes pièces par une poignée de mormons relégués ensuite par des mafieux! D'une certaine manière, un miracle de la civilisation. À ma dernière visite, j'assistais à un combat de papa. L'histoire se mord la queue. Entre-temps, le Mirage, Céline Dion et le Cirque du Soleil ont changé l'allure de la ville. Le spectacle a pris sa place aux côtés du vice pour le plus grand bonheur des familles. J'avoue, j'aime cette ville factice où le toc est en or. Une victoire, une défaite, un dépucelage, un mariage, un adultère, la ruine totale, le *jack pot*! Tout est possible. De la gloire au suicide dans un stationnement étagé, tout se bouscule en marge de la frénésie généralisée des touristes qui claquent leur pognon comme si le déluge menaçait de noyer le Grand Canyon. Las Vegas, ville de dingues! Des gens de partout s'y réunissent pour disjoncter une fois dans leur vie, ou encore une nouvelle fois, mais alors ils s'enlisent et la magie opère dans le noir. On ne sort pas intact d'une mégalopole comme Las Vegas. Sexe, drogues, shopping, divertissement, il y a de tout pour tous les excès. Besoin d'une escorte? Il suffit de se pencher pour ramasser un dépliant sur le trottoir. Des milliers de jeunes filles offrent leurs services aux touristes, le buste bien droit, les jambes écartées et la langue sortie, en espérant, elles aussi, frapper le million, le type riche à mourir étouffé dans les billets de banque qui leur ouvrira la porte d'une vie qui roule en Jaguar et qui magasine sur Rodeo Drive. Si Cendrillon n'a jamais existé, elle aura inspiré plusieurs princesses à croire au destin. Au nom de la petite souillonne insouciante avec son bonheur inespéré, aujourd'hui comme hier, de jolies filles acceptent les étreintes brutales et sans amour de mâles finis au sexe ravageur. Allez comprendre quelque chose aux rêves !

Victoire brille comme un diamant parmi les lumières qui éclatent de partout au plafond et sur les machines à sous. Au bout de la salle, sur la droite, deux ascenseurs assurent le transport des troupes. Victoire appuie sur la flèche pointant vers le haut et, quelques instants plus tard, une cloche au timbre aigu retentit. Les portes s'ouvrent sur un couple enlacé. L'homme tâte goulûment la croupe galbée de la grande blonde qui roucoule. Les langues tourbillonnent un moment dans la bouche de l'un et l'autre, puis le couple sort de l'ascenseur bras dessus, bras dessous. Je retiens la porte le temps que Victoire pénètre à l'intérieur. Une chanson de Barry Manilow joue en sourdine. Quelques poils se hérissent sur les bras de Victoire. C'est aussi l'effet que me faisait la musique d'une autre époque quand j'avais son âge. *Vade retro Satanas !* Arrière musique rétro ! Je fredonne l'air, même si j'en ignore les paroles. C'est le genre de vieux succès usé à la corde par les guitares que reprennent inlassablement les stations de radio. Les yeux de Victoire n'en croient pas leur couleur. J'adore sa réaction. Je le fais exprès, je mets la gomme ! Je chante en inventant les mots. J'utilise mon bras emmitouflé dans un pansement en guise de micro et je m'étrangle presque sur une note une octave trop haute pour mes cordes vocales. Je déteste cette chanson. C'est mielleux et braillard, mais ça ne fait rien. Je reviens à la vie et ça fait du bien. DING ! L'ascenseur s'immobilise au septième étage et les portes s'ouvrent comme les rideaux se ferment sur une scène : fin du spectacle. Un grand monsieur en bermuda et chapeau de paille lâche un long soupir. Mine de rien, je range mon micro et pousse Victoire hors de l'« élévateur », un mot que chérissait mon père.

Nous dévalons le corridor jusqu'à notre chambre. Victoire passe rapidement la carte magnétique dans la fente du mécanisme électronique de la serrure, une lumière s'allume et j'enfonce la porte comme un cambrioleur. Jésus se fige tandis qu'une femme, à genoux devant lui, effectue des va-et-vient de la tête.

— Merde ! Je suis occupé ! il gueule.

— Oups ! je fais.

Derrière moi, Victoire étire le cou pour voir.

— Dégagez ! reprend Jésus, qui retient la tête de la brunette contre son ventre pour cacher son sexe.

— Tim est où ?

— À la piscine. Allez, foutez le camp !

Je rebrousse chemin en bousculant Victoire qui se cramponne au cadre de porte.

— On va faire un tour, j'insiste.

— Pousse pas !

— Sortez ! crie Jésus.

— Non, j'ai un truc à prendre dans mon sac.

L'effrontée m'écarte cavalièrement du bras et fonce droit au cœur de la chambre. Elle passe sans regarder à côté de son père qui se cache le nœud des deux mains tandis que l'escorte demeure figée devant lui.

— C'est ma blonde, se sent obligé de dire Jésus.

— Chouette, tu l'inviteras à Noël, rétorque Victoire.

— Bonjour, s'efforce de dire la connasse dans un français englué dans un accent anglophone épouvantable.

— Merde ! Ça suffit !

Jésus repousse des deux mains sa nouvelle blonde, qui prend un temps inouï avant de cacher ses seins avec un drap, sans doute trop fière d'exhiber leur parfaite rondeur. Jésus enfile ses sous-vêtements à pieds joints tandis que Victoire s'assoit sur le lit, comme si la situation puait la banalité.

— Qu'est-ce que tu fous ?

— J'ai des trucs à acheter.

Jésus sort rageusement une carte de crédit de sa poche de jean et la plaque dans la main de Victoire, qui bondit sur ses jambes et quitte la pièce en saluant sa « belle-mère ».

— Tu viens avec moi ? elle me demande.

Je hausse les épaules en direction de Jésus et je me planque à la remorque de Victoire la tornade, puis me ravise.

— Je suis trop claqué. Je vais rester ici.

— Comme tu veux.

Victoire disparaît au bout du corridor. Aussitôt, la prostituée se dresse devant moi et laisse tomber le drap. Son corps, sculpté dans le silicone, me rappelle que la perfection existe et qu'on peut la manufacturer.

— Voulez-vous coucher avec moi, ce soir ? renchérit la poupée en français avant de poursuivre en anglais. Pour les deux en même temps, c'est cinq cents dollars.

— Casse-toi ! gueule Jésus en s'enfermant dans la salle de bain.

— Pauvre con ! Et toi, elle ajoute en me reluquant de bas en haut et de haut en bas, t'as envie de me baiser ?

Ce disant, elle m'empoigne le paquet. Je réprime un léger cri de surprise et j'agis comme si tout était cool, comme si on me prenait tous les jours par les testicules en me demandant comment ça va.

— J'arrive de l'hôpital, je suis plutôt esquinté.

— Ça va, j'ai compris, tu bandes mou.

Elle resserre la poigne juste avant de lâcher prise, puis me laisse aller.

— Ce n'est pas ça…

Jésus sort des toilettes.

— Tire-toi!

La fille remet sa jupette rase-touffe, son bustier trois tailles trop serré et se pousse en nous faisant un doigt d'honneur.

— Ton doigt, ça va? me demande Jésus en s'habillant.

— Ça va.

— Désolé, j'ai pas pu te visiter à l'hôpital. Je participais à un tournoi de poker qui a duré deux jours.

— T'as gagné?

— T'imagines, je me suis fait sortir par un jeune pisseux de vingt-deux ans qui n'avait jamais joué un seul vrai tournoi de poker de sa vie! Foutu Internet! Ce petit boutonneux jouait quinze heures par jour depuis un an sur son ordinateur.

— Depuis qu'on est ici, t'as gagné combien?

— Tu crois que c'est facile? Qu'il suffit de jouer pour gagner? Merde! On est à Las Vegas, c'est plein de pros qui ont joué plus de mains dans leur vie que t'as de cheveux sur la tête! *Man*, réfléchis!

Jésus ouvre le minibar et sort une minibouteille de Jack Daniels. Le regard crispé, il dévisse le bouchon, le projette au fond de la pièce et siphonne la bouteille d'un trait.

— J'ai un plan.

— Un plan de la ville? j'ironise.

— Ta gueule.

J'avance de trois pas et m'écrase sur le lit comme un corps que l'on balance par-dessus un pont. Le climatiseur ronronne comme un vieux matou et je songe tout à coup à Pourquoi-Pas, le chat des enfants. Je le repoussais chaque fois qu'il venait se coucher sur ma poitrine en plein milieu de la nuit, mais le petit têtu m'a eu à l'usure et, aujourd'hui, sa chaleur me manque.

— J'ai beaucoup réfléchi, reprend Jésus en attachant ses souliers.

Je ne réponds pas.

— C'est pas vrai que j'ai pas de rêve.

Je tourne la tête dans sa direction. Mon ami Jésus me fixe, plus sérieux qu'une mante religieuse prête à bouffer son partenaire.

— Ma mère avait raison : si t'as pas d'argent, t'existes pas, t'es rien. Ceux qui te disent le contraire sont des salauds. Elle a tout fait pour se sortir de la misère, mais elle dépendait trop des autres.

Jésus s'approche de moi et s'accroupit à ma hauteur, le visage à quelques centimètres du mien.

— C'est à notre tour d'être heureux, Rocky.

L'haleine alcoolisée de Jésus me pince le nez. Je retiens mon souffle. Ses yeux injectés de sang me coincent le courage entre les dents.

— J'ai un plan. Mais j'ai besoin de toi.

～

Je rejoins Tim à la piscine. Étendu à plat ventre sur une chaise longue, il se fait bronzer tandis qu'une jeune femme au corps leste et aux longs cheveux brun clair lui caresse les épaules à califourchon sur son dos. Sa craque de fesse avale goulûment son bikini jaune et je remarque autour de sa cheville droite une chaînette en or.

— Tu te la coules douce, Tim.

— Grrrrouihh.

La fille se lève, tire sur le bout de tissu jaune coincé entre ses fesses rondes et me sourit de toutes ses dents.

— *You're his brother?*

— *A friend.*

— *For a hundred bucks, I show him heaven.*

Tim se retourne et se tortille sur la chaise comme un ver au bout d'un hameçon à l'idée de découvrir le paradis. Il a tellement envie de cette fille qu'il recommence à baver comme avant l'épisode du désert.

— Grrrhhh !

— *I'll be very gentle with him.*

J'hésite un instant, par réflexe, sans trop savoir pourquoi, comme s'il était mal que Tim enfouisse son doux visage entre deux seins et qu'il goûte à l'extase d'une partie de jambes en l'air. Je me mords les lèvres, regrettant ces pensées minables, et lui file l'argent.

— Grrrrhh ! Grrrrhhh !

Tim me serre dans ses bras, puis la fille le prend par la main et plaque son corps ferme et bronzé contre le sien.

— *Give us thirty minutes.*

Je ne savais pas qu'on pouvait donner des minutes. Cette idée m'enchante. Le couple s'enfuit dans un ascenseur derrière le bar de la piscine. Le ciel de fer, sans nuage, chauffe à plein régime. Je m'étends à mon tour sur la chaise longue.

C'est à notre tour d'être heureux…

Je m'endors.

Lorsque je remonte à la chambre, Tim est seul devant la télévision éteinte. La fille est partie. Le silence est léger. Une rareté. Un filet de bave coule sur le menton de mon ami. Je lui tends un mouchoir, mais il ne réagit pas. Ses sens ne sont pas encore redescendus sur terre. Je pose ma main sur son épaule, en silence, car je m'en voudrais de couper court à cet instant de plénitude. L'écran renvoie à Tim l'image de son nouveau bonheur et l'hypnotise. Après trop d'années vécues dans la douleur, on finit par oublier les traits de son visage des beaux jours. Nous restons dans cette position pendant quelques minutes. Trois, quatre ou dix, je n'en sais rien, puis je retire ma main doucement.

— Grrreeeerrrciiihh.

— C'est rien, vieux.

À ce moment, Victoire enfonce la porte avec des sacs et des paquets de toutes sortes qu'elle dépose tant bien que mal sur le lit.

— Ouf! J'ai tout trouvé!

La porte n'est pas encore refermée que Jésus débarque à son tour, une bouteille de whisky ballante au bout du bras.

— T'exagères, grogne Jésus.

— La limite est atteinte, rétorque Victoire en sortant une carte de crédit de son sac à main.

— Coupe-la et jette-la, répond Jésus.

— J'ai acheté des cadeaux pour tout le monde : du parfum pour maman et pour ma tante Sophie, un camion téléguidé pour Nobel, un iPod pour Cléo, j'ai aussi…

— Tu nous montreras tout ça plus tard, on s'en va souper, coupe Jésus.

Dans l'ascenseur, une affiche annonce un spectacle de magie en soirée.

— Gggraaaaggiee !

— C'est de la merde, les shows de magie, *man* !

— Ggrrraaaaggiee !

— Victoire, ça te dirait d'accompagner Tim ? j'interviens.

— Je sais pas…

— Ggrrraaaaggiee !

— Bon, d'accord, mais demain on va se promener en gondole, elle reprend.

Nous traversons le casino d'un pas accéléré. De l'autre côté de la rue, à quelques centaines de mètres du Stratosphere, un serveur thaïlandais nous accueille dans son restaurant. Dans l'aquarium près de la caisse, quatre poissons rouges obèses nagent mollement. Des graines de nourriture flottent au-dessus d'eux sans exciter le moins du monde leur appétit. Ils roulent des yeux comme trois hommes soûls cuvant leur alcool. À la radio, des vieux succès d'Elvis, repris en thaï, grésillent en bruit de fond.

Nous prenons place près de la fenêtre qui donne sur le stationnement. Le serveur revient avec un petit carnet et un stylo, prêt à prendre notre commande. Pour moi, ce sera une soupe *tom yum*. Victoire, Tim et Jésus choisissent des plats de nouilles.

Le climatiseur en panne, l'air brûle. Même les mouches ne volent plus, elles marchent au ralenti sur le cadre de la fenêtre, sans énergie. J'avale ma soupe à petites lampées, la langue en feu, transpirant comme un ours dans une cage au zoo. Les joues cuites, je vais à la salle de bain m'asperger le visage d'eau. Le distributeur de papier brun est vide... Saloperie! Les mains humides, je retourne à la table.

Jésus a déjà terminé son repas, alors que Tim et Victoire ont à peine entamé leur assiette.

— T'es d'accord? m'interroge Jésus.

— C'est hors de question.

— *Man*, c'est un coup assuré!

— Un coup de quoi? questionne Victoire.

— Un coup de fric, ma belle. Mais ton oncle est trop abruti pour saisir l'opportunité.

— C'est vrai? elle demande en se tournant vers moi.

— Grrrrrrhhh! ajoute Tim en aspirant une nouille qui lui tape dans le front avant de disparaître dans sa bouche en trou-de-cul-de-poule.

Jésus ne tient pas en place. Ses yeux, de vraies balles de ping-pong, rebondissent partout sur les murs, sur les fenêtres, sur l'aquarium, sur le serveur et la caissière sans se poser plus d'une seconde sur le même objet. Son sang bout et sa tête surchauffe. Dans cet état, il pourrait soumettre l'univers à sa volonté tordue.

— Prends un verre d'eau, je lui dis.

— J'ai l'air d'une plante?

Le serveur nous demande si tout est à notre goût. Je remarque sur sa chemise une tache de sauce piquante rouge, une vieille tache indélébile incrustée dans le tissu. Deux nouveaux clients, un couple, font tourner la porte sur ses gonds et vont s'asseoir près de l'aquarium. Les poissons les ignorent comme ils ignorent toujours la nourriture au-dessus de leur grosse tête dodue. L'homme, d'une trentaine d'années, parle au cellulaire avec un gars visiblement très drôle. La femme, une hispanique montée sur talons hauts, mastique une gomme à s'en disloquer les mâchoires, détail relevé furtivement par le serveur dont les yeux s'immobilisent un instant sur la grosse chique bleue qui va et vient entre ses dents éclatantes. Il leur souhaite la bienvenue et leur apporte le menu. La vie c'est ça, un roulement normal d'hommes et de femmes qui entrent et qui sortent de quelque part à un moment donné.

Les veines du cou saillantes, le regard fiévreux, Jésus se lève d'un bond et règle l'addition.

— Ton père arrive ce soir.

— Je sais, tu me l'as répété vingt fois.

— Il tient une conférence de presse demain. Ce serait le bon temps.

— N'insiste pas.

Frustré, Jésus donne un coup de pied sur une chaise en se retournant. Le couple sursaute.

— Grand-papa est ici? s'écrie Victoire.

— *Man*, je te jure, ça ne peut pas foirer. Impossible!

— Pourquoi grand-papa est ici?

— Pour un combat de boxe, ma belle.

— Il est trop vieux! elle réplique en me fixant, un point d'interrogation énorme accroché dans le toupet comme une décoration de Noël dans un sapin.

Jésus pousse la porte des deux mains et sort du restaurant en jurant. Il refile deux cents dollars à Victoire et lui ordonne d'emmener Tim au spectacle de magie.

— Montez à la chambre tout de suite après, je dis.

— Vous allez voir grand-papa?

— Non.

Tim et Victoire s'éloignent, traversent la rue et s'engouffrent dans la foule de touristes chinois fraîchement descendus de l'autocar stationné devant le Stratosphere. Jésus m'empoigne par le collet et m'attire à l'intérieur d'un abribus.

— Déconne pas, c'est notre chance, *man*!

— C'est hors de question.

— Tu veux quoi? Que je dévalise une banque pour vrai? C'est ça que tu veux? Parce que si c'est ça, *man*, on va le faire, toi et moi, tous les deux! *Fuck*! *Man*, je m'en fous!

Une voiture de police ralentit à notre hauteur. Jésus, tout sourire, envoie la main au policier impassible qui détourne la tête et continue sa route.

Jésus s'assoit, soudainement épuisé.

Devant nous, un autobus placardé de publicités laisse descendre deux sexagénaires en bermuda pastel.

Je reste debout, immobile devant mon ami Jésus. Un vent suffoquant charrie dans l'air des grains de sable qui crépitent sur la vitre de l'abribus. Les touristes chinois s'enfoncent dans le casino de l'hôtel.

Jésus ne bouge pas. Toute son énergie s'est évaporée. Même son ombre sur le ciment dégage une aura de désolation déchirante.

— J'en ai marre. Tu fais ce que tu veux, ronchonne Jésus.

— …

— Déniche-toi un petit boulot merdique au salaire minimum et attends la retraite comme tous les paumés de la Terre.

— …

— Je croyais que tu avais le courage d'être heureux…

Jésus remonte sur ses jambes comme un acrobate monte sur de longues échasses de bois. Le haut de son corps penche légèrement vers l'avant. La tête basse et malgré tout le poids de l'acrimonie qui charge son âme, il tient en équilibre.

Le temps glisse sur nos carcasses désœuvrées. Quelques minutes plus tard, nous déambulons dans

Las Vegas boulevard, la Strip. Même les émotions les plus vives ne peuvent rien contre le temps. La mort de Nevada n'a pas bloqué la Terre sur son axe ; tout a continué comme si le malheur n'avait aucun impact sur l'existence.

— Ça fait un an que je planifie ce coup.

— C'est pour ça que tu es revenu ?

— J'ai besoin de cent mille dollars…

Je traîne les pieds sur le trottoir rugueux, le cœur dans les talons, tandis que Jésus me rebat de nouveau les oreilles avec sa combine de chie-en-culotte. J'aurais de loin préféré un vol de banque à ce complot lâche et sans panache. Grâce à un ami joueur de poker professionnel, Jésus a réussi à se faire inviter à un tournoi sélect d'hommes d'affaires à cent mille dollars l'entrée, payable comptant. Son fameux plan : perdre tôt afin de quitter la partie sans éveiller les soupçons et se sauver avec la cagnotte au Mexique avec la complicité du gardien de la caisse, un vieil arnaqueur que Jésus a soudoyé à prix fort.

— Argentina avait raison, tu n'es plus l'ami que j'ai connu.

— Je rembourse ton père sans délai et je te donne vingt pour cent, *man*, c'est pas rien !

Vingt pour cent du bonheur ? Cette absurdité m'arrache un sourire bien malgré moi. J'ai cru en Jésus. Je l'ai suivi et j'ai eu tort. L'excitation, les frissons, l'espoir de me maintenir dans l'état de grâce permanent de l'homme qui carbure à l'adrénaline, qui dort à poings fermés et qui vit au jour le jour, sachant que chaque minute compte pour la dernière et qu'un regard vers l'arrière suffit à provoquer sa chute irréversible, tout ça n'était qu'un leurre. J'ai joué et j'ai perdu : «*Game Over*». J'ai la conscience à feu et à sang : Jésus n'est qu'un vulgaire charlatan du bonheur.

— Mon père ne te prêtera jamais l'argent.

— Mais il te le prêtera, à toi.

— Je ne lui demanderai pas.

Jésus plonge la main dans la poche de son pantalon, laissant apparaître la crosse d'un pistolet dans l'échancrure. Un éclair mauvais allume l'iris de ses yeux noirs. Des gouttes de sueur glacée fusent de tous les pores de ma peau. Sous le soleil couchant de la ville du vice, je vais mourir d'une balle dans la nuque, mon ami va m'abattre comme un chien.

— Je comprends, lance Jésus, la mâchoire serrée.

Un clignement des paupières me ramène à la réalité. Prise deux, on reprend la scène !

— Je comprends, répète Jésus après un long silence. Je t'offrirais bien trente pour cent, mais je sens que…

Je hoche la tête.

— Alors, on se fait la banque ? il rigole.

Un rictus joyeux ou sinistre, je ne saurais dire, soulève sa lèvre supérieure. Après l'hiver, la sève remonte doucement des racines aux branches et l'arbre se remet à bourgeonner dans la tête de Jésus. Comme la carotte, le bonheur n'est jamais bien loin au bout du bâton. L'âne continuera toujours d'avancer en espérant que tombe à ses pieds la récompense.

— Putain de vie ! On sera riche une autre fois. Je te paye un verre !

Jésus hèle un taxi.

— *Man*, tu voudras plus quitter cette ville, je te le jure !

— Désolé, je ne te suis plus.

— Déconne pas ! Je connais un endroit, t'as quatre filles pour un gars et elles te font tout ce que tu veux ! C'est pas des blagues !

— C'est fini.

— *Man*...

— Cette fois-ci, c'est vrai.

Je m'éloigne d'un pas résolu, sans regarder vers l'arrière.

— Rocky ! Merde, fais pas le con !

Pour une raison que j'ignore, j'accélère le pas, comme un prisonnier en fuite. Bientôt, je cours en direction de nulle part, comme un dingue dans le corridor infini d'une maison de fous. Je bouscule quelques piétons sans ralentir la cadence. L'air chaud me cingle le front et m'étourdit. Je fonce. Toujours vers l'avant. Sans bifurquer. La Strip, bordée d'hôtels et de casinos, s'étire sur quelques kilomètres, je n'ai qu'à maintenir le cap pour aboutir dans le désert et reprendre ma traversée. Au bout de dix minutes, mes pieds brûlent comme des tisons ardents, tout comme mes poumons gonflés de monoxyde de carbone. Je ralentis, puis m'immobilise. La foule, telle la mer

Rouge, se sépare en me contournant. Les yeux au ciel, je défie le soleil. J'ai le goût de hurler, mais je refoule la rage qui bouillonne au fond de ma cage thoracique. Il y a un temps et une place pour tout. Je hurlerai une autre fois, peut-être cette nuit si la lune est pleine et si j'atteins le désert.

Les heures s'écoulent au rythme de mes pas et j'erre toujours dans la Strip, passant d'un bar à l'autre, enfilant les bières comme un entonnoir. Je bois pour me noyer, pour couper le lien avec le monde, pour adoucir les parois de la réalité contre lesquelles je ne cesse de buter. Je n'ai aucun goût pour la modération ; elle empêche de voir double et de flotter en suspension. Les gens m'ignorent et c'est très bien ainsi. Je ne suis pas le premier ni le dernier ivrogne à hanter les rues de Las Vegas. Derrière une poubelle, à la sortie du MGM Grand, mes yeux s'emplissent d'eau, mon œsophage s'acidifie et je vomis. Appuyé contre un lampadaire, je déverse à mes pieds une pâte jaunâtre qui se liquéfie, puis la source se tarit d'un coup sec. Quelques jeunes filles poussent des cris d'indignation, d'autres m'insultent. Je m'essuie la bouche le mieux possible et coupe à travers la foule. Au coin de la rue, j'arrête un taxi.

— *Get me out of the city !*

Ma course se poursuit. Bientôt, la pancarte « *Welcome to Fabulous Las Vegas* » n'est plus qu'un minuscule point lumineux au loin. Je tape doucement sur l'épaule du chauffeur avec mon index.

— *Here?*

— *Yeah.*

—*There's nothing around…*

— *I don't care.*

Je lui remets une poignée de dollars fripés qu'il défroisse en les étirant, le salue et le regarde filer. Le désert à mes pieds, il ne me reste plus qu'à marcher.

L'air fraîchit. À environ un kilomètre de l'autoroute, j'enjambe une clôture de barbelés, déchire mon pantalon et m'égratigne l'intérieur de la cuisse gauche. Quelques gouttes de sang perlent à la surface de ma peau moite. Depuis ma fuite, je n'ai pas regardé une seule fois derrière moi. Peut-être Jésus me suit-il? Je me retourne d'un bond. Personne. Devant moi, la noirceur, un mur opaque sans fenêtre. Les montagnes ont disparu tout comme l'autoroute. Le désert me réduit en solitude. C'est ce que je recherchais. Je suis loin, presque au bout de la terre, là où le ciel touche le sol et où les oiseaux ne se posent pas. Seul le murmure sourd des moteurs au loin berce mon imagination qui reprend du service. Perdu dans l'immensité, dans un territoire hostile, une terre prête à me consumer, le ciel me réconforte. Je m'assois sur le sol desséché, les bras ballants le long du corps, et je replie mes jambes dans la position du lotus.

Un frisson me secoue l'échine.

Les terribles reproches de ma nièce frappent à ma conscience comme les tambours du jugement dernier : «C'est ta faute si Nevada est mort! C'est ta faute si Jeanguy est comme ça…» La lune est pleine, mais mes cordes vocales n'ont plus la force de hurler. Je sanglote comme un bébé. Mes larmes humectent le sol, mais cette pluie acide n'engendrera rien. Sur la voûte céleste, les étoiles s'illuminent une à une comme mille projecteurs braqués sur moi. Assis sur la scène du Grand Théâtre de la vie, je joue la tragédie, mal à l'aise dans la peau de ce personnage qui me ressemble mais dont le discours incohérent et les gestes inconséquents m'échappent. Un grand vide m'entoure et m'emplit.

12

Le soleil se lève et j'ouvre les yeux, le visage contre la poussière. Des corbeaux croassent au loin tandis qu'un vent chaud soulève mes cheveux. Une fourmi grimpe sur mon nez et remonte le long de l'arête jusqu'à mon front. Je l'écrase d'un geste lourd. Fin d'une existence. Il est cinq heures du matin, pas un nuage dans le ciel. Le paysage stagne, impassible. La langue pâteuse et les muscles endoloris, je me redresse péniblement. Las Vegas pointe sa tête au-dessus du désert à une distance de trois cents années-lumière… Il me faudra traverser le temps, traverser l'univers, un trou noir…

Je serre une poignée de sable brûlant dans ma main et la lance vers Las Vegas qui repose en équilibre sur la ligne d'horizon. Le sable jaune décrit une courbe dans l'air, puis retombe en poussière. Frappés de plein fouet par les rayons solaires, les cristaux étincellent. Le médecin m'a pourtant bien averti de prendre garde au soleil, le temps de me remettre complètement du coup de chaleur qui a failli me tuer. Mon rire éclate dans l'immensité comme une détonation de dynamite. Une forte sensation de puissance me bombe le torse. Ma voix porte jusqu'à l'infini ! Mais ma cervelle n'a rien à dire... Alors je crie comme hier j'aurais dû le faire sous la lune. Je me reprends aujourd'hui, car il n'est peut-être pas trop tard.

L'air sec pénètre mes poumons par saccades. Après quelques minutes de course haletante, une douleur stridente me vrille la poitrine. Ma vie s'est transformée en film catastrophe. Mon père se prend pour Rocky Balboa avec son retour insensé sur le ring et moi, je m'ébats contre la mort dans l'univers hostile de Mad Max. Je ralentis pour reprendre mon souffle, mais sans m'arrêter. Je pose un pied devant l'autre. Parfois un pas de travers, parfois un pas en arrière, mais toujours en direction de l'autoroute.

Le soleil monte à angle droit au-dessus de ma tête tandis que Las Vegas se rapproche à pas de tortue. Ma traversée du désert prendra bientôt fin. Je l'espère.

Une heure plus tard, le soleil me crache toujours sur la tête, mais j'ai atteint l'asphalte. La civilisation a une odeur de goudron... Le trafic reprend et j'étire le pouce. Dix minutes plus tard, un camionneur m'accepte en auto-stop et m'emmène jusqu'aux abords de la ville. La fameuse pancarte me souhaite de nouveau la bienvenue.

Au bout de la Strip, le Stratosphere n'a pas bougé d'un centimètre. Plantés dans le sol, les monuments offrent à l'humanité l'illusion réconfortante de sa pérennité. Même la gomme à mâcher doit durer longtemps! Je poursuis ma marche. L'inquiétude d'avoir laissé Victoire et Tim seuls à eux-mêmes dans cette ville bouffeuse d'âmes me maintient debout contre la fatigue qui menace de me terrasser à tout moment. Mes papilles gustatives asséchées éclatent comme les bulles en plastique d'un papier d'emballage que l'on presse entre l'index et le pouce. Une halte s'impose. J'achète une bouteille d'eau à un marchand de crème glacée qui circule en pousse-pousse. Quelques pas plus loin, j'ouvre la bouteille. Le doux liquide coule sur ma langue et apaise mes papilles. Le soleil, fidèle à son poste au-dessus des immeubles, me bouscule les idées. Tout près du Cæsars Palace, une affiche géante annonce le combat de mon père qui se tiendra la semaine prochaine. Le cœur enfoncé dans l'estomac par une main invisible, je jette la bouteille en plastique vide dans une poubelle, le regard accroché à l'affiche. «*The Battle of the Ages!*» L'expérience contre la jeunesse, la volonté contre la fougue! Je dirais plutôt la folie contre l'ambition. Aux âmes démesurées, peu importe le nombre des années. La passion brûle les cervelles sans discrimination. Il suffit de trouver son poison…

Arrivé enfin au Stratosphere, je me faufile jusqu'à l'ascenseur et monte à notre chambre. J'insère la carte magnétique et tourne la poignée. La petite lumière rouge de la serrure s'allume: la porte refuse de s'ouvrir. J'essaie de nouveau. Même scénario. Frénétique, j'agite la poignée à deux mains.

Rien à faire. Je frappe trois coups secs sur la porte avec mon index replié. Toujours rien. Je jette un coup d'œil à l'extincteur ainsi qu'à la hache à incendie derrière la vitre de la station de secours dans le corridor et envisage brièvement de tout casser. Je balance un coup de pied désespéré contre la porte, puis sort le coude dans l'intention de fracasser la vitre de la station d'urgence. À ce moment, une femme tout empesée de sommeil émerge dans le cadre de porte. Je la plaque contre le mur et me précipite à l'intérieur de la chambre.

— Tim ? Victoire ?

Une femme nue, adossée à la tête du lit, les jambes contre la poitrine, me tient en joue.

— Où est Jésus ?

— *Get out !*

Je fonce dans la salle de bain. Personne ! Merde ! L'autre fille se réfugie tout contre sa copine dont les mains se mettent à trembler.

— Ça suffit ! Où sont mes amis ? je hurle.

— *Get the fuck out !*

La fille qui m'a ouvert, une blonde joufflue au teint rosé, sanglote et renifle convulsivement. L'autre, une brune aux cheveux courts et aux épaules tatouées, celle dont le doigt nerveux cherche la gâchette, pousse des petits gémissements aigus comme des piaillements d'oiseau effrayé. Des larmes grosses comme des billes se bousculent sur ses joues creusées par l'angoisse. Son corps se crispe sur la gâchette.

— Où sont mes amis ? je marmonne.

— *Get out*… elle répond en hoquetant.

J'obéis.

À la réception, j'apprends que Jésus, Tim et Victoire ont libéré la chambre ce matin. Épuisé, tenaillé par la faim, je m'écrase dans un fauteuil en cuir. Qu'est-ce qui se passe ? Où sont-ils ? Jésus n'a pas laissé de note… Pourquoi ?

Sur le babillard, un format réduit de l'affiche du combat de mon père me rappelle qu'il donne une conférence de presse ce soir à dix-neuf heures au Cæsars Palace. Je regarde ma montre : il est dix-sept heures trente ! Je fouille dans mes poches et sort l'une de mes cartes de crédit. J'ai besoin de nouveaux vêtements et surtout de manger !

À l'étage où se trouvent les magasins et les restaurants, je m'achète des sous-vêtements, un jean, une chemise de coton vert, des bas et des souliers en cuir noir. J'avale en vitesse deux hot-dogs tout garnis et une boisson gazeuse avant de me lancer au pas accéléré sur le trottoir en direction du *Cæsars*. Depuis quelques heures, j'ai des palpitations. Mon cœur bat en rafales, comme une mitraillette.

La conférence de presse a lieu dans le hall d'entrée. Amassée devant une longue table, la foule de journalistes et de curieux s'impatiente. Des caméras de télévision tournent déjà les images des partisans de chacun des combattants qui scandent le nom de leur favori. Je pénètre à l'intérieur, faux papiers en main. Un garde de sécurité m'arrête.

— *Éric Gagnon ? You're from Quebec ?*

— *Yes.*

Il m'indique d'avancer. Mon père fait alors son entrée sous les acclamations de la foule. Il a perdu du poids. Beaucoup. Mais ses yeux sont vifs. Tel un poisson que le pêcheur remet à l'eau, mon paternel retrouve son élément. Le bonheur coule dans ses veines. Grand-papa Furious l'accompagne. À l'évidence, le vieil homme n'a pas su empêcher son poulain de remonter sur le ring. De toute façon, c'était là une tâche impossible. Tout à coup, une image me disloque la conscience ! Sous la force de l'illumination, mes genoux plient. J'éprouve un profond malaise. Où sont les enfants ? Je scrute la foule à leur recherche. Ont-ils fait le voyage avec Furious ? Sur la gauche, derrière un rideau, j'entrevois Sophie, debout, le port altier, les bras croisés. Son regard dur plane au-dessus de l'auditoire. Je baisse la tête. Je suis soulagé et démoli à la fois. Les enfants sont en sécurité, mais ma fin approche. Argentina apparaît, suivie de Cléo et de Nobel qui débordent d'excitation. Toute la famille est réunie... Sauf Jeanguy qui attend son procès à la maison... Sauf moi... Sauf Victoire... Merde ! Savent-ils que nous sommes ici ? La police est-elle à nos trousses ?

À son tour, l'adversaire de papa, Terence «The Panther» Jackson vient s'asseoir à la table. Un tonnerre de huées entremêlées de hourras retentit.

Une longue main sèche aux ongles jaunis me saisit par l'épaule.

— *Don't move*, grince une voix éraillée, sans tonus. *Your niece and the retard are with us.*

— *Here?*

— *Jesus wants to talk to you.*

D'une poigne en arêtes de poisson, l'homme, qui empeste la cigarette, me conduit à la sortie. Je n'ose pas regarder par-dessus mon épaule de crainte de tomber face à face avec un squelette.

— *Get in!* ordonne le spectre.

Une odeur de cigare et de marijuana flotte à l'intérieur du Hummer. Jésus, les cheveux léchés vers l'arrière, une chemise blanche ouverte sur son torse aux poils noirs et frisés, les pupilles dilatées, me tend la main pour m'aider à monter. La lourde porte se referme derrière moi sous la poussée du mec décharné, provoquant un vide d'air momentané. La croix, au bout du chapelet qui pend sous le rétroviseur, oscille. Devant, le chauffeur, une espèce de nuque rasée sans tête, un morceau de béton en veston noir et aux épaules en charpente de porte, tète un cigare de la taille d'une batte de baseball. Un pistolet repose sur la banquette entre Jésus et moi.

— T'as une gueule de déterré, prononce Jésus, la mâchoire serrée.

— Qu'est-ce qui se passe? Où sont Tim et Victoire?

— T'aurais dû venir avec moi, je me suis éclaté toute la nuit avec des filles de la mort, *man*, des salopes top sexy, je te jure.

— Où sont Tim et Victoire!

— M'énerve pas, Rocky, répond Jésus en posant la main sur le pistolet.

Jésus prend une longue pause. Il humecte ses lèvres et reprend :

— Ils sont en dehors de la ville.

— Je veux les voir.

— D'accord.

— C'est vrai ?

— Bien sûr. Mais avant, tu dois m'obtenir cent mille dollars.

Je crache à la figure de Jésus une glaire vert pomme. L'obus explose dans son front comme une roche lancée au milieu d'un lac. Un éclair traverse ma vision et un craquement sinistre m'horrifie. Je crache de nouveau, mais cette fois-ci une dent, qui atterrit au fond de ma main pleine de sang. Jésus brandit le pistolet au-dessus de ma tête, prêt à le rabattre sur mon crâne si j'insiste. Il s'essuie avec un mouchoir de soie que lui tend le chauffeur. Sur un ton d'halluciné devant les portes du paradis, Jésus se penche sur moi :

— Rocky, tu vois, c'est ça, la différence entre toi et moi. Moi, je connais la valeur du bonheur. Il me faut cent mille dollars. Apporte-moi mon argent. Après, tu fais ce que tu veux. Tu peux reprendre ta petite routine merdeuse là où tu l'a laissée si ça te chante. T'es libre, *man*.

~

Je descends du Hummer et tombe nez à nez avec Sophie. Je glisse aussitôt ma dent cassée dans ma poche. Sophie me dévisage, les narines palpitantes. Un nuage effiloché s'étend à l'infini au-dessus de nos têtes. Le vent s'est arrêté de souffler et une fine poussière flotte en suspension dans l'air. Je voudrais fuir, mais le Hummer est déjà trop loin pour que je cours m'y réfugier.

— C'était Jésus?

— Oui.

— Tout est fini?

— Il détient Victoire et Tim.

Sophie pâlit jusqu'à la transparence. Je m'approche.

— Ne me touche pas!

— Sophie...

— Tu sais ce que tu m'as fait endurer? J'étais morte de peur... Un policier m'a appelée à Paris pour me raconter que Jésus t'avait kidnappé! Toi et Tim... Une histoire de dingue! J'ai pris le premier avion. Je pensais... les enfants... s'il est arrivé quelque chose aux enfants, je...

Je me rapproche d'elle un peu plus.

— Ne me touche pas, j'ai dit!

— J'ai besoin de cent mille dollars...

Sophie éclate en sanglots.

— Je vais tout arranger, je te le promets.

Je prends sa main dans la mienne, mais Sophie me repousse aussitôt et se sauve dans l'hôtel. Nous nous quittons d'un commun désaccord.

Je suis un con, le dernier des cons... mais ça peut s'arranger. Tant qu'il y a de la vie, il y a des cris et des pleurs... Mais aussi des sourires. Peut-être en reste-t-il encore quelques-uns pour moi ?

La foule se disperse dans le hall du Cæsars Palace tandis que mon père signe un dernier autographe sur les gants de boxe d'un jeune adolescent au nez plat. L'homme est dur, sa volonté implacable, et pourtant ses traits dégagent une profonde tendresse. Je me souviens de son souffle magique qui guérissait les éraflures, de ses chatouilles qui effaçaient les grosses peines.

Nobel m'aperçoit et se jette dans mes bras.

— Papa ! il crie en enfouissant sa tête sous mon aile.

C'est tellement bon de le serrer contre moi.

— C'est vrai que t'es viré fou ?

— Bien sûr que non, je réponds en souriant.

— Tu vois, c'est pas vrai, il ajoute en direction de sa sœur. Eh ! T'as perdu une dent !

Par réflexe, j'enfonce le bout de ma langue dans le trou béant laissé par ma dent cassée. Cléopâtre se dandine à deux mètres de moi, les mains dans les poches. J'ouvre les bras.

— Je me suis ennuyé de toi, je dis.

Cléo hésite. Ses yeux se mouillent, puis elle vient me rejoindre. Je caresse ses cheveux du bout des doigts. Ma petite fille... Mon petit garçon... Si fragiles. Le décor s'effondre. De l'hôtel et de Las Vegas, rien ne reste plus que mes deux enfants blottis dans mes bras. La vie palpite dans leur cœur. Ils sont vivants. Sous mes yeux, dans mes bras, je les sens, je les touche.

Je pleure.

— Pourquoi tu pleures, papa?

— Pour rien...

Je les serre plus fort. Tout est à refaire avec Sophie, Argentina et Jeanguy...

Mon père s'avance vers moi.

— Tu vas être dans mon coin le soir du combat? il demande.

— Si j'avais les bons arguments, tu renoncerais à ton retour?

— Tu m'as déjà vu renoncer à combattre?

— Alors, j'y serai.

Mon père passe son bras autour de mes épaules et fait un clin d'œil à Nobel et à Cléo. J'ai soudain une pensée d'enfant: tout va bien aller, papa est là...

Tout le clan s'avance vers moi, sauf Jeanguy. J'imagine qu'on ne laisse pas aisément sortir du pays un exalté qui voulait s'éclater à la dynamite. Avant que le reste de la tribu ne nous rejoigne, un policier américain m'intercepte.

— *Mister Surprenant, please follow me.*

— Que se passe-t-il? interroge mon père, les traits du visage tordus d'inquiétude.

— Papa, pourquoi la police t'arrête? crie Nobel.

— Je reviens tout de suite, fiston.

— Où est Victoire? gémit Argentina, me tirant par le bras.

— Je vais tout arranger... que je marmonne en me laissant emmener par le policier.

Au commissariat, le policier me conduit dans un bureau beige sans fenêtre. Un dossier repose sur la table éclairée par un néon suspendu au plafond. L'inspecteur Garcia, un petit homme bedonnant aux doigts poilus, entre et s'assoit. Il ouvre le dossier à l'aide de son gros index rond. Sa voix est douce et ronde, comme lui. Son anglais, teinté d'espagnol, s'écoute comme une berceuse.

— J'ai besoin de votre déposition pour compléter le dossier.

— Jésus... je balbutie, il garde en otages ma nièce, Victoire Surprenant, et un ami, Tim McLellan.

— Vous vous êtes échappé ? demande l'inspecteur sans lever la tête.

— Jésus exige que je lui apporte cent mille dollars.

— En échange de votre nièce et de votre ami ?

— Oui.

L'inspecteur Garcia se lève en grimaçant. Il arque le dos pour faire craquer ses vertèbres.

— Une vieille blessure, il dit en se rassoyant.

Mes mains moites laissent une trace de buée sur la table quand je les ramène vers moi.

— Racontez-moi ce qui s'est passé depuis votre enlèvement.

Sans savoir pourquoi, mû par une force irrésistible, le désir furieux de me libérer de mes angoisses, comme un barrage qui cède, je déballe mon histoire à cet inconnu, toute mon histoire. À un rythme effréné, sans lever les yeux, sans pause et sans me soucier de l'intérêt de mon interlocuteur, de ma naissance à aujourd'hui, je ne néglige aucun détail, sauf la vérité de ma fuite volontaire avec Jésus avant que tout tourne au cauchemar. Je relate mon enfance de jeune prodige, les combats de mon père, la mort de ma mère, le mariage de Jésus et d'Argentina, mes débuts en astrophysique, la naissance de mes enfants, mon travail de comptable, Jeanguy, la mort de Nevada, le retour de Jésus, Tim, notre arrivée à Las Vegas, mon amour pour mes enfants, mon désir brûlant de reconquérir ma femme, ma volonté de me racheter auprès de Jeanguy, je n'oublie rien. Je mentionne même Pourquoi-Pas, le chat des enfants. L'inspecteur Garcia prend des notes. Pendant deux heures, je me vide le cœur. Cette paire d'oreilles opportune m'écoute et ça me fait un bien immense. Je termine mon soliloque soulagé.

— Voilà, je vous ai tout dit.

— Donc, vous n'avez pas la moindre idée où Jésus peut cacher votre nièce et votre ami ?

Le ton banal avec lequel l'inspecteur pose sa question me pétrifie. Je ne lis aucune émotion sur son visage blasé, aucune empathie. La routine l'a tué. Trop de crimes, trop de dossiers, trop de journées interminables comme celle-ci, quelque chose s'est disloqué en lui.

— Nous allons tout faire en notre pouvoir pour les retrouver. Dès demain, il ajoute, sans conviction.

— Et ce soir, vous ne faites rien?

L'inspecteur esquisse un léger sourire qui m'ébranle. Il me trouve ridicule.

— Les patrouilles ont le signalement du suspect ainsi que celui de votre nièce et de votre ami. Il est minuit, il n'y a rien que nous puissions faire de plus ce soir. Revenez demain. Nous planifierons l'intervention.

L'inspecteur Garcia referme le dossier et me reconduit à la sortie.

Je fonce à l'hôtel.

À la réception, je demande le numéro de la chambre de mon père. Le commis en profite pour me remettre une enveloppe que j'ouvre immédiatement. Un numéro de téléphone y est inscrit. J'appelle aussitôt.

— *We said no cops*, déclare calmement la voix râpeuse qui m'a poussé dans le Hummer plus tôt ce soir.

— *I want to talk to Jesus!*

Un silence. Quelqu'un prend le combiné.

— Jésus?

— Apporte l'argent dans deux heures au premier étage du stationnement du Paris-Vegas, section M.

— Merde! Comment je fais pour trouver l'argent à cette heure?

Il raccroche.

Sans perdre un instant, je me précipite à la chambre de mon père. Je laisse partir une décharge de coups de poing vifs contre la porte.

— Papa, c'est moi !

Les yeux sévères, il ouvre et me fait signe d'entrer.

— J'ai besoin de cent mille dollars.

— Assieds-toi.

— Pas le temps !

— Quelle heure il est ?

— Je ne sais pas… tard.

— Assieds-toi.

— J'ai besoin de l'argent tout de suite !

Mon père pose sa grosse main lourde sur mon épaule et m'oblige à m'asseoir dans le fauteuil au fond de la chambre.

— C'est vrai que Jésus t'a kidnappé ?

Papa resserre sa poigne. Légèrement. Comme quand j'étais petit et que je refusais d'écouter. Il est le chien dominant ; moi, le chiot dominé. Je baisse les yeux. La honte, comme une bouffée de chaleur, m'étourdit et je vacille.

— Je me suis enfui avec lui, je réponds.

Pensif, mon père frotte ses vieilles jointures usées.

— Ça a mal tourné, j'ajoute.

Près du lit, le climatiseur bourdonne comme un taon soûl.

— Sophie m'a averti que tu avais besoin d'argent, renchérit mon père, qui me tourne le dos et va chercher une mallette noire près de la table de chevet.

— Il y a cent mille dollars ?

— Tu fuyais quoi ?

— Je ne sais pas… quelque chose…

Papa me remet la valise.

— Ramène-nous Victoire.

— Jésus m'a promis qu'il te rembourserait.

— Ramène-nous Victoire.

~

La mallette en cuir sous le bras, j'avance d'un pas incertain entre les colonnes de béton. Désarticulé par l'angoisse, les poumons en feu, j'ai l'impression de respirer par une paille. Soudain, derrière moi, j'entends des éclats de voix. Elles proviennent des ascenseurs. Un nœud se noue dans mes entrailles. Quelques instants plus tard, ce qui reste de ces éclats, des murmures à peine audibles, s'évanouit dans l'ombre. Le silence, bercé par la rumeur de la ville à l'extérieur, resserre son étau sur l'obscurité que mordille par intermittence un vieux néon défectueux. Section K. Je pénètre plus profondément dans le ventre du stationnement, cet ogre avaleur d'acier. L'odeur d'essence, qui plane au ras du sol, m'irrite les narines. Tout jeune, j'aimais plonger dans le nuage blanc que crachait le pot d'échappement de la vieille Chrysler brune de mon père et humer la fragrance corsée de l'essence. Désormais, cette odeur charriera dans son sillon des effluves d'amertume et d'angoisse oppressante. Section L. Mes pas résonnent comme des rots à l'intérieur de ce gigantesque estomac de bitume et de ciment. J'accélère pour en finir au plus vite avec Jésus et mon rendez-vous manqué avec le bonheur. Section M. Devant moi s'étend le vide sur une centaine de mètres. L'allée, séparée en deux par une ligne jaune, bifurque vers la gauche et disparaît entre deux colonnes.

J'appréhende le pire.

Au bout d'une minute, une moto surgit du fond de l'allée et fonce sur moi. Elle opère un dérapage contrôlé et immobilise sa roue arrière à quelques centimètres de mes pieds. Mon cœur rue contre mes côtes. Le motard me tend un casque et me fait signe de monter.

J'obéis.

Le bolide rugit et s'élance hors du stationnement. Je me cramponne de toutes mes forces à l'inconnu. Nous empruntons la Strip, puis nous tournons à droite dans une rue perpendiculaire dont je n'ai pas le temps de lire le nom. Nous roulons à toute allure pendant de longues minutes. Soudain, le motard ralentit, tourne à droite et donne un coup d'accélérateur jusqu'à la prochaine intersection. La lumière passe au vert, un autre coup d'accélérateur, un virage à gauche quelques rues plus loin, puis nous débouchons dans une rue bordée de maisons unifamiliales. Nous sommes dans le Las Vegas résidentiel. Ici, le monde dort.

Arrivés devant une maison en brique à pignons multiples, l'inconnu lève sa visière et m'ordonne de descendre. Je reconnais la voix de tronçonneuse de l'acolyte de Jésus. Une lampe allumée dans le salon projette une ombre dans les rideaux de la fenêtre. Je distingue la silhouette de Jésus. Le fantôme casqué me pousse vers l'entrée. Jésus, en camisole et en jean, apparaît dans l'embrasure de la porte, une bouteille de whisky à la main.

— T'as l'argent?

Je lui montre la mallette.

— Entre.

— Où sont Victoire et Tim?

— Fais voir l'argent.

Jésus attrape la mallette et la tire vers lui. Les muscles de mon bras se tendent. À l'instant, le disciple botté de cuir m'assène un violent coup de casque sur le bras; je lâche prise en poussant un cri de douleur. Jésus s'éloigne avec la mallette et l'ouvre sur la table de la cuisine.

— ¡ *Muy bueno, amigo!* Je t'offre un coup!

— Je veux voir Victoire et Tim.

— Relaxe, *man*, ils dorment.

— Je veux les voir tout de suite!

— C'est ton père qui t'a donné l'argent?

Je hoche la tête.

— Je vais le rembourser, t'inquiète pas.

— Tu as ce que tu veux, laisse-nous partir.

— Prends un verre avec moi. À l'amitié!

Jésus cale son verre de whisky, le remplit à ras bord et me le tend.

— Bois.

— À quoi tu joues?

— Casse-moi pas les couilles, bois!

Je siffle le verre. L'alcool glisse comme une coulée de lave dans mon estomac. Je toussote et crache des flammèches.

— T'es mon ami, Rocky. Le seul.

— Et lui?

— Fuzzy? Je le paie.

Fuzzy, debout devant la télévision, zappe pour trouver une émission à son goût tout en s'allumant une cigarette. Il nous ignore.

— Pourquoi tu viens pas au Mexique avec moi? Oublie le vingt pour cent, je te donne la moitié! Imagine un peu la vie qu'on va mener! Le soleil, les filles, la *fiesta* à tous les jours! *Fuck, man!*

— Ça ne m'intéresse plus.

— Tu sais, je suis pas un salaud, reprend Jésus après une pause.

— Je sais pas…

— On a passé du bon temps ensemble, non?

Je hausse les épaules. Jésus fixe la bouteille de whisky un long moment.

— C'est pas une vie être pauvre. Quand t'es dans un trou et que t'essaies de t'en sortir et qu'on te jette de la terre sur la tête pour t'enterrer vivant, un jour t'en as assez. L'humiliation… T'as pas idée comment ça fait mal. Mais ce qui ne tue pas rend fort! Hein? T'endures, t'endures, puis un jour tu te dis: «Merde! ça rime à quoi cette chienne de vie? *Fuck*, c'est à mon tour!» Et là, il y a plus rien pour t'arrêter. Plus rien.

Jésus, la colère au ventre, se verse un autre verre de whisky et le cale d'un trait. Fuzzy s'est allongé sur le divan et regarde une émission policière.

— Viens avec moi au Mexique.

— Désolé…

— *Fuck, man!* Qu'est-ce qui te retient? Je te donne la chance de repartir à zéro, d'effacer tout et de recommencer. C'est pas ce que tu veux, une chance d'être heureux?

Je garde le silence. Tout effacer? Je revois la petite tête de Nevada s'enfoncer dans l'eau noire de l'Ashuapmushuan. Ce jour-là, j'ai cessé de vivre…

— Je t'offre une nouvelle vie, il insiste.

L'idée de Jésus ressuscitant les morts-vivants me tente, mais…

— On ne vit qu'une seule fois, Jésus.

Jésus esquisse un sourire.

— Victoire et Tim dorment à l'étage, il conclut en pointant l'escalier, la bouteille de whisky pendante au bout du bras.

Je grimpe les marches deux par deux, impatient de les retrouver sains et saufs. Jamais je n'aurais pu encaisser le traumatisme d'un nouveau malheur. J'ouvre délicatement la porte de la chambre où dort Victoire. À pas feutrés, je m'approche du lit.

— Nous rentrons? elle murmure.

— Je croyais que tu dormais.

— Non. Je pensais à des trucs.

Victoire redresse le haut du corps et s'appuie le dos contre le mur. De la main, elle dégage les cheveux de son visage, dévoilant ses yeux gonflés. Je lui caresse le front.

— Tu as pleuré?

— …

— À cause de Jésus? Il t'a fait mal?

— Non… J'ai cru que tu ne reviendrais pas…

— …

— Je veux rentrer à la maison.

Victoire colle sa tête contre ma poitrine. Ses larmes mouillent ma chemise.

— C'est fini…

— Je veux voir maman et papa.

— C'est fini… Habille-toi, nous partons retrouver ta mère à l'hôtel.

— Et papa?

— Il t'attend à la maison, ma grande.

— Comment il va?

— Il a sûrement très hâte de te revoir.

Je laisse Victoire se vêtir et me dirige vers la chambre de Tim. Une lueur chatoyante rampe sous la porte de la pièce au fond du corridor, bigarrant le plancher à mes pieds. Une musique rythmée de jeu électronique ponctuée d'effets sonores soulignant les actions de Mario Bros égaie Tim qui réussit tant bien que mal à diriger le petit plombier moustachu dans la bonne direction. Lorsqu'il m'aperçoit, Tim pousse un grognement de surprise et de bonheur. J'ai beau maudire Jésus, il avait raison, le grand air a fait le plus grand bien à notre copain. Ou plutôt cette foutue adrénaline… Cette drogue de la vie que

Jésus nous a administrée en surdoses, comme un traitement choc. Elle a sauvé Tim. Le mot n'est pas trop fort.

— Viens, Tim, on s'en va, on rentre à la maison.

Son sourire s'estompe de manière incompréhensible. Il lance la télécommande dans un coin et se croise les bras. Croyant qu'il m'en veut de l'avoir laissé seul avec Victoire et Jésus, je lui demande pardon. Tim se renfrogne et grogne. Je tente de le raisonner.

— Grrrrh.

Rien à faire.

— Tu ne veux pas venir avec moi?

Dix minutes plus tard, il rompt enfin le silence radio. Avec difficulté, il émet un bruit qui ressemble vaguement à un mot.

— Ppbbeeeeuuuurrrhh...

— Je ne comprends pas...

Il hoquette, la voix étranglée par un sanglot qu'il réprime au fond de sa gorge.

— Ppbbeeeeeuuuuurrrr...

— Tu as peur?

Las et exaspéré, il fait signe que oui.

— Tu n'as pas à avoir peur, voyons, tout est fini, nous rentrons chez nous! je réplique, joyeux et fier de le réconforter.

Tim baisse les yeux. D'un doigt, il étire son pantalon, puis l'élastique de son sous-vêtement. Sur une étiquette collée au fer chaud, je lis: «Institut psychiatrique Jouvenelle». La vérité m'explose le crâne. La maison, pour lui, c'est la prison : une chambre beige meublée d'un lit qui grince et d'une télévision de treize pouces. Je prends mon ami par les épaules.

— Je te le promets, tu n'y remettras plus les pieds.

Le sang recommence à circuler et son visage reprend sa teinte rosée. Tim se lève, prêt à partir.

— Mais avant, je vais avoir besoin de toi.

13

Tim donne une gorgée d'eau à mon père tandis que grand-papa Furious lui masse les épaules. Un garde de sécurité, casque d'écoute sur la tête, ouvre la porte du vestiaire et nous fait signe d'avancer. Prêt à assommer un bœuf, papa tape ses poings l'un contre l'autre et se met en marche. « *All abord !* » La chanson d'Ozzy Osbourne, *Crazy Train*, retentit dans l'amphi-théâtre et embrase la foule hurlante d'anticipation.

Des milliers de chauves-souris tournoient dans mon ventre.

Durant ses années de gloire, mon père s'engageait dans l'allée menant au ring tel un prédateur souple et féroce. Ce soir, les tempes grises, des rides au coin des yeux, la chair vieillie, le corps lourd, il ressemble à un vieux panzer allemand, tank redoutable à son époque, mais aujourd'hui désuet. Malgré sa force brute, sa carrure de cheval de trait, je n'ai jamais vu papa aussi vulnérable. Pourtant, il déborde de joie. Ozzy a raison : mon père est un train fou.

Plus nous approchons du ring, plus papa sourit. La foule le galvanise ; il rajeunit à chaque pas. Nous remontons dans le temps à une vitesse foudroyante. Bientôt je retrouve le pugiliste vif et puissant qui a malmené les plus grands boxeurs de sa génération. Je revois Carlos Monzon se tordre de douleur, encaissant ses terribles crochets au corps. Je revois Marvin Hagler, inquiet, lancer une combinaison de coups violents à la tête de mon père qui ne bronche pas et continue de foncer sur lui comme un pitbull. Je revois la hargne dans le regard de papa, la détermination, mais surtout le bonheur! Je dois y croire. Peut-être reste-t-il encore en lui ce fameux dernier combat dont parlent les experts?

À une dizaine de mètres du ring, retrouvant l'agilité de ses vingt ans, papa accélère et saute par-dessus les cordes. La foule explose! Mes doutes s'estompent. Je crois en toi, mon père tout puissant. Au centre du ring, Punching Ray, la légende vivante, salue ses admirateurs qui applaudissent à tout rompre. Une fierté immense me soulève. J'embrasse mon père. Son adversaire, Terence The Panther Jackson, tapi dans le coin bleu, hagard, semble regretter son choix de carrière. L'événement le dépasse et sape sa confiance. La soirée facile qu'on lui avait promise, un petit combat aisé contre un vieux fini, prend les proportions d'un affrontement épique pour lequel il n'est pas préparé. Avec cette foule électrique qui crie sans relâche son amour pour mon père, je mesure toute l'ampleur du désarroi qu'il a dû vivre le jour où il a accroché ses gants. Soutenu par une telle ferveur populaire, je comprends qu'il est impossible pour un boxeur vieillissant de ne pas souhaiter un retour sur le ring. Après avoir consacré sa vie à donner et à recevoir des coups, on ne désapprend pas à un vieux boxeur à grimacer de douleur.

Pour réduire les risques de coupure, grand-papa Furious enduit le visage de papa de gelée de pétrole. Au centre du ring, l'annonceur Michael Buffer attrape le micro descendu du plafond et prononce son fameux «*Let's get ready to rumble!*» Les pugilistes sont prêts à se jeter l'un sur l'autre. La foule exaltée rugit, provoquant une onde de choc qui secoue le Cæsars Palace.

J'aide papa à retirer son peignoir, les mains tremblantes comme si j'étais celui qui devait se battre. Tim, trépignant de joie et d'angoisse, rince le protecteur buccal et le met dans sa bouche.

— Tim...

Il me regarde, les yeux ronds, sans comprendre.

— Le protecteur buccal... Donne-le à papa.

Tim cligne des yeux à quelques reprises, comme pour chasser une vision du passé, puis revient à lui.

— Ohhhh! il bafouille en rinçant de nouveau le protecteur.

— Ce n'est rien, répond mon père.

— Grrrroui... il rétorque en introduisant la pièce d'équipement dans la bouche de papa.

— Merci.

Je dois être pâle comme un fantôme albinos.

— Ça va? me demande grand-papa Furious.

— Papa va gagner! je gueule.

Au même moment, Michael Buffer termine la présentation de Terence The Panther Jackson. J'apprends que le jeune est originaire de l'Arkansas et qu'il a gagné une médaille de bronze aux derniers Jeux olympiques. Depuis, il a accumulé vingt victoires professionnelles, dont douze par knock-out. Le petit salaud n'a aucune défaite. Son nez semble intact et son visage est exempt de cicatrices. Lorsque Buffer claironne son nom, ses partisans, éparpillés parmi les spectateurs grisonnants, l'ovationnent sous les huées des inconditionnels de Punching Ray.

Les veines du cou gonflées, Buffer hausse la voix: «*In the red corner...*» La foule se lève d'un bond. J'ai des frissons. «*From Verdun, Canada...*» Les cris et les applaudissements submergent les paroles de l'annonceur qui refont surface par inter-mittence. «*A future World Boxing Hall of Fame inductee, Ladies and Gentlemen, Punching Ray!*» Les poings au ciel, le candidat à l'intronisation au Temple de la renommée domine la foule du regard tel un roi sur son champ de bataille. À ses côtés, nous paraissons minuscules. Quelques géants ont parcouru le monde. Mon père est de ceux-là.

— Respire, mon fils, tu ne te rendras pas au douzième round, me chuchote papa à l'oreille, la voix enjouée.

L'arbitre invite les deux boxeurs au centre du ring. Mon père a toujours soutenu le regard de ses adversaires. Il raconte que l'on peut juger la détermination d'un homme selon l'intensité de son regard. Tout passe par les yeux : la colère, la douleur, la joie, la peur, l'amour. Il suffit d'observer pour bien lire. Le jeune baisse les yeux et fixe le plancher. Mon père déteste ce genre d'hypocrite, lui qui a toujours joué franc jeu. C'est d'ailleurs pourquoi on le craignait tant. Ses adversaires savaient que jamais il n'abdiquerait, jamais il ne cesserait de les frapper de toutes ses forces, sans relâche, sans fléchir, sans ralentir. Dans les yeux de Monzon, mon père avait vu la rage de vaincre, la détermination, mais aussi une violence incontrôlée, une brèche dans son armure. Dans ceux de Hagler, la dureté, la fierté, la confiance, mais aussi la compassion. Après leur combat, les deux se sont liés d'amitié. C'était inévitable.

De retour dans le coin, grand-papa Furious, Tim et moi descendons du ring, laissant les deux boxeurs seuls face à face. La cloche sonne. Mon père sourit. Je retiens mon souffle. Comme à son habitude, papa fonce tout droit sur son adversaire et le roue de coups qui percent plus ou moins bien sa défensive. Jackson bouge bien. Il esquive les coups puissants de papa et tourne autour de lui comme Hagler le faisait dans le temps, le pinçant au menton avec des jabs vifs et précis. Comme toujours, mon père encaisse sans broncher. Une feinte sur la gauche, une feinte sur la droite, Punching Ray piège le jeune dans le coin, mais celui-ci se dégage rapidement, le mitraillant de crochets au corps et à la tête. Papa se déplace de plus en plus lourdement, ralenti par les assauts répétés de Jackson. Plus qu'une minute au premier engagement. Une solide droite atteint Jackson sur le museau. Ses genoux vacillent. Miracle! La foule se déchaîne! Je saute de joie. Jackson titube jusque dans les câbles où mon père le martèle à tour de bras. Mais le jeune est habile. Il se protège bien et évite la plupart des coups de papa qui ralentit la cadence bien malgré lui. Les secondes s'effritent, la cloche sonne; le round prend fin.

Papa rentre au coin, étouffé, crachant ses poumons. Tim lui enlève son protecteur buccal tandis que je lui donne une rasade d'eau.

— Le jeune est rapide, il prononce, le souffle coupé en quatre.

— Tu dois garder ton énergie, réplique grand-papa Furious en lui appliquant de la gelée de pétrole sur les arcades sourcilières. Attends le bon moment et surprends-le avec ta droite. Boxe bas, garde les mains hautes et colle-le au corps comme si c'était ton siamois.

Mon père, qui respire comme un radiateur éventré, acquiesce d'un petit mouvement sec de la tête. Grand-papa Furious prend le visage de son protégé dans ses vieilles mains noueuses et lui demande :

— T'as du plaisir?

— J'ai du plaisir, rétorque immédiatement mon père, de nouveau le sourire aux lèvres.

La cloche sonne. Papa se précipite sur Jackson, qui lui sert une savante feinte et l'atteint à la tempe avec une droite chargée à bloc. Ébranlé, mon père cherche son adversaire sur le ring. Jackson tourne autour de sa proie puis s'élance sur elle sans pitié. Papa essuie une tornade de coups cinglants à la tête qui l'envoient valser dans les câbles.

— Sors de là, papa! Sors de là!

— Uppercut! Uppercut! crie l'entraîneur de Jackson.

Aussitôt, un uppercut foudroyant heurte la mâchoire de papa. La foule émet un grognement de douleur alors que l'arbitre s'interpose et donne un compte de huit à mon père, impatient de reprendre les hostilités. Je pose la main sur la serviette. J'hésite... Le combat reprend et Jackson se rue sans tarder sur son adversaire. C'est assez! J'empoigne la serviette et m'apprête à la lancer dans le ring quand, tout à coup, grand-papa Furious bloque mon élan d'une main ferme.

— Laisse-le boxer!

Je desserre la main. Papa monte les gants près de la tête et se protège pendant une quinzaine de secondes sans répliquer. L'arbitre intervient de nouveau. Il somme mon père de contre-attaquer sinon il va mettre fin au combat. Punching Ray se jette alors sur Jackson et l'atteint à quelques reprises au corps. Le jeune bat en retraite et se replie derrière son jab précis, qu'il garde constamment dans le visage de son adversaire. Le round se termine sur une esquive de Jackson.

Dans le coin, Tim et moi nous affairons à réhydrater papa tandis que grand-papa Furious, d'un calme impassible, applique de la gelée de pétrole sur le visage de son poulain. Il lui masse ensuite les trapèzes, les bras, puis les jambes. Les deux vieux routiers s'échangent un sourire complice.

— Comme dans le bon vieux temps, lance Punching Ray.

— Comme dans le bon vieux temps, répond son beau-père.

Tout en moi hurle de panique ! Tout en moi m'urge d'arrêter le combat. J'ai devant moi deux vieux fous qui ne font que répéter les mêmes gestes usés par l'habitude, deux insouciants ! Des larmes irrépressibles dévalent mes joues rougies. Papa, les yeux bouffis, une légère coupure sous l'œil droit, se penche vers moi.

— J'ai terrassé le Tonnerre, l'aurais-tu oublié ?

— Tu es un géant, j'ajoute, un sanglot dans la voix.

— Je suis un géant ! il répète en se levant.

J'essuie mon nez du revers de la manche comme un enfant.

La cloche retentit pour la troisième fois. Argentina, assise dans la première rangée avec Sophie et les enfants, me fait signe d'arrêter le carnage. Je détourne le regard…

Les entrailles saucissonnées, les tempes qui cognent, j'éprouve l'horrible sensation de pousser mon père dans la fosse aux lions. Autour de nous, une foule de barbares, poings levés, les yeux injectés de sang, rigolent, la gueule écartelée par un rire sauvage qui ébranle les murs du Colisée. Je me frotte vigoureusement le visage. Au centre de l'arène, le géant dresse sa garde. Pourquoi n'ai-je pas la force de le rejoindre et de combattre à ses côtés ? Je m'égosille dans son dos, le suppliant de prendre la fuite devant le fauve sanguinaire qui avance sur lui. Je gesticule sur place à m'en déboîter les épaules, mais je ne suis qu'un nabot. Mes poings battent le vide devant moi sans effrayer l'animal qui tourne autour de sa proie. Vive, la panthère décoche une série de coups de patte assassins. J'enfonce la tête dans les bras pour me protéger. Je fais le mort… Même si je n'ai rien à craindre là où je suis. Les deux pieds enfoncés dans le sol, tel un roc cimenté dans une plaine, le géant résiste. La bête l'assaille de toutes parts. Les coups déchirent son visage et sa poitrine. Debout, le colosse encaisse la méchanceté du monde sans reculer, sans même bouger.

— Sauve-toi ! je hurle. Sauve-toi !

Un murmure parcourt la foule. Le géant ploiera-t-il les genoux ? Aussitôt, le titan se lance à l'attaque. Déchaîné, l'écume à la bouche, il s'acharne sur les flancs douloureux du félin qui pousse un cri de rage. Le géant n'abandonne pas. Il empoigne le monstre à bras-le-corps et l'entraîne dans une valse féroce. Gueule béante, la bête grogne. La lutte s'intensifie. Les os craquent, le sang coule. Roulant ses muscles puissants, l'animal se libère de l'étau et retombe sur ses pattes, les crocs sortis, le ventre au ras du sol, prêt à bondir. Le belluaire secoue la sueur de ses cheveux puis, décidé à en finir, se jette sur le fauve. Alerte, l'animal esquive sa charge et lui saute à la gorge. L'air se fige. Les secondes retiennent leur souffle. Les yeux du géant roulent vers l'arrière. Tout son corps plonge vers l'avant. Il s'écroule. Je cligne des paupières à répétition. Je suis sans voix, étourdi. Ma conscience bascule dans le vide. Une lumière criarde m'aveugle. Autour de moi, la plèbe, interdite, porte la main devant la bouche. César, le pouce vers le bas, ordonne la mise à mort… «*One. Two. Three. Four.*» Les yeux clos, le colosse ne bouge plus. «*Five. Six.*» La panthère trépigne et exulte. «*Seven. Eight. Nine.*» Je déglutis une poignée de sable… «*Ten!*»

Dix!

Le sort en est jeté… Je me précipite aux pieds de Goliath.

— Papa! Papa!

Le médecin intervient, écartant les gens au passage avec ses longs bras secs comme des brindilles.

— Papa! Papa!

Alors que Jackson célèbre sa victoire en sautant partout sur le ring, son équipe d'entraîneurs, inquiète, s'approche pour constater les dégâts. Je les repousse.

— *Sorry*, balbutie l'un d'eux. *Punching Ray was my idol…*

Le médecin réclame la civière. J'ai les jambes en cordes. Au moment où les ambulanciers arrivent, papa reprend conscience.

— Ça va, annonce mon père d'une voix faible en se redressant sur les fesses. Ce n'est rien. De l'eau… Donnez-moi de l'eau.

Je tends la paille de la gourde à mon père qui boit avidement, ignorant l'ordre du médecin de ne pas bouger.

— Ce n'est rien, je vous dis. Je vais bien.

Papa grimpe sur ses jambes vacillantes et va rejoindre la panthère pour la féliciter. Jackson lui fait l'accolade.

— *It was an honor to fight you.*

— *Good luck for the future*, enchaîne mon père en lui levant le bras.

Soulagée de voir son héros sur pied, la foule applaudit. Punching Ray salue ses admirateurs et se retire au vestiaire, accompagné du médecin. Tim, grand-papa Furious et moi les suivons, la tête lourde et le cœur en charpie.

Après le départ du médecin, papa s'assoit sur un banc pendant de longues minutes sans dire un mot. Il frotte ses mains doucement. Seul avec lui, je l'observe. De toute sa carrière, jamais il n'a subi la défaite par knock-out. C'est la première fois.

Je m'approche et pose la main sur son épaule. Papa tourne son visage boursouflé vers moi. Malgré la douleur, il esquisse un sourire espiègle.

— C'était le prix à payer pour combattre une dernière fois, il dit.

— Oui…

Sans rien ajouter, il se lève et se dirige vers les douches, une serviette enroulée autour de la taille.

— Papa ?

Il se retourne.

— Pourquoi tu es remonté sur le ring à ton âge ?

Son sourire rayonne.

— Parce que j'en avais encore la force.

Papa me fait un clin d'œil, puis se sauve sous la douche, me laissant seul avec mes émotions refoulées.

Près de moi, ses gants de boxe gisent sur une table de massage. Je les enfile. Ils sont humides et chauds. Je donne quelques coups de poing dans le vide, sans conviction, puis je baisse aussitôt les bras. Le front appuyé contre le métal froid d'une case, je secoue les mains ; les gants glissent par terre. Le moignon de mon auriculaire fixe son regard accusateur sur moi.

J'ai dérapé. Au fond du baril, je patauge dans la lie. Mon doigt ne repoussera pas. Bouffé par un chien débile au milieu du désert, digéré et chié comme une vulgaire boulette de viande, mon auriculaire sectionné marque au fer rouge ma déchéance brutale et stupide. Depuis la mort de mon fils, je fuis. Et cette fuite vers l'avant, contre tout espoir, me retient prisonnier du passé, le regard entièrement tourné vers ma geôle. Depuis un an, la vie m'échappe.

Devant moi, un mur. J'y suis maintenant acculé. Les jeux électroniques m'ont engourdi pendant un temps mais sans m'apaiser, me laissant sur une frustration toujours plus grande à la fin de chaque partie. Vain divertissement. Un leurre.

Jésus m'a promis le paradis. Il en possédait la clé et moi je souhaitais déverrouiller mon existence sans effort. S'étourdir pour mieux jouir… Je me suis fait tabasser par des motards, couper un mamelon par une pute et j'ai trompé la femme que j'aime. Le bonheur est un vil salaud. J'aimerais le croire. Mais le véritable salaud, c'est moi. Sous une nouvelle identité, j'ai usurpé une vie, comme si de faux papiers effaçaient le passé. Et cette course pour attraper le bonheur par la queue, comme on tire un diable, a dégénéré par la prise d'otage de ma nièce par son propre père.

J'ai le choix de me cacher à jamais derrière le mur des lamentations perpétuelles ou de le défoncer. Soit l'agonie suivie d'une balle dans la tête, soit l'horizon qui s'ouvre sur un bonheur possible. Je me rue sur la porte métallique de la case et la martèle violemment. Tendu, penché vers l'avant, mains nues, poings dressés, je me lance à l'assaut du mur chimérique qu'a érigé ma souffrance. Je cogne avec fureur, sans arrêt, à un rythme frénétique ! Bang ! Bang ! Bang ! La porte cède. Des deux mains, je l'arrache et la jette de l'autre côté de la pièce. Fini l'apitoiement ! Finie la fuite ! Fini de faire le mort recroquevillé sur ma douleur ! Le miroir au fond du vestiaire me renvoie l'image de mes poings victorieux. Je lève les bras au ciel comme mon père l'a si souvent fait au terme d'un combat. Enfin, je

pousse un soupir de soulagement, un long soupir
libérateur.

Papa sort de la douche et aperçoit mes mains
ensanglantées.

— Tu t'es fait mal?

— Au contraire.

14

Je roule depuis le matin en direction du Lac-
Saint-Jean. Après l'ennuyeuse autoroute, le paysage
rougeoyant de la Mauricie borde mon regard pensif.
Parfois, le temps stagne, parfois il fuit. Parfois,
comme maintenant, j'apprécie simplement la sensation de doux vertige qu'il me procure. J'abaisse la
fenêtre pour renouveler l'air. L'auto s'emplit aussitôt
des parfums automnaux que charrie le vent humide.
Sous les pneus, la route murmure.

J'ai discuté de ce voyage avec Sophie dès mon
retour de Las Vegas. Un voyage aller-retour sur ma
vie. Nous avons pleuré l'un en face de l'autre, sans
nous toucher. De loin. Comme des étrangers à
quelques sièges de distance au cinéma, émus par un
même film. J'aurais voulu m'enfouir le visage dans
son cou et me soûler avec l'odeur de ses cheveux,
mais Sophie s'est reculée légèrement sur sa chaise.
Je n'ai pas insisté. Je suis demeuré en équilibre sur
le bout des fesses par crainte de provoquer un glisse-
ment de terrain d'entente. Tout ne se reconstruit pas
aussi facilement qu'une ville…

— Tu reviens à la maison ?

— Je retourne à Paris… Pour un temps.

Son regard s'est dérobé au mien, puis elle a ajouté :

— Avec les enfants.

J'ai changé de sujet. Quelquefois l'amour nous attend dans le détour. J'ai parlé de Jésus. Le salopard a tenu parole ! Un rire sec a éclaté sur mes lèvres. Un petit feu d'artifice de stupéfaction. Son chèque, en provenance du Mexique, n'a pas rebondi. L'argent a atterri tout en douceur dans le compte en banque de papa. Le matin même, j'ai reçu une carte postale sans adresse de retour. Une carte colorée, lumineuse, sur laquelle Jésus avait écrit en petites lettres serrées : « ¡ Adios amigo ! » Les bons comptes font les bons adieux…

Sophie ne m'écoutait plus depuis quelques minutes. Son attention semblait captive de mon doigt disparu. Une mèche de cheveux tombait sur son front pâle.

— Ça n'arrivera plus, je te le promets, j'ai dit en considérant mes doigts. En tout cas, pas plus de neuf fois.

Son corps s'est plié en deux, pris d'un magnifique fou rire. L'euphorie après la tempête est toujours exquise. Il faut apprécier toutes les petites victoires arrachées au destin.

Le silence qui a suivi nous a paru léger. Je l'ai accueilli comme un baume, comme un bout d'espoir auquel on peut se raccrocher. J'ai deux enfants à aimer et une femme à reconquérir. Voilà la fondation sur laquelle me reconstruire.

La route régionale 169 enfile les villages les uns après les autres. Pointant vers le nord, les clochers des églises balisent mon itinéraire. Je roule en état d'apesanteur, la conscience au neutre. Passé le pont de Saint-Félicien, j'emprunte le rang Saint-Eusèbe sur ma gauche. Devant l'usine de pâtes et papiers, je retiens mon souffle. Malgré mes efforts pour la contrer, l'odeur sulfureuse émanant des cheminées, dégoût à ciel ouvert, agresse mon bulbe olfactif. Mon visage se contracte. Rapidement, la puanteur se dissipe, me permettant de respirer de nouveau. Quelques kilomètres plus loin, j'arrive enfin au camping de la Chute à l'Ours.

Je descends de l'auto et marche en direction de la rivière, un paquet emballé dans du papier bleu sous le bras. En octobre, le terrain de camping, déserté par les vacanciers, ressemble à un village fantôme. Je passe sous la chaîne tendue en travers du chemin devant la petite cabane de l'accueil. L'après-midi s'assoupit tandis que le soleil s'éloigne vers l'ouest, poussé poliment par la brise. Sur la branche d'un bouleau, au-dessus de ma tête, un rouge-gorge vocalise. Après quelques minutes, je débouche sur l'Ashuapmushuan, rivière grandiose et terrifiante dont l'eau noire dévale en cascades. Mon cœur cogne plus dur, plus fort, à mesure que j'approche de l'endroit où Nevada a perdu pied.

Sans avertir, le rouge-gorge s'élance en bas de la branche et, d'un coup de bec vif, happe un ver de terre dodu qui roulait paisiblement son existence d'une flaque de boue à l'autre. Changement brutal de carrière : il y aura toujours de l'avenir dans la digestion. Je poursuis mon chemin. Arrivé sur la roche où avait pêché mon fils le jour de son dernier anniversaire, je m'assois. L'eau de la rivière claque à mes pieds, puissante et fougueuse. Je dépose à mes côtés la petite boîte et sort de ma veste une carte de souhaits aux coins usés.

À l'âge de cinq ans, mon père m'a offert des gants de boxe autographiés par son idole, Rocky Graziano, le boxeur dont j'ai hérité le prénom. Je ne suis pas devenu boxeur, mais la boxe fait partie de mon identité, de celle de ma famille. Je voulais transmettre à mon fils le symbole de la passion qui a animé la vie de son grand-père... La fête devait avoir lieu au souper, après la partie de pêche. Un mois après l'enterrement, un psychologue nous a conseillé de vider sa chambre et de nous départir de ses vêtements et de ses jouets afin de mieux traverser les étapes du deuil. « Le deuil nous aide à accepter l'absence du défunt », il répétait, d'un ton professionnel. « Le deuil nous permet d'axer nos énergies vers l'avenir. » J'ai détesté cet homme. Je serrais les poings dès qu'il ouvrait la bouche. L'avenir ? Une source de douleur constante, une torture abjecte renouvelée chaque matin au lever du soleil. Sophie s'est occupée de tout, le cœur éclaté, l'âme écorchée.

Sans aide. Sans mon soutien. Je jouais à des jeux électroniques! À son insu, j'ai gardé le cadeau de Nevada. Pendant des mois, j'ai relu la carte de souhaits que je lui avais écrite pour l'occasion, les yeux rouges, la gorge nouée, les joues brûlées par les pleurs.

La vie continue. Parmi tous les clichés, c'est le seul qui soit infaillible. J'ai trop longtemps tenté de le nier. La vie continuera.

Je referme la carte, serre la boîte contenant les gants de boxe contre mon cœur et me lève devant la rivière qui gronde. J'avance d'un pas, puis dépose délicatement la carte et le cadeau sur l'eau. Le courant les emporte. Quelques mètres en aval, ils disparaissent sous les flots.

Remerciements

Un merci infini à Antonio Di Lalla, mon premier lecteur. Ses judicieux conseils m'ont permis de polir mon style et d'enrichir mon récit. Je ne pouvais tomber sur un meilleur allié !

Merci aussi à Diane, Lucie et Anabel pour leur lecture attentive et leurs encouragements.

Merci à David et Jin-Hee dont j'ai rebattu les oreilles maintes et maintes fois avec mes interrogations et mes doutes, cherchant à dénouer une impasse ou tout simplement à partager l'histoire qui m'obsédait et me travaillait au corps sans relâche.

Enfin, merci à toute l'équipe de chez Hurtubise pour son professionnalisme et son dévouement. Merci à Jacques Allard, à Annie Filion et tout particulièrement à mon éditeur, Pierre-Yves, qui a permis à ce roman de naître. Dès notre première rencontre, j'ai su que j'étais entre bonnes mains. Son jugement rigoureux m'a été précieux.

amÉrica

Dans la même collection :

AQUIN Philippe, *La Route de Bulawayo*, roman, 2002.

BERNARD Marie Christine, *Mademoiselle Personne*, roman, 2008.

De GRAMONT Monique, *Adam, Ève et...*, roman, 2006.

De GRAMONT Monique, *Le Piège à fou*, thriller psychologique, 2008.

De GRAMONT Monique, *Méchants voisins*, roman, 2009.

FONTAINE Nicole, *Olivier ou l'incroyable chagrin*, roman, 2009.

GAGNON Marie-Claude, *Rushes*, roman, 2005.

GAGNON Marie-Claude, *Murmures d'Eaux*, roman, 2007.

GAGNON Pierre, *C'est la faute à Bono*, roman, 2007.

GAGNON Pierre, *Je veux cette guitare*, nouvelles, 2008.

GASQUY-RESCH Yannick, *Gaston Miron, le forcené magnifique*, essai, 2003.

GAUMONT Isabelle, *Subordonnée*, roman, 2007.

KATTAN Naïm, *Le Veilleur*, roman, 2009.

KILLEN Chris, *La Chambre aux oiseaux*, roman, 2009.

KORN-ADLER Raphaël, *São Paulo ou la mort qui rit*, roman, 2002.

KORN-ADLER Raphaël, *Faites le zéro...*, roman, 2003.

JIMENEZ Vania, *Le Seigneur de l'oreille*, roman, 2003.

LABRECQUE Diane, *Raphaëlle en miettes*, roman, 2009.

LATENDRESSE Maryse, *La Danseuse*, roman, 2002.

LATENDRESSE Maryse, *Pas de mal à une mouche*, roman, 2009.

LATENDRESSE Maryse, *Quelque chose à l'intérieur*, roman, 2004.

LECLERC Michel, *Le Promeneur d'Afrique*, roman, 2006.

LECLERC Michel, *Un été sans histoire*, roman, 2007.

LECLERC Michel, *La Fille du Prado*, roman, 2008.

LECLERC Michel, *Une toute petite mort*, roman, 2009.

LEFEBVRE Michel, *Je suis né en 53… je me souviens*, récit, 2005.

LOCAS Janis, *La Seconde Moitié*, roman, 2005.

MALKA Francis, *Le Jardinier de Monsieur Chaos*, 2007.

MALKA Francis, *Le Violoncelliste sourd*, 2008.

MARCOUX Bernard, *Ève ou l'art d'aimer*, roman, 2004.

MARCOUX Bernard, *L'Arrière-petite-fille de madame Bovary*, roman, 2006.

RAIMBAULT Alain, *Roman et Anna*, roman, 2006.

RAIMBAULT Alain, *Confidence à l'aveugle*, roman, 2008.

SÉGUIN Benoît, *La Voix du maître*, roman, 2009.

ST-AMAND Patrick, *L'Amour obscène*, roman, 2003.

TREMBLAY Louis, *Une vie normale*, roman, 2007.

VILLENEUVE Johanne, *Mémoires du chien*, roman, 2002.

Achevé d'imprimer en janvier 2010
sur les presses de Marquis Imprimeur,
Montmagny, Québec.